D0112033

EL JARDÍN DE LOS NUEVOS COMIENZOS

Abbi Waxman

EL JARDÍN DE LOS NUEVOS COMIENZOS

(U)

Umbriel Editores

Argentina • Chile • Colombia • España
Estados Unidos • México • Perú • Uruguay

Título original: *The Garden of Small Beginnings*
Editor original: Berkley, an imprint of Penguin Random House LLC, New York
Traducción: Encarna Quijada

Esta es una obra de ficción. Todos los acontecimientos y diálogos, y todos los personajes, son fruto de la imaginación de la autor. Por lo demás, todo parecido con cualquier persona, viva o muerta, es puramente fortuito.

1.ª edición Marzo 2018

ISBN: 978-84-16517-01-5
E-ISBN: 978-84-17180-61-4
Depósito legal: B-3.803-2018

Fotocomposición: Ediciones Urano, S.A.U.
Impreso por Romanyà-Valls, S.A. – Verdaguer, 1 – 08786 Capellades (Barcelona)

Impreso en España – *Printed in Spain*

Para mi esposo, David, que es mi amigo,
mi héroe y mi peluche.

Para mi hermana Emily, la persona para la que escribo,
la persona por la que escribo. Bueno, ella ya sabe a qué me refiero.

Y para mi madre, Paula Gosling, que me dijo
que era escritora antes de que aprendiera a leer.
Ahora puede decir eso que tanto les gusta decir
a las madres de ya te lo dije.

AGRADECIMIENTOS

Si hay un lugar especial en el infierno para las mujeres que no ayudan a otras mujeres, entonces espero que también haya un corolario especial en el cielo para las que sí lo hacen. O aparcamiento gratuito. O algo.

Estas mujeres han hecho posible este libro: Leah Woodring, que adora a mis hijos y me ayuda para que tenga tiempo para escribir. Sin ella estaría perdida, literalmente. Charlotte Millar, que escucha mis quejas y se pone de mi parte incluso cuando es evidente que me equivoco. Shana Eddy, la mujer más dulce e inteligente de Hollywood, que creyó en mí desde muy temprano. Siempre estaré en deuda con ella. Naomy Beaty, Hilary Liftin y Semi Chellas, las increíbles escritoras que me hacían sugerencias y me manifestaban su apoyo. Y finalmente, mi agente, Alexandra Machinist, que casi parece demasiado ingeniosa para ser real, y sin embargo, lo es.

«Llegó un momento en que permanecer bien protegida en el capullo era más doloroso que el riesgo de florecer.»

Anaïs Nin

PRÓLOGO

Mi marido murió hace más de tres años, pero en muchos sentidos ahora me es más útil que nunca. Es verdad, no está aquí para sacar la basura, pero me encanta despellejarle cuando lo estoy haciendo yo y, si se olvida una del tema de la invisibilidad, normalmente es una compañía excelente. Además, cuando necesito alguien a quien echarle la culpa me viene muy bien, porque lo incineramos y, como no está aquí, no puede contradecirme. Hablo mucho con él, aunque nuestras conversaciones han pasado de las exploraciones metafísicas sobre el sentido de la muerte a otras más genéricas propias de las parejas casadas, como qué preparar para la cena o quién tiene la culpa de haber perdido la declaración de la renta.

Cuando murió en un accidente de coche a pocos metros de la puerta de casa, me planteé seriamente morirme yo también. No porque se me hubiera partido el corazón, que se me rompió, sino porque mi mente quedó completamente bloqueada por los problemas logísticos que implicaba mi vida sin él. Sin embargo, hice bien en no morirme, porque me lo habría encontrado esperándome en el cielo y se habría enfadado mucho conmigo. Y habría hecho que la eternidad se me hiciera muy larga, os lo aseguro.

Un día, iba conduciendo, dejando que mi mente divagara sin rumbo fijo, cuando sonó mi móvil. Era mi hermana Rachel.

—Hola, Lil, ¿vas de camino a recoger a las niñas?

El mero hecho de escuchar su voz me hacía sonreír.

—Sí. Es bochornoso para ambas que conozcas tan bien mis horarios.

Puse el intermitente, reduje un poco la velocidad cuando llegué al semáforo y giré. Y todo esto con el móvil atrapado entre la oreja y el hombro. A veces me sorprendo incluso a mí misma.

—Cuando vuelvas, ¿puedes recoger una cosa por mí?

—¿Tenía que ir a tu casa?

A lo mejor me había olvidado. No era imposible.

—Pues no sé, igual pensabas venir. ¿Cómo quieres que lo sepa? De todos modos, hace un par de días que no veo a las niñas y ya sabes cómo me echan de menos.

Me reí.

—Pues puedo decir honestamente que no te han mencionado ni una vez.

Ella se rió también.

—¿Sabes?, algún día tendrás que aceptar que me quieren más que a ti, y que tu negativa a aceptarlo no nos deja avanzar a ninguna de las dos.

Paré en la cola de coches que esperaban a que los niños salieran del colegio y alcé las cejas y sonreí en silencio a través del cristal del parabrisas a la profesora que estaba de guardia.

—Mira, reconozco que están muy encariñadas contigo. De todos modos, ¿qué necesitas? ¿Algo imprescindible como leche o alguna cosa más normal, como lubricante o pastillas de Duraflame para encender la chimenea?

De pronto una pequeña palma golpeó el cristal de la ventanilla; dejó un borrón, y yo me sobresalté. Su dueña, Annabel, miró dentro del vehículo con los ojos entornados. Su hermana menor, Clare, estaba detrás, mirando a su alrededor. Detrás de ellas, la profesora me lanzó una sonrisa de estreñida que transmitía una paciencia infinita mezclada con la amenaza velada de lo que me ocurriría si no movía el coche cuanto antes. Le di enseguida al botón de apertura de las puertas. No me apetecía nada que me pulverizara con el lanzallamas.

En ese momento mi hermana me estaba contestando.

—Necesito medio quilo de beicon, queso parmesano, espaguetis, huevos, pan y una botella de vino tinto. Y mantequilla, claro.

—Te llamo luego. —Enderecé la cabeza y dejé caer el móvil al suelo—. Bel, ¿necesitas que te eche una mano o puedes ayudar a subir a tu hermana?

—Puedo.

Annabel solo tenía siete años, pero era tan seria como una diplomática de cuarenta. Ya nació así, aprendió muy tranquila a dominar el arte de mamar, a gatear, a ingerir sólidos, lo que le echara. Contemplaba el mundo con resignación, como si los demás fuéramos exactamente como decía el folleto: un poquito desastrosos pero sin mucho remedio. Aseguró a Clare en el asiento peleándose con el arnés del cinturón de seguridad.

—¿Demasiado apretado?

Clare negó con la cabeza.

—¿Demasiado flojo?

Clare negó de nuevo mirando confiada a su hermana mayor con sus grandes ojos marrones. Annabel asintió y se volvió para subir a su sitio; después se puso el arnés con la seguridad de un piloto de pruebas en su carrera cincuenta y no como una niña sin los dientes de delante y un pasador de Dora la Exploradora en la cabeza.

—Listas —me informó.

—¿Clare?

Quería asegurarme de que la pequeña no había perdido la capacidad de hablar desde el desayuno. Supongo que hubiera recibido una llamada de su profesora, pero con tantos recortes de presupuesto…

—Preparadas, listas, ¡ya!

De acuerdo, mensaje recibido.

Busqué mi móvil tanteando el suelo y volví a llamar a Rachel. Esta vez lo puse en altavoz, me lo dejé en la falda y hablé a gritos. Ahora tenía a las niñas conmigo en el coche, y la seguridad es lo primero, chicas. Rachel contestó incluso antes del primer tono. Es una mujer muy ocupada.

Me puse a gritarle al teléfono mientras esperaba que se abriera algún hueco en el tráfico.

—Oye ¿por qué no me dices que te traiga los ingredientes para hacer espaguetis carbonara? ¿Y por qué no los compras tú misma cuando vayas de camino a tu casa?

—Porque me gusta ponerte pequeñas pruebas para que las resuelvas, pequeños desafíos que te mantengan despierta. Si no se te va a atrofiar el cerebro y entonces ¿quién ayudará a las niñas con los deberes?

—¿Vas a cocinar para nosotras también?

—Puedo cocinar para todas, claro. Me encantaría. ¿Por qué me gritas?

—No te grito. El Bluetooth no me funciona. Pero me alegro de que nos prepares la cena.

Giré a la izquierda.

—¿Vamos a la tienda? —preguntó Annabel.

Sé que no le gustaba la idea de ir a la tienda, pero lo estaba valorando ahora que tenía la posibilidad inesperada de comer caramelos.

Asentí.

—Oye —añadió mi hermana—. Tendrás que explicarme cómo se hacen.

—¿Y luego iremos a casa de la tía Rachel? —preguntó Clare.

Yo asentí y luego negué con la cabeza. Mi hermana estaba con otro de sus jueguecitos mentales a lo caballero Jedi. «Estos no son los droides que estáis buscando».

—Espera, Rach, si yo compro los ingredientes y preparo la cena, ¿por qué no vienes tú a mi casa?

Se hizo una pausa.

—Oh, pues es verdad, muy bien pensado. ¡Gracias! Nos vemos luego.

Y pareció que iba a colgar.

—¡Espera! —la interrumpí—. Si vas a venir, ¿podrías comprar tú las cosas? Voy con las niñas, ¿recuerdas?

—Ah, sí. Vale.

Y colgó.

Miré a Clare por el retrovisor.

—No, cielo, la tía Rachel viene a nuestra casa.

Las dos parecieron muy contentas. Realmente les gustaba más mi hermana que yo. ¿Y por qué no? Ella sabía pedir un favor y convertirlo en una invitación a cenar y encima hacer que te sintieras bien por ello.

CÓMO PREPARAR EL HUERTO

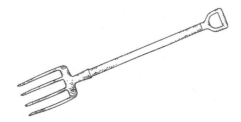

Cuando la tierra esté lo bastante esponjosa para trabajar, remuévela con una horquilla y déjala reposar unos días.

- Cubre la tierra con una capa de compost de 2,5 cm de grosor. No escatimes.

- Desmenuza la tierra con una horca para cavar. Mezcla bien con el compost. Elimina piedras y otros posibles restos con un rastrillo y deja reposar la tierra.

- Un principiante puede empezar con una parcela de 3 x 6 metros. Si te parece demasiado, empieza con algo más pequeño. Recuerda, un tiesto en un balcón sigue siendo un huerto.

- Los paquetes de semillas contienen todo un mundo de información. Te indicarán cuál es el mejor momento y las condiciones necesarias para plantar. ¿No estás segura? Pregunta a alguien en el centro de jardinería o llama al servicio de parques y jardines de tu ayuntamiento. A los jardineros les encanta compartir lo que saben con otros jardineros.

CAPÍTULO 1

S oy ilustradora. Ya sé que suena romántico, parece que trabaje
sentada bajo algún árbol inmenso con una paleta de acuarelas
sobre las rodillas iluminada por la luz tamizada del sol. Pero lo cierto
es que paso el día sentada en una silla de oficina, destrozándome la
espalda, trabajando delante de un ordenador. Lo que sí es cierto es
que vivimos en el sur de California, y tenemos sol.

Me encanta la ilustración tradicional, todo eso del lápiz y las
pinturas, y me encantaría tener más tiempo para dedicarme a ello,
pero cuando terminé la carrera, el trabajo que encontré fue el de
ilustrar libros de texto escolares. Acepté pensando que sería un
buen punto de partida, pero al final resultó ser un trabajo seguro,
con un buen sueldo, prestaciones sociales, café gratis y todos los libros de texto de segundo que pudiera desear. El ochenta y dos por
ciento de los niños estadounidenses en edad escolar utilizan los libros de Poplar Press y llevan haciéndolo casi un siglo. Me encanta.
Aprendo todo tipo de detalles interesantes y dibujo y creo cosas que
los niños miran y a las que añaden sombreros y bigotes. Una vez,
Annabel trajo a casa uno de mis libros —*Los niños en la historia*,
cuarta edición—, y me di cuenta de que lo habían utilizado docenas
de niños y cada uno de ellos había añadido detalles que jamás habría imaginado a mis figuras históricas. ¿Quién iba a decir que Mar-
tin Van Buren quedaba tan bien colgado?

En el departamento creativo somos cuatro, además de un redactor a jornada completa, tres verificadores de datos y una asesora

general que lleva siglos ahí y que en realidad es quien lo dirige todo. Esa mañana, cuando entré, me miró y apretó los labios.

—Los de verificación han rechazado tu pene de ballena, Lilian.

Arqueé las cejas.

—¿Cuánto rato llevas esperando para decírmelo, Rose?

Ella ni pestañeó.

—Llegué a las siete, así que supongo que un par de horas.

Seguí andando.

—Diles que les devolveré su pene mañana por la mañana.

Ella carraspeó.

—Les he dicho que lo mandarías hoy.

Me detuve en seco y me di la vuelta.

—¿Y por qué has hecho eso?

Rose estaba mirando la revista que había escondido debajo de su mesa.

—Porque así he podido decir «Tendréis vuestro pene al final de la jornada, pero la cosa se va a poner dura».

—Ya veo.

Ella se encogió de hombros.

—En este insufrible tedio que llena mis días, nunca desaprovecho la ocasión de aferrarme a algún rayo de sol cuando aparece.

Sasha, mi compañera de despacho, levantó la vista cuando entré.

—Hola, ¿te ha dicho Rose lo del pene?

—Sí, me lo ha dicho. ¿Aún necesitas que te ayude con el libro de biología?

—¿El desarrollo de un huevo de gallina? Puede esperar.

—Vale, gracias.

Sasha se encogió de hombros.

—De todos modos, supongo que primero fue la gallina...

Antes que nada, me gustaría aclarar una cosa: el departamento creativo de Poplar Press no es un paraíso de la comedia ni nada parecido. La mayor parte del tiempo es muy aburrido, sobre todo si estamos actualizando algún texto de química o algo por el estilo. Pero tiene sus momentos, y está el café.

Me senté, abrí el archivo del pene de ballena y me lo quedé mirando. No hay un archivo completo con penes de ballena, solo una ilustración relativamente pequeña en un libro de texto de veterinaria, y, la verdad, me había parecido un poco raro que lo incluyeran. Sí, había que ser meticuloso, pero ¿cuántos veterinarios tendrían que operar un pene de ballena? Dudo que la última vez que llevaras a tu periquito al veterinario no pudieras entrar en la sala de espera porque había una inmensa ballena allí sentada, muy nerviosa, ocupando varios de los asientos. O una pareja de ballenas jóvenes cogidas de la mano que miraban con envidia a todos los bebés animales que veían a su alrededor en cajas de cartón y de vez en cuando se miraban con expresión de apoyo y carraspeaban. Comprobé mi correo electrónico: los de verificación lo habían devuelto solo porque en una de las etiquetas había una errata. ¿Cómo habían podido darse cuenta de algo así? Levanté el auricular y marqué un número.

—Verificación de datos, le habla Al.

—Al, soy Lili.

—Eh, Lili, siento lo de tu pene.

Me removí en mi asiento.

—Por Dios, pero ¿qué os pasa a todos esta mañana? Estáis un poco pesados con lo del pene.

—Es una forma de verlo.

—Oye, Al, quiero preguntarte algo. ¿Estáis seguros de que hay un error? La información del editor coincide con lo que yo tengo, ¿acaso tenéis por ahí una enciclopedia de penes o algo así? ¿La guía de penes actualizada?

Escuché cómo se reía.

—No puedo divulgar las fuentes del departamento, ya lo sabes. Tendría que matarte, y entonces nos quedaríamos sin nuestra mejor ilustradora.

Me volví hacia Sasha.

—Tu novio acaba de decir que soy la mejor ilustradora.

Las dos oímos perfectamente cómo Al chillaba. Sasha se encogió de hombros sin darse la vuelta.

—Pues dile que después de haber visto el instrumento de Moby Dick él ya no me interesa.

—Al, Sasha va a dejarte por un cetáceo.

—¿Otra vez? La muy puta. No, en serio, nuestro hombre del acuario vio la errata, lo comprobamos con el editor y descubrimos que el contenido original estaba equivocado. No es nada del otro mundo, solo comprobamos los datos. Vemos un dato, lo comprobamos. Es nuestro trabajo.

—Oh, vale. No sabía que tuvierais un domador de ballenas a vuestra disposición.

—Ya te lo he dicho, no puedo revelar mis fuentes, pero ¿cómo crees que dos tipos desaliñados con un título en humanidades pueden comprobar todo esto si no es gracias a un Rodolex muy amplio con los teléfonos de gente inteligente especializada en áreas muy concretas?

—Vale, lo explicas muy bien, Al.

Colgué, corregí la palabra y reenvié el documento a Rose. En la nota escribí que podía meter el pene en la bandeja de entrada de los de verificación de datos, porque sabía que le haría gracia.

Mi teléfono sonó. Rose.

—Te esperan arriba.

Fruncí el ceño.

—¿Van a echarme?

Ella chasqueó la lengua.

—Ni idea. ¿Por qué no te armas de valor y subes a averiguarlo por ti misma?

Se rumoreaba que Rose había sido amante del primer señor Poplar y que la instalaron en el departamento artístico, que es como se llamaba al principio, para esconderla de su mujer. Teniendo en cuenta que eso significaría que tiene alrededor de ochenta años y no los tiene ni de lejos, dudo que sea verdad, aunque está claro que tiene información comprometida sobre alguien. Si no la habrían echado hace tiempo. Tiene tanto don de gentes como Hitler. Suspiré y subí para enfrentarme a Roberta King, la gerente de mi departamento.

*   *   *

Roberta King debía de ser más o menos de mi edad, pero teníamos tanto en común como unos patines sobre ruedas y un coche de carreras. (No es la mejor analogía para describirnos a ninguna de las dos, pero mi padre siempre lo decía y me viene siempre a la cabeza. Murió el año pasado, pero mantengo vivo su recuerdo robándole sus mejores frases). Roberta y yo habríamos coincidido quizá media docena de veces, en actividades orientadas a reforzar los lazos entre los compañeros de trabajo haciendo cosas como dejarse caer hacia atrás para demostrar tu confianza en el otro y otras experiencias igualmente embarazosas, y lo único que podía recordar de ella era que se la veía tan incómoda como a mí.

Yo llevaba puesto mi conjunto «mamá-trabajadora-de-servicio», que consistía en una falda larga, botas (con dos calcetines distintos, aunque no se veían porque la falda los cubría), camiseta de manga larga con la que había dormido y un jersey de Target con cuello de pico y un poco dado de sí. Roberta llevaba un traje. Olía a flores. Yo olía a gofres.

Sin embargo, me estaba sonriendo como si fuéramos viejas amigas, cosa que, evidentemente, significaba que iba a despedirme.

—Hola, Roberta. Rose me ha dicho que querías verme.

—Sí, hola, Lili, pasa. Siéntate.

Retiró su silla de la mesa y cruzó las piernas, dando a entender que aquello era una conversación informal entre chicas. Yo me senté de lado y también crucé las piernas.

—¿Cómo están las peques?

Oooh, una pregunta personal.

—Están bien gracias. Ya sabes…

Mierda, no supe cómo acabar la frase. ¿Por qué tenía que ser tan difícil? Yo era mujer, ella era mujer, las dos trabajábamos en una editorial, las dos ovulábamos, sudábamos, comíamos helado y nos sentíamos culpables por ello, leíamos *People* en la cola del supermercado, nos preguntábamos qué pensaban los demás de nosotras. No tendría que haber sido tan difícil que nos relajáramos.

—Dos niñas, ¿verdad?

Asentí.

—¿Y un marido muerto?

No, vale, Roberta no dijo eso. Acabo de añadirlo yo en mi cabeza. Cuando la gente no te conoce, a menudo pregunta «Oh, y ¿dónde está tu marido?», o «¿A qué se dedica tu marido?». Y me cuesta mucho no decirles: «Pues espero que esté en el cielo» o «Se dedica a criar malvas». Pero el caso es que Roberta no lo mencionó, porque seguramente recordaba que estaba muerto y tuvo el detalle de ser educada y considerada. La muy zorra.

—Bueno, Lili. Como ya sabes, en estos momentos las cosas están un poco difíciles en el mundo editorial. El presupuesto en educación está sufriendo recortes en el país y, claro está, eso afecta directamente a nuestro negocio. Poplar está tratando de adelantarse al problema explorando otras ramas.

Me reí. Ella guardó silencio un momento y me miró con cara de desconcierto. Me sonrojé.

—Perdona, pensaba que estabas haciendo un chiste. Por lo de Poplar*, lo de las ramas…

Lo juro, me sentí como uno de esos yerbajos que campan por el desierto pero, en este caso, rodaba por el despacho, y hasta di un respingo al topar contra un pequeño obstáculo en la moqueta.

Roberta carraspeó.

—Por suerte, se ha presentado una oportunidad. La Bloem Company es una de las empresas de semillas y flores más importantes del mundo. —Asentí. Hasta yo había oído hablar de ellos, y no distinguiría una margarita de un picaporte—. Han editado una serie de guías de flores y quieren publicar una serie sobre verduras. Y nos han pedido que nos encarguemos nosotros, porque la pequeña editorial que publicó las guías de flores ha cerrado.

Yo asentí y puse mi cara de estar escuchando con atención, frunciendo un poco el ceño para darle más énfasis. Aunque en realidad lo único que quería era escuchar cómo decía mi nombre, como un perrito.

—Nos gustaría que tú las ilustraras.

Volví a asentir, pero ella había dejado de hablar.

---

* *Poplar* significa «álamo». (*N. de la T.*)

—Bueno, eso sería... divertido.

Estaba desconcertada. ¿A qué venía tanto revuelo? ¿Por qué me hacía subir a su despacho para hablarme de un trabajo? Normalmente nos informaban sobre los nuevos proyectos abajo, en una breve reunión, y luego los recibíamos por correo electrónico.

Roberta prosiguió.

—Es un trabajo muy importante.

—Claro, hay muchas verduras en el mundo.

—Sí, y los de Bloem quieren abarcarlas todas. Habrá varios volúmenes, además de un apéndice.

—Me encanta que haya un apéndice.

—Y queremos que lo hagas a mano, no por ordenador. Acuarela, pluma y tinta, carboncillo, lo que prefieras. Bloem quiere algo artístico y que perdure. Y, al mismo tiempo, pretenden poner el énfasis en el resurgimiento del interés por la comida lenta, el cultivo ecológico y el acercamiento a la tierra. —Estaba nerviosa por algo, se lo notaba en la voz. De pronto me miró y lo soltó—. Me temo que he hecho una cosa terrible. De verdad, terrible.

Yo estaba muy sorprendida, porque, la verdad, no me parecía la clase de mujer que hace cosas terribles, pero me preparé para lo peor.

—He dicho que asistirías a unas clases de jardinería. —Carraspeó—. Una clase de horticultura.

—¿Cómo? —Fruncí el ceño—. ¿Has dicho clases de jardinería? Roberta se sonrojó.

—Estaba hablando por teléfono con la mujer de Bloem y mencionó que uno de los hijos de la familia Bloem iba a dar unas clases de horticultura aquí en Los Ángeles y dije que asistirías.

—¿A las clases?

—Sí.

—¿De horticultura?

—Sí. —Y, como parecía que yo no había acabado de entenderlo, lo siguiente lo dijo más despacio—. Dije que tomarías clases de horticultura.

Y lo pronunció como si estuviera diciendo «Y te sumergirán lentamente en ácido de batería, empezando por los dedos de los pies».

—No me importaría tomar clases de horticultura. Suena divertido. —Hice una pausa—. A menos que duren tres años y tenga que
levantar cosas pesadas.

Ella negó con la cabeza enseguida.

—Será los sábados por la mañana, durante seis semanas. Evidentemente, te compensaremos por tu tiempo. —Me encogí un
poco de hombros y ella se apresuró a añadir—: Y te daremos días
extras de vacaciones.

Lo habría hecho a cambio de nada, pero ella no tenía por qué
saberlo.

—Me parece justo.

Roberta se estremeció.

—Habría hecho el curso yo misma, pero, la verdad, no podía.

Aquel tono de confidencia alteró sutilmente la imagen que tenía
de ella.

—¿Por qué?

—Odio los gusanos. —Se estremeció y hasta puede que palide-
ciera y todo. Era difícil decirlo con un maquillaje tan perfecto—. De
pequeña tuve una mala experiencia. Ni siquiera soporto estar cerca
de donde hay tierra fresca, por si acaso.

Tuve que morderme la lengua para no preguntar. ¿Qué mala
experiencia se puede tener con un gusano? Me la imaginé correteando, tan mona y pequeñita, con su ropita de Baby Gap a juego,
tropezando, cayendo, me imaginé sus trenzas girando a cámara
lenta cuando topó contra el suelo y su cuerpo resbaló, y quedó
cara a cara con un gusano que… ¿que sacó una pistola y le dispa-
ró? ¿Le mordió la nariz? Vamos, si ni siquiera tienen boca. Pero
no le puedes decir una cosa así a la gente. No puedes reírte abiertamente de sus miedos. Y aun así tomé nota mental para hacerlo
después, en privado.

Ella seguía pareciendo preocupada.

—Entonces ¿lo harás?

Me encogí de hombros.

—Pues claro que sí, encantada. Seguro que me inspirará para las
ilustraciones.

No quise añadir que podía intimar con una zanahoria siempre que quisiera en el departamento de productos frescos del supermercado. La mujer parecía convencida de que aquella clase me ayudaría con el proyecto y ¿quién era yo para discutírselo?

Roberta parecía visiblemente relajada, y se levantó. Su ropa tenía una caída perfecta, no se veía ni una arruga. A lo mejor tenía un hombrecito bajo la mesa que planchaba mientras ella estaba sentada. A mí, cuando me levanté, la ropa se me quedó pegada tal cual, como si alguien hubiera hecho una bola con ella y me la hubiera arrojado encima.

—Excelente, las clases empiezan este sábado. Puedes llevar a tus hijas.

Yo dije gracias, ella dijo gracias, nos estrechamos las manos, volvimos a darnos las gracias y entonces ella añadió algo.

—Estamos muy preocupados por el futuro de Poplar. Pero sé que causarás muy buena impresión, harás un trabajo estupendo y salvarás la editorial.

—Genial, entonces no hará falta que me sienta presionada.

Traté de suavizar el sarcasmo del comentario con una ligera sonrisa.

Y en ese momento, ella me dedicó una sonrisa sincera, por primera vez desde que había entrado en su despacho.

—Sé que puedes hacerlo.

Salí tambaleándome y volví abajo.

Fui a la cocina diminuta y me serví un café gigante. Mi tazón decía EL MEJOR PAPÁ DEL MUNDO, cosa que supongo que podía incluirme, aunque yo lo elegí porque tenía el tamaño de un cubo. Rose había puesto un cartel encima de la máquina de café: SI TE ACABAS EL CAFÉ PREPARA UNA CAFETERA NUEVA O TE ARRUINARÉ LA VIDA. Y lo decía en serio. Una vez, Sasha olvidó preparar una cafetera nueva y Rose conectó todas sus llamadas salientes con el despacho del CEO, es decir, que el hombre descolgó el teléfono cinco veces seguidas y al otro lado se encontró con la voz de Sasha. Al final él mismo le sugirió que la próxima vez procurara no olvidarse de preparar más café.

Cuando estuve de vuelta en mi despacho, llamé a mi hermana.

—¿Puedes quedarte con las niñas los sábados por la mañana las próximas seis semanas?

Se hizo un silencio. Y entonces dijo:

—Sí, si no te importa traerlas a casa y arriesgarte a que se encuentren con personas desnudas correteando por aquí. O con animales amaestrados.

Me reí.

—Venga, tu vida privada no es tan emocionante.

—Eso es lo que tú te crees. Y fíjate bien en el sentido de la palabra «privada».

—Entonces ¿eso es un no?

—¿Tengo que comprometerme para la serie completa? ¿No puedo decidir según se necesite?

—Esto es lo que se necesita. En el trabajo me han pedido que asista a unas clases de horticultura, y se impartirán todos los sábados durante el próximo mes y medio. Voy a ilustrar un libro de verduras, y creen que podría venirme bien aprender a cultivarlas.

—Pues a lo mejor es verdad.

—Lo dudo. Hice un trabajo estupendo con *Monasterios en la Europa del s. XIV* y no soy monje, ni francesa ni llevo quinientos años muerta.

—Muy cierto. ¿Y no puedes llevarlas contigo?

—Podría, pero he pensado que preferirían quedarse contigo.

—¿Y si voy yo también a la clase y te ayudo con las niñas allí?

Me aparté el teléfono de la oreja y me lo quedé mirando.

—¿Lo dices en serio? ¿Vendrías a clases de horticultura? ¿De verdad?

Ella suspiró.

—Hoy estoy muy agobiada con mi trabajo. Me he pasado las últimas dos horas al teléfono, gritando a gente a la que nunca conoceré, pero que tienen el destino de mi empresa en sus resbaladizas manos. Hemos perdido una obra muy importante en un traslado, la cual cosa me ha complicado mucho el día.

—Guau, una oración de relativo. Pues sí que estás enfadada.

—Que te den.

—¿Y qué ha sido?

—Oh, ya sabes, lo normal. Una estatua de un caballo de valor incalculable con mil años de antigüedad.

—Vaya, a lo mejor solo está en la caja equivocada o algo así.

—Es de tamaño natural. Y sobre el caballo hay una mujer desnuda que sujeta en alto el cuerpo sin cabeza de un águila. Pero aparte de estos detalles identificativos sin importancia, cualquiera podría perderla.

—Vale. —Hice una pausa—. Con eso no puedo ayudarte. Buena suerte con tu caballo perdido.

Y colgamos. En serio, nuestras conversaciones se parecían cada día más a las de un viejo matrimonio; dejando aparte lo del águila sin cabeza, aunque también es verdad que nunca se sabe lo que pasa en otros matrimonios.

—¿Que vamos a qué?

Por el espejo retrovisor vi que Annabel me miraba con escepticismo.

Volvíamos a estar en el coche. Tendría que comprarme una de esas fundas perladas para el asiento que se supone que van tan bien para la espalda, pero acabaría con el diseño grabado de forma permanente en el trasero, y lo que menos falta me hace es añadir más textura en esa zona de mi cuerpo.

Volvíamos a casa después del colegio. O lo haríamos en cuanto la fila de coches avanzara y lográramos salir del aparcamiento de la escuela. Lo malo de las colas de coches es que los profesores las usan para demostrar el aprecio que les tienen a tus hijos y, por extensión, a ti. A lo mejor me estoy imaginando cosas, pero ¿cómo si no explicaríais el hecho de que yo esté al principio de la cola y esté viendo a mi hija sentada ahí delante, metiéndose el dedo en la nariz con la sutileza de Howard Carter en una pirámide, y sin embargo los profesores se dediquen a buscar como locos a los niños que van en coches que están muy por detrás del mío? Coches donde viajan padres que mandan galletitas con mayor frecuencia o que por lo menos las mandan alguna vez, que recuerdan enviar tarjetas de agradecimiento después de las fiestas de cumpleaños o que ponen ropa limpia a sus hijos más de una vez a la semana. Los mismos profesores que son siempre amables de cara, pero me dicen cosas como «Oh, Annabel es única». O «Clare ha vuelto a decir algo de lo más gracioso en clase hoy». O «Tiene un vocabulario increíble, señora Girvan. De verdad, ni siquiera estoy segura de que los tigres tengan clítoris».

Contesté a la pregunta con calma.

—Vamos a aprender cómo cultivar un huerto.

—Yo ya sé cómo se plantan las cosas. —Clare estaba entusiasmada—. Lo hacemos en el cole.

Le eché un rápido vistazo por encima del hombro.

—¿Ah, sí?

Ella asintió, y Annabel confirmó sus palabras.

—Los pequeños tienen un huerto en el patio. Siempre los vemos escarbando en la tierra.

—Le di un beso a un gusano.

Es lo que tiene Clare, que es tímida.

—¿Y él te devolvió el beso?

La niña se rió.

—¡Mamá! Los gusanos no son él. Siempre son chico y chica.

Guau. Punto para el sistema de escuelas públicas de Los Ángeles.

—Sí, son hermafroditas —me aclaró Annabel.

—No, son chico y chica.

Clare no pensaba dejar que su hermana le ganara en aquello.

Casi habíamos llegado a nuestra calle.

—Bueno, la cuestión es que empezamos este fin de semana, y será divertido. La tía Rachel vendrá a clase con nosotras.

—¿Puedo contestarte más tarde?

Por lo visto Annabel tenía que consultarlo con alguien.

—Yo voy.

Clare no necesitaba el permiso de nadie.

Aparcamos delante de casa y abrí para que las niñas bajaran, apartándome un poco para evitar la pequeña cascada de porquerías que caía cada vez que deslizaba la puerta corredera del coche. Era muy fácil deducir dónde había aparcado: envoltorios de barritas de caramelo, la paja pequeña y doblada de un zumo, una toallita sucia. Cosas que se le caen a mamá. Me imaginaba a un rastreador nativo americano acuclillándose en la acera: «Mujer regordeta de mediana edad, se dirige al sur, va con niños». Se pondría en pie y menearía su majestuosa cabeza con aire de lástima. «Avanza despacio».

Cuando estaba cerrando la puerta del coche, reparé en unos cristales rotos que había en la cuneta y al momento me pregunté si estarían allí desde el accidente de mi marido. No podía ser, claro, pero a menudo me venían a la cabeza imágenes de aquel día. Cristal roto. La puerta de un coche cerrándose con violencia. El café derramado en la calle, aún humeante. El sonido de las voces de los del servicio de emergencia distorsionado por la estática.

Cuando Dan murió llegaron enseguida, aunque yo no había oído las sirenas. Yo estaba en la cocina, repasando la discusión que habíamos tenido, repitiendo todas las cosas que tenía intención de decirle cuando volviera. Había sido una discusión matinal muy encendida, nos habíamos acostado furiosos, nos levantamos furiosos y entonces Dan tuvo que dejar el tema en espera mientras llevaba a las niñas al cole.

—Volveré —fueron sus últimas palabras, y no las pronunció en un tono agradable para darme a entender que no me preocupara, sino más bien a lo Terminator, como diciendo que aquello aún no se había acabado. Tampoco es que tuviera ninguna importancia. No era cierto, nunca volvería.

Regresé al presente y observé cómo mis hijas bajaban del coche de esa manera tan particular que tienen los niños de bajarse, medio saltando, medio cayéndose, y luego me asomé a los asientos de atrás para recoger mochilas, trabajos de manualidades y zapatos extraviados. Fui hacia la puerta, mientras oía ladrar a *Frank*, nuestro labrador, que nos saludó efusivamente, olfateó para ver si las niñas llevaban algo de comer y luego se puso a restregar el culo por la alfombra.

—*Frank* vuelve a tener gusanos, mamá —anunció Annabel, la niña veterinaria, mientras encendía la tele.

—A lo mejor solo le pica el culo —sugirió Clare—. A veces pasa.
Yo suspiré y me puse a vaciar el lavavajillas. El perro tiene gusanos.
Clare necesita un empaste en un diente de leche porque soy una mala
madre y le doy dulces. Mi hermana quiere que le prepare la cena.
Y mientras, hace cinco meses que no me corto el pelo y empiezo a parecerme al primo Itt. El primo Itt era rubio, claro, y yo soy más bien de un
castaño indeterminado, pero da igual. Vi mi reflejo en la ventana de la
cocina y por un momento me pareció ver a mi madre. Genial.

Una hora más tarde más o menos llegó mi hermana.

—Empiezas a parecerte al primo Itt, ¿lo sabías? —Dejó las bolsas
con la comida sobre la encimera y cogió en brazos a Clare, que estaba
chillando por el perro y sus gusanos—. A ver, a ver ¿quién tiene gusanos? ¿Tú tienes gusanos? —Miró a Annabel—. ¿Y tú también?

—Sí. —Annabel estaba concentrada viendo la tele y contestó sin
pensar—. Cientos de gusanos.

Puse a hervir el agua para la pasta y empecé a preparar la cena.
Pensé en las veces que había visto a mi madre trocear cebollas, con la
radio puesta, con su cuchara de madera en una lata de tomate vacía
en la encimera, y el olor de la mantequilla fundida impregnando el
ambiente. Me pregunté si en aquella época ella se sentía tan abruma-
da como me sentía yo ahora. Cada día, me ponía a preparar la cena
para las niñas hacia las cuatro, o sea, mi cena también, porque de otro
modo, habría comido sola o no habría comido, luego las niñas comían (si había suerte), tomaban un baño, se ponían el pijama, les
contaba un cuento y se iban a dormir. Cuando Dan vivía, llegaba
siempre cuando estaba a medias, con sus pensamientos de adulto y
las quejas sobre su trabajo, cosa que, por lo menos, suponía un ali-
ciente visual y la posibilidad de hablar utilizando algo más que mono-
sílabos. Ahora Rachel venía a casa con frecuencia, y eso ayudaba,
pero a veces me descubría tarareando el tema principal de *Jorge el
Curioso* de una forma que, seguramente, indicaba muerte cerebral.

Rachel se apoyó en la encimera y me observó.

—Estás molesta por lo del primo Itt ¿a que sí? Perdona. Lo he
dicho sin pensar. Además, más que a Itt, te pareces a Morticia. Aún
se te ve una parte de la cara. Una buena parte.

La miré en silencio, removiendo el beicon con mi cuchara de madera, fragmentándolo. Mi hermana era adorable, de aspecto y como persona. Era soltera, pero no casta, básicamente por decisión propia. Había estado casada una vez, de muy joven, y se había prometido que no volvería a hacerlo. Era más alta que yo, más delgada (esto se podía perdonar, porque ella no había tenido hijos), con mejor pelo y mejores muslos, y a pesar de eso siempre dejó muy claro que las niñas y yo estábamos antes que ninguno de sus planes. A veces me preocupaba que las tristes circunstancias de mi vida hubieran puesto trabas a su libertad. Se lo dije una vez, y ella señaló que las tristes circunstancias de mi vida también eran las tristes circunstancias de la suya.

—Oye, mi cuñado, al que quería mucho, murió en un accidente de coche y mi hermana perdió la cabeza por un tiempo y yo tuve que ocuparme de sus hijas. Me pasó a mí, ¿te acuerdas? Tú no eres más que un personaje secundario en el drama de la vida de Rachel Anderby, interpretada por Rachel Anderby, escrita por Rachel Anderby y dirigida por Rachel Anderby. En mi vida, tú no eres más que un personaje secundario, Lili. Las niñas salen en los títulos de crédito antes que tú.

Pero yo sabía que el hecho de tener que estar siempre disponible para mí se había cobrado un peaje en su vida, y sabía que ella sabía que yo lo sabía, y que si alguna vez llegaba el momento de donar un riñón o recibir un balazo, yo sería su chica. Y sin embargo, dicho sea de paso, en aquella época Rachel tenía una vida social muy agitada y a veces estaba ocupada todo el fin de semana.

Escurrí los espaguetis.

—Bueno ¿y qué harás el sábado por la tarde —le pregunté—, después de nuestra emocionante clase de horticultura?

—Tengo una cita, ¿qué otra cosa iba a hacer?

Mi hermana estaba doblando las servilletas en forma de cisne, un truco que había aprendido un verano que trabajó de camarera en el restaurante de un parque temático. Aquellos tres meses fueron poco más que una larga orgía de trabajadores temporales al sol, pero el origami con las servilletas hizo que valiera la pena. De otro modo, no habría sido más que un episodio de sexo fantástico y desenfadado con otras personas jóvenes y felices y ¿quién querría vivir esa experiencia?

—¿Con quién?

Arqueé las cejas pero mantuve un tono neutro, un truco que aprendí un verano que estuve de becaria en una editorial (sin sexo, ni origami, pero sí con mucha ironía gratuita y todos los puntos de libro que quisieras).

—Uno nuevo.

—¿Del trabajo? —Rachel trabajaba en una empresa internacional de importación-exportación especializada en arte y objetos de artesanía. Ella era la encargada del tema logístico y no era extraño escucharla al teléfono diciendo cosas como «Bueno, el sarcófago puede dormir en El Cairo, pero será mejor que esté en Budapest antes del martes o el Papa se va a cagar en todos tus muertos». Conocía a muchos hombres gracias a su trabajo, pero nunca salía con nadie que trabajara para su empresa. Era un putarrón, sí, pero un putarrón con normas.

—Más o menos. Le conocí en una inauguración.

—¿Es mono?

Ella me sonrió.

—No, es repulsivo. Con las piernas torcidas y bizco. He pensado que era hora de ampliar mis horizontes.

—Bien.

—¿Mamá?

Bajé la vista. Clare estaba allí.

—¿Sí, cariño?

Le puse un mechón de pelo detrás de la oreja y le acaricié la mejilla. A veces la perfección física de una niña me resulta increíble. ¿Acaso los niños no tienen poros en la piel?

—Quiero pintar.

—Ahora no, bonita. La cena ya está.

—Pero yo quiero pintar.

Por desgracia, la perfección física a menudo viene acompañada de un egoísmo infinito. El mechón de pelo se soltó y estiré la mano para volver a cogerlo.

—Ya te he oído, cariño, pero no es un buen momento. A lo mejor por la mañana.

—No. Ahora.

Clare tenía hambre. Apartó la cabeza y no me dejó sujetarle el mechón.

—Ve y dile a tu hermana que venga a sentarse a la mesa para cenar. ¿Vale?

La niña se debatía entre montar un berrinche o no por lo de la pintura, y esa lucha entre el hambre y la rabia se reflejaba perfectamente en su ceño fruncido. Rachel intervino. La cogió y la llevó, cabeza abajo, a buscar a su hermana. Eché los espaguetis escurridos en la sartén, añadí huevo, queso, beicon, mantequilla y cebollas, y lo removí muy deprisa para que se cociera el huevo. Fui con la sartén hasta la mesa dándole golpes para convocar a las niñas, y cuando se sentaron, la cena ya estaba humeando en sus platos. Después me dediqué un aplauso a mí misma por mi eficiencia, porque sabía que nadie iba a hacerlo por mí.

Rachel me miró.

—Puedes acompañarme a mi cita si quieres. Estoy segura de que tiene un amigo. —Se metió un tenedor cargado de pasta en la boca—. De hecho, espero que tenga más de uno, aunque eso del estrabismo podría estar ahuyentando a la gente.

La miré con el ceño fruncido.

—No seas tonta.

Yo nunca hablaba de citas delante de las niñas, y eso me ayudaba mucho a evitar el tema, porque siempre estaban allí. No estaba preparada para empezar a salir con nadie, las niñas tampoco estaban preparadas y, de hecho, mi idea era no salir con nadie hasta que acabaran la universidad. Luego las animaría a tomarse un año libre para viajar por Europa. Y existía la posibilidad de que cursaran estudios de posgrado. O sea, que estaría a salvo durante un par de décadas, y para entonces mis partes femeninas se habrían fusionado como las de una Barbie.

Serví bebida para todas, me llené el plato y me senté.

—Mamá —dijo Annabel.

Estaba enrollando los espaguetis en el tenedor, una habilidad que había adquirido recientemente. A veces tardaba bastante más de lo normal, pero estas cosas requieren práctica.

—Dime, cariño.

Cogí más queso.

—¿Te he dicho que tengo novio?

Le lancé una mirada a Rachel.

—No. ¿Quién es?

—James.

Vale, al menos era un niño al que conocía. Un niño de verdad, no uno imaginario.

—¿De verdad? Me gusta James. Es simpático.

Me llené la boca de espaguetis y di gracias al cielo por los italianos. Espaguetis, pizza, helado. Si no estuvieran tan ocupados haciendo el amor y yendo arriba y abajo montados en sus Vespas, seguramente dominarían el mundo.

Annabel puso mala cara.

—Es tonto. Pero es mi novio.

—¿Y él lo sabe?

Ella pareció escandalizada.

—¡No! ¡Claro que no!

Rachel miró a Clare.

—¿Tú también tienes novio?

—No, yo estoy casada.

Clare tenía la boca llena de espaguetis, pero sonrió de todos modos.

—¿Ah, sí? —Rachel siguió comiendo—. ¿Y con quién estás casada?

—Con *Frank*.

Al oír su nombre, *Frank* golpeó el suelo con la cola.

—Vaya. ¿Sabías que tu marido tiene gusanos?

Clare asintió.

Annabel se expresó con paciencia pero con firmeza.

—Clare, no puedes casarte con un perro.

Y dejó el tenedor.

—Pues ya está hecho.

Esa era una de las fases favoritas de Clare. «Ya está hecho» podía abarcar muchas cosas, como pintar en la pared, mearse en el suelo, comer caramelos. Lo he hecho, no se puede cambiar, se acabó. A mi hija no le gustaba dejar las cosas a medias.

—Pero la gente no se casa con los perros.

—¿Por qué no? Yo quiero a *Frank*.

Annabel asintió.

—Sí, yo también.

—Y la gente que se quiere se casa.

Annabel volvió a asentir, aunque Rachel abrió la boca para protestar. Yo la miré frunciendo el ceño y negué ligeramente con la cabeza.

—¿Y por eso el perro es tu marido? —Annabel parecía escéptica, y se volvió hacia mí—. Mamá, no se puede casar con el perro.

—Bel, tu hermana es demasiado joven para casarse con nadie, pero si quiere decir que ella y *Frank* son marido y mujer en lugar de un chucho y una alumna de guardería, ¿quiénes somos nosotras para aguarle la fiesta?

Ella me miró, pensativa.

—Mira —proseguí—, la semana pasada pasó tres días diciendo que la bañera era un arrecife de coral infestado de anguilas mortíferas y no le dijiste nada. —Le sonreí—. Solo tiene cinco años.

—Pero —terció Rachel— *Frank* tiene ocho años, es mucho más viejo.

La miré.

—Sí, eso es lo malo, la diferencia de edad.

—Eso es una tontería.

Annabel no lo pillaba.

—¿Y? Hay muchas cosas que son una tontería, cielo, y no pasa nada.

Clare malinterpretó el disgusto de su hermana.

—Oye, si quieres tú puedes casarte con *Henry*.

Henry era nuestro conejo. Vivía en el jardín, en una conejera, y debo confesar que a veces me olvidaba por completo de que existía.

Rachel se rió.

—Espera, con *Henry* me caso yo, es supermono.

En eso tenía que darle la razón.

—Es un poquito bajo para ti ¿no?

—Es muy suave. —Vaya, parece que por fin Annabel estaba contagiándose del espíritu—. Y tiene las orejas muy grandes, como el novio que tenías en Navidad.

Rachel dio un bufido.

—¿Cómo recuerdas esas cosas? Yo ya casi ni me acuerdo de él.

Clare estaba en racha.

—Y mamá puede casarse con *Jane*. —El gato.

Annabel volvió a perder la sonrisa.

—Mamá no puede casarse con *Jane*. Primero, *Jane* es una chica, y las chicas no se casan entre ellas. —Rachel abrió la boca para corregirla, pero Annabel levantó un poco más la voz—. Segundo, *Jane* es un gato, y los gatos no se casan, y tercero, mamá ya está casada con papá, y nadie puede estar casado con dos personas a la vez.

—¿Quién quiere postre? —pregunté con voz cantarina poniéndome de pie.

—Pero papá está muerto —afirmó Clare con firmeza.

Empecé a recoger los platos, haciendo mucho ruido.

—¿Os apetece un poco de helado?

—Pero siguen estando casados.

Abrí el congelador a toda prisa.

—Pero él está muerto. Está hecho.

Annabel se estaba poniendo roja, y eso no era buena señal.

—Sí, pero siguen estando casados, y mamá no se puede casar con nadie más. Nunca.

Lo intenté de nuevo.

—Chicas, ¿quién quiere salsa de chocolate?

Clare la miró muy seria.

—Pero ¿y si mamá quiere a alguien? Entonces sí puede casarse.

—¿Nubes?

Annabel se levantó y me di cuenta de que aquello estaba a punto de estallar. Por suerte, Rachel reaccionó.

—¡Hora de bañarse! —gritó levantándose de un salto y cogiendo a Clare.

Yo cogí a Annabel, que había empezado a temblar. A veces pasaban semanas sin que mencionara a su padre, pero otras veces se desmoronaba. Clare siempre la sacaba de quicio, porque para ella era menos importante. La pequeña tenía menos de un año cuando Dan murió. Para ella «papá» solo era una palabra, algo que tenían otros, igual que podían tener un caballo o la varicela.

Mientras Rachel se iba hacia el baño haciendo pedorretas en la barriga de Clare, yo me senté a Annabel en la falda.

—Cariño, os quiero a ti y a Clare y a la tía Rachel. Nunca me casaré con nadie, ¿vale?

Annabel estaba llorando un poquito y asintió. Le apoyé la cabeza contra mi hombro y le acaricié el pelo.

—Siempre voy a querer a tu padre, ¿vale? Nadie será tu papá, solo él. Y yo siempre seré tu mamá.

—¿Y la tía Rachel será siempre mi tía?

Volví a asentir contra su pelo.

—¿Y la abuela…?

—Sí, siempre será tu abuela.

—¿Y *Frank*?

Frank volvió a agitar la cola bajo la mesa.

Sonreí.

—Siempre será el marido de Clare.

Ella se rió por fin y me la llevé al baño.

MATERIAL BÁSICO

Cualquier actividad nueva es una buena excusa para ir de compras.

Necesitarás el siguiente material básico:
- Guantes de jardinería.
- Horquilla.
- Rastrillo.
- Azada.
- Azadilla de púas o pala de plantar.
- Regadera o manguera.

Pero si no tienes dinero o espacio para estas cosas, compra solo las semillas y utiliza las manos. A las plantas no les importará.

CAPÍTULO 2

Al día siguiente, Clare había quedado para ir por la tarde a casa de su amiga Samantha a jugar. Samantha iba a su clase, coleccionaba figuritas de Littlest Pet Shop y podía recitar los nombres y evoluciones de trescientos Pokémon, o sea, que eran amigas para siempre. En esto las niñas pequeñas eran como los hombres: solo hacía falta que tuvieran una o dos cosas en común para convertirse oficialmente en colegas. La pesca. El golf. El interés por los pechos femeninos. Por desgracia, la madre de Samantha y yo no fuimos capaces ni de encontrar dos cosas en común entre nosotras, así que me limité a dejarla en su casa y me fui. No es un pecado mortal en el mundillo de las madres, pero seguramente sí un paso en falso. Me da igual. Si quieren expulsarme del club de la Madre del Año, que les den. De todos modos, es un club estúpido.

Rachel me llamó cuando Annabel y yo ya estábamos llegando a casa.

—Había pensado en ofrecerme para ir a recoger a Clare a casa de su amiga y llevarla a casa.

—¿Vas a venir otra vez esta noche? ¿Dos días seguidos? —Hice una pausa—. ¿Tienes al equipo de materiales peligrosos en casa otra vez? ¿O es ese tipo que está convencido de que estás casada?

—¿Mi ex? No. Es solo que prefiero la conversación de las niñas al silencio de mi apartamento y al sabor de los platos que cocino.

No dije nada pero esperé. Rachel era una mujer sincera, no sabía mentir.

—Vale, al sabor de la pizza para llevar. Si te vas a poner sarcástica será mejor que vayas a buscar a la niña tú misma.

Pero la recogió ella, claro, y yo lo agradecí. Evidentemente, tuve que pagar un precio, y cuando las niñas estuvieron acostadas, Rachel volvió a concentrarse en su campaña para resucitar la vida amorosa de Lili.

Estábamos tiradas delante del televisor en mi sala de estar. No lo estábamos mirando, pero estaba encendido, el eterno compañero de la vida moderna. Dios no quiera que tengamos que estar sentadas en silencio con nuestros pensamientos. Cuando Dan vivía, pasábamos horas sin decir palabra delante del televisor. Era una bendición.

—Entonces ¿no has practicado sexo desde hace casi tres años?

Rachel se había quitado los calcetines y se estaba mirando los dedos de los pies.

Yo me encogí de hombros, tratando, sin mucho interés, de encestar unas piezas de Lego en la papelera del rincón.

—Más de tres, si cuentas mi último año con Dan. Estaba preñada, y luego tuve a Clare.

Ella me miró frunciendo el ceño.

—Se supone que hay matrimonios que siempre practican sexo.

—Claro, en la tele.

—No me vendes nada bien el matrimonio.

—Ni lo pretendo.

Cuando empezaba a cogerle el tranquillo me quedé sin fichas de Lego que tirar y me pasé a las figurillas de My Little Pony. Es un cubo diferente, y hay que compensar la crin cuando calculas la trayectoria. Mi casa se veía ordenada una vez a la semana, cuando venía la mujer de la limpieza, y el orden solo duraba unos veinte minutos. Estaba decorada al estilo educación infantil, con el toque de una pareja joven que trata de crear un remanso de paz. Colores suaves y fibras naturales en particular, todo cubierto por una capa de pintura de dedos y animales de plástico. Como si una tienda de juguetes y un monasterio zen se hubieran enfrentado y la tienda llevara la sartén por el mango mientras el monasterio resistía pasivamente. Que seguramente es lo que habría pasado.

Rachel estaba en el sofá, haciendo flexiones con muy poco entusiasmo. Me tenía perpleja.

—¿Estás haciendo ejercicio?

—No, estoy tratando de llegar al mando de la tele.

—Ah.

—Sí. —Lo encontró debajo de su trasero y se puso a pasar canales. Eligió un concurso de cocina y siguió con sus dedos—. ¿Tienes esmalte de uñas?

Me levanté muy despacio. Antes podía levantarme de un salto. Podía levantarme y sentarme sin pensarlo. Ahora, si me sentaba en una misma postura más de cinco minutos seguidos, me quedaba agarrotada. Me sentía como el Hombre de Hojalata: aceite... latón...

Entré de puntillas en la habitación de las niñas y cogí un cestito.

—Hay cinco tonos de rosa, tres de púrpura, oro, brillo, un verde que huele a menta, y un atril en miniatura que en algún momento debió de ir acompañado de algo, y ya está.

Rachel arqueó las cejas.

—¿Es la colección de Annabel?

Asentí.

—¿Cuándo te pintaste las uñas de los pies por última vez?

Me encogí de hombros.

—¿Quién es el presidente?

Ella suspiró, dándome por imposible.

—¡Antes eras muy presumida, por Dios! Yo siempre bromeaba porque te pasabas horas en el baño cada mañana. Y combinabas la sombra de ojos con los zapatos.

—Me casé. Tuve hijas. Mi marido se murió. Y me he abandonado un poco.

Rachel me miró muy seria.

—Sigues estando muy bien. Debajo de toda esa dejadez.

—Gracias.

—Ya sabes lo que quiero decir. Tú y Dan erais el rey y la reina de los inconformistas. La pareja de oro. Las estrellas del anuario escolar.

—Vale, no exageres. Yo era mona. Dan era mono. Lo pillo.

—Y sigues estando muy bien. Solo te estás escondiendo debajo de tu disfraz de mamá de mediana edad.

Se había inclinado hacia delante en el sofá para dar mayor énfasis a sus palabras y, de haber querido, podría haberle dado un buen puñetazo en la nariz. Lo pensé.

—Guau, Rach, eso sí que me ha motivado. Vamos a cambiar de tema antes de que la poca autoestima que me queda se vaya al traste.

Ella me miró furiosa un momento, pero se dio por vencida y se puso a pintarse las uñas de los pies de diferentes colores. Saqué mi cuaderno de bocetos y empecé a dibujarla. Era guapa, a pesar de su tendencia a controlar mi vida privada. Pelo largo y oscuro, espeso y ondulado a diferencia del mío, tenía la cara de un ángel y el cerebro de un supercontable o algo por el estilo. También tenía un cuerpo estupendo que no hacía nada para mantener. Pero no había por qué preocuparse, se echaría a perder en cuanto tuviera hijos.

—Lo único que digo es que tienes que empezar a salir y abrirle la puerta a alguien.

Parecía totalmente concentrada en las uñas de sus pies, pero a mí no me engañaba.

—No, estoy bien así, gracias. Eres tú quien siempre ha necesitado pasar de un tío a otro, como si estuvieras en un concurso de saltar troncos.

Se hizo un silencio.

—¿Qué quieres decir con eso?

—Ya sabes, esas pruebas en las que hay un montón de troncos en el agua y tienes que ir saltando de uno a otro muy deprisa para no caer al agua.

—No, sobre mí, lo de los troncos ha sido de lo más surrealista, pero ya sé lo que es.

Suspiré y traté de incluir las líneas que habían aparecido en su frente en mi boceto.

—Solo digo que te gusta tener novio. A veces varios. Aparte del tiempo que estuviste casada. —Las dos volvimos la cabeza e hicimos el gesto de escupir en el suelo. Era una tradición familiar cuando alguien mencionaba a su exmarido—. Nunca sales mucho tiempo con el mismo hombre.

—¿Y eso me convierte en una buscabraguetas?

—¿Eso existe? ¿Es una palabra?

—Podría. —Metió el pincelito en el bote y puso su cara más seria. La había visto millones de veces—. Mira, no estamos hablando de mí o de mi saludable vida sexual. Se trata de ti y de tu aparente falta de interés por conocer a un hombre. O una mujer. O dos mujeres y un hombre, da igual. Ya hace tiempo que Dan se fue. Sigues siendo joven, atractiva, divertida y sexi y ya es hora de que salgas ahí fuera y vivas un poco.

—Rachel, Dan no se fue a Nebraska con una camarera llamada Lurlene. Murió. Murió de repente en un espantoso accidente de coche que yo presencié. Es terrible que tu alma gemela desaparezca de la faz de la tierra de esa forma. Hace falta tiempo para recuperarse. Y yo aún no me he recuperado. Así que déjalo ya.

No quería enfadarme con ella porque sabía que tenía buenas intenciones, pero aquella conversación siempre me agotaba. Me levanté para ir a comprobar cómo estaban las niñas, con la esperanza de que hubiera captado mi poco sutil comentario y cambiara de tema.

Funcionó. Cuando volví, había terminado con sus uñas y estaba lista para hablar de otra cosa.

—Eh, cambiando de tema, casi me olvido. Alison me ha preguntado si podía hacerte de canguro alguna vez.

Aquello era algo que me dejaba alucinada. Gente a la que apenas conocía se ofrecía a hacerme de canguro con las niñas. Ellas no las conocían tan bien como yo, claro. Miré a mi alrededor: *Frank* estaba sentado en el sillón, y Rachel estaba tumbada en el sofá. Me senté en el suelo.

—¿Y por qué quiere hacer de canguro con mis hijas?

—Porque para mucha gente los niños son divertidos. Se supone que tú también lo pensaste en algún momento, ¿o te quedaste embarazada porque era una condición imprescindible para que te dieran la condicional? Sé que a Dan no le entusiasmaba la idea, así que debió de ser cosa tuya.

Eso era verdad en parte. Antes de que Annabel naciera, Dan había mantenido una actitud de indiferencia ante la idea de tener hijos, pero en cuanto supimos que estábamos embarazados, él se implicó tanto como yo. Se tumbaba a mi lado y le susurraba cosas a la barriga en respuesta a preguntas aleatorias que afirmaba escuchar. Decía «No, era Secretariat». O «Tú come lo que encuentres». O «Sí, te compraré un poni».

—Bueno, quizá Alison tendría que venir y conocer a las niñas primero antes de ofrecerse a hacer nada.

Rachel suspiró.

—Lili, las ha visto como cincuenta veces. Alison es la recepcionista de mi oficina. Se ocupó de ellas muchas veces cuando estuviste en el loquero y yo estaba ocupada.

—No estuve en un loquero. Era un hospital.

—Con cerraduras en las puertas.

—Pues sí.

—Y litio y clorpromazina y personas que se creían Amelia Earhart.

—Solo había un hombre que lo pensaba.

—Lo que tú digas. Estás tratando de cambiar de tema. ¿Cuándo fue la última vez que tú y yo salimos juntas? ¿Cuándo fue la última vez que bebiste de más e hiciste algo embarazoso?

—Repito ¿quién es el presidente?

Echó mano de su teléfono.

—Entonces hecho. Voy a llamar a Alison. Mañana por la noche tú y yo vamos a salir.

—¿Un viernes por la noche? Seguro que tienes planes.

—Sí —dijo ella—. Voy a sacar a mi hermana. Es una solterona de esta parroquia.

Negué otra vez con la cabeza, esta vez con mayor firmeza.

—No, Rach. No quiero.

Pero Rachel ya estaba hablando por teléfono y dejé que quedara con Alison. Siempre podía echarme atrás en el último momento.

Colgó.

—Bueno, está hecho. Nada de echarse atrás en el último momento. Porque sé que es lo que estás pensando.

—¿Yo? Qué va.

CÓMO PLANTAR REMOLACHA

La remolacha es muy exigente con el pH de la tierra, lo cual tiene su sentido, puesto que está enterrada en ella. Deberás utilizar un kit para medir el pH. Tienes que conseguir que esté entre 5,5 y 6.

- Sé generoso con el estiércol madurado antes de plantar, y asegúrate de que tienes mucho fósforo, pero no demasiado nitrógeno. Si te pasas con el nitrógeno, solo conseguirás montones de hojas y una remolacha muy, muy pequeña. Muy bonita, pero decepcionante.

- También les gusta que la temperatura de la tierra esté por encima de los 10 grados.

- Planta las semillas a una profundidad de 1 cm y con una separación de 3-5 cm entre ellas.

- Cuando llegue el momento de recogerla, escápate a la tienda a por queso de cabra. No hay nada más rico que la combinación de remolacha y queso de cabra.

CAPÍTULO 3

El viernes salí pronto del trabajo porque tenía una cita con Ruth Graver, mi terapeuta del duelo. En este momento de mi vida ya era solo una terapeuta, porque el duelo había remitido hasta convertirse en una especie de zumbido sordo, como si el monstruo que había en el armario tuviera dolor de muelas y hubiera decidido no salir por el momento. De todos modos, iba a su consulta dos veces al mes. Yo siempre había pensado que, con el tiempo, la terapia que había iniciado al salir del hospital me ayudaría a aceptar la muerte de Dan. Pero no había sido así, ni mucho menos, a pesar de los esfuerzos de la doctora Graver.

—¿Y por qué crees que Annabel se puso nerviosa?

Ruth Graver era una mujer directa, de pelo oscuro, y parecía casi tan inteligente como era en realidad. Era la clase de persona que, después de una invasión alienígena y la aniquilación de medio planeta, te encontrarías organizando la resistencia y repartiendo mantas. Por lo que yo sabía, en realidad era una enamorada de la velocidad, tenía el ochenta por ciento del cuerpo tatuado y estaba obsesionada con la música de la primera época de Frank Sinatra, pero en el trabajo daba la imagen de ser una persona muy tranquila.

Volví a cruzar las piernas.

—Creo que es evidente. No quiere que sustituya a su padre por otro.

—Dijo que sigues estando casada con él.

—Cierto. Para ella no tiene sentido que la muerte cambie el estado civil de la persona. Y en realidad para mí tampoco lo tiene.

—En tu mente sigues estando casada.

Hablaba con un tono neutro. Nadie te está juzgando, Lilian. Solo tienes que poner del revés la bolsa de tu alma y sacudirla para ver qué cae.

Asentí.

—No es solo algo mental, está en todas partes. Cuando tengo que rellenar un impreso y las opciones son soltera, casada o divorciada, marco «casada» y entre paréntesis añado «viuda». Aunque, ya que estamos, ¿por qué no incluyen esa casilla? Normalmente la burocracia lo engloba todo. Si fuera de un pueblo indígena de Alaska o hablara urdu, tendría una casilla, pero como soy viuda, se supone que tengo que volver a la soltería de la noche a la mañana.

Advertí que me estaba mordiendo las uñas y dejé de hacerlo.

El despacho de Graver estaba decorado según el estilo del terapeuta clásico de mitad de siglo, y mientras la mujer esperaba en silencio a que yo continuara con mi diatriba, miré los objetos que tenía en los estantes. Los conocía muy bien. Un jarroncito que algún niño había hecho cociendo arcilla, una silla Eames en miniatura a juego con la silla en la que estaba sentada, figuras divertidas de Einstein y Poe en acción. No sabía nada de ella, aunque a veces intentaba que me contara algo. Y nunca lo conseguía, lo cual me resultaba muy irritante.

Me di cuenta de que aún no había dicho nada y sonreí.

—¿Por qué sonríes?

—Porque así tengo algo que hacer con la boca. Estoy cansada de escuchar mis propias quejas. —Empecé a morderme las uñas otra vez—. Estoy cansada de que la gente me haga preguntas y me miren con esperanza cuando me ven con un hombre, cansada de los pequeños silencios que se hacen cuando afirmo que estoy bien, como si el mundo entero estuviera esperando para ver si por fin empiezo a salir con alguien. —Sentía que tenía un nudo en la garganta, pero de ira—. Si Dan hubiera sobrevivido al accidente y se hubiera quedado hecho un vegetal, si estuviera en una habitación de hospital babeando, nadie me animaría a salir con otros, ¿verdad? Bien, pues entonces finjamos que está como Bertha Mason en alguna parte y que yo no soy libre. Porque no me siento libre.

La doctora no dijo nada, pero se le marcaron más profundamente las arrugas que tenía en las comisuras de los ojos. Preocupación. Conocía muy bien esa expresión. Consulté mi reloj y sonreí de oreja a oreja.

—Se ha acabado el tiempo, doctora Graver. Hasta el mes que viene.

Me marché y me la imaginé allí sentada, inmóvil, acumulando polvo hasta que yo volviera a aparecer.

Ya había intentado librarme de la salida de esa noche, pero no lo había conseguido. Rachel se había preocupado de que cada vez que la llamara saltara el buzón de voz. Y hasta tuvo la sangre fría de cambiar el mensaje para que dijera «Si eres Lili y estás tratando de cancelar los planes, no te molestes en dejar un mensaje porque no pienso hacer caso. Si eres otra persona, soy toda oídos. Biiip».

El otro motivo de irritación fue que las niñas estaban entusiasmadas porque Alison iba a ir a casa. Extrañamente, tal y como Rachel había dicho, sabían quién era Alison y les parecía una canguro muy buena.

—No voy a estar en casa —les había recordado yo tratando de poner nerviosa a alguna de las dos para así tener una excusa para quedarme y no salir.

Ellas asintieron.

—Alison tiene el pelo rosa —me explicó Clare.

Ah, sí, ahora me acordaba. Quizá tendría que teñirme de rosa. Por lo visto las niñas lo valoraban mucho.

—No estaré aquí para acostaros.

Medidas desesperadas.

Ellas volvieron a asentir. Era viernes, lo de acostarse era un concepto difuso, y no había clase por la mañana. Indiferencia total.

—Cuando Rose lee, pone muchas voces —añadió Annabel.

—Yo también pongo voces —le recordé algo dolida, con el mando a distancia del televisor en la mano.

—Sí, pero las de ella son diferentes. —Una pausa—. ¿Puedes darle al *play*?

* * *

Cuando Alison apareció a las cinco, llevaba su pelo rosa y una mini-falda que cubría la parte superior de unos *leggings* a cuadros escoce-ses, con una camiseta que decía «PASA DE LAS CHORRADAS». En cuan-to entró me empujó hacia el baño.

—Rachel me ha dicho que tengo que obligarte a darte una ducha y arreglarte. Pasará a recogerte a las siete.

—¿Te ha dado alguna indicación sobre la ropa?

Lo preguntaba de broma.

—Sexi pero informal.

Desconcertante. Alison se sacó un pedazo de papel del bolsillo y lo leyó en voz alta.

—El top negro de blonda, un poco abierto, el sujetador bonito que te regalé en Navidad, vaqueros y botas. El pelo recogido en un moño algo suelto.

Nos miramos.

—También ha dicho que te arregles las uñas de los pies por si tuvieras que quitarte los zapatos.

—Cuando sales tienes que llevar los zapatos. Es la ley —apuntó Clare metiéndose en la conversación.

—No sé si de verdad es la ley —dijo Annabel mirando a Ali-son—. Mamá dice que sí, pero a veces yo creo que no.

Alison frunció el ceño.

—Las leyes no son más que las normas impuestas por las clases hegemónicas; hay que cuestionar la autoridad. —Y enseguida se vol-vió para mirarme—. Si a ti te parece bien.

—Oh, claro —contesté mientras trataba de recordar qué signifi-caba hegemonía—. Hay que cuestionar.

Y me fui. Me parecía un lujo increíble tener dos horas para arre-glarme y decidí aceptarlo sin más. Las niñas estaban bien, yo estaba bien, el perro y el gato habían comido. No había nada malo en poder disponer de tiempo para mí y... Me di cuenta de que estaba raciona-lizando el hecho de darme una ducha.

Mientras me ponía el maquillaje me examiné con ojo crítico. Ya había llegado a esa edad en la que te ves mejor si no usas tanto maqui-llaje. Si me ponía demasiado tenía tendencia a acumularse en las arrugas. La verdad es que yo siempre había pensado que sería la excepción. Que mi piel increíble duraría para siempre y mi aparente inmunidad a la celulitis era un regalo genético. Pero ninguna de las dos cosas resultó ser cierta, y los dos embarazos tuvieron el mismo efecto en mi cuerpo que en el de cualquier otra mujer. Y por muy injusto que fuera, era lo que había. Cuando terminé de arreglarme tenía buen aspecto, siempre que me miraran con buenos ojos. Tirando a delgada, tirando a joven, un tanto sexi, si es que es posible ser sexi cuando no te interesa nada el sexo.

Rachel silbó cuando llegó para recogerme.

—Oh, sí, a eso me refería. Estás guapísima.

Annabel y Clare estaban entusiasmadas por la novedad.

—Pareces una princesa, mamá —dijo Clare, dando saltitos de un lado a otro—. ¡Y hueles como Macy's!

Annabel fue más incisiva.

—Pero una princesa mala, porque las princesas normales no van todas vestidas de negro.

—Pero lleva el pelo como una princesa normal, lo lleva para arriba.

—Sí, pero no lleva lazos ni nada, por eso parece una princesa mala.

—Sí, pero no tiene un hombre pequeñito con ella, y las princesas malas siempre tienen un hombre pequeñito.

La voz de Clare empezaba a subir de tono; aquello estaba a punto de convertirse en una discusión. Hora de irse.

Cuando salimos, me sentía desbordante de emoción.

—Estoy en la calle —le dije a Rachel—. ¡Y está oscuro!

Ella se rió.

—Lo sé. ¡Es increíble! —Fingió que miraba a su alrededor—. Pero ¿dónde están las niñas? Oh, espera, no están.

Y nos cogimos de las manos y nos reímos como tontas.

Sí. Las hermanas Anderby estaban viviendo un sueño.

Quizá no tenga una vida sexual apasionante, o más bien, no tenga vida sexual, pero si sigue existiendo un placer que me llega al alma es el de comer. Cuando había aceptado que iba a salir a cenar, había sugerido ir a un restaurante donde cada plato me mataba un poco de gusto. La carta ofrecía varios platillos suculentos, todos engordaban y estaban deliciosos. Era un poco triste lo entusiasmada que me sentía cuando empujamos las grandes puertas de madera para entrar y saludamos a la camarera.

Veinte minutos después, la mantequilla me resbalaba por la muñeca y yo estaba lamiéndomela de buena gana cuando Rachel abrió los ojos con exageración porque había visto a un conocido detrás de mí.

—Eh, Charles, ¿cómo estás?

Se puso en pie, supuestamente para saludar al tal Charles, y yo me limpié enseguida la mantequilla del mentón y me di la vuelta.

Charles era alto y atractivo, e imaginé que estaba tratando de llevarse a mi hermana al catre. Era algo normal. La mayoría de los amigos o conocidos masculinos de mi hermana estaban en algún escalón de su clasificación de adquisiciones. Y no es que no tenga amigos masculinos con los que no pretenda acostarse, claro que los tiene, no es ninguna máquina, por Dios, pero tiene unos gustos eclécticos.

Los observé para ver en qué lugar debía situarlo a él en su gráfico y decidí que aún no se habían acostado, pero él aún tenía esperanzas. El hombre me sonrió y me estrechó la mano cuando Rachel nos presentó, pero enseguida volvió a mirarla a ella.

—¿Por qué no te sientas con nosotras? —dijo Rachel, y eso me sorprendió.

Desplacé un poco mi silla y Charles se instaló, con expresión de disculpa.

—No querría interrumpiros, chicas.

Lo tenía justo delante, y me di cuenta de que estaba reordenando los cubiertos algo nervioso. Vale, definitivamente, aún no se habían acostado.

—Para nada —replicó Rachel volviéndose hacia mí—. Charles ha venido de la oficina de Londres.

Yo le sonreí, preguntándome cuánto tendría que esperar antes de poder seguir embadurnándome la cara de mantequilla.

—Qué bien. ¿Cuánto tiempo vas a quedarte en Los Ángeles?

Realmente era muy guapo.

—Unos seis meses, Lilian.

—Por favor, llámame Lili. Solo mi madre me llama Lilian.

Eché mano de la diminuta bandeja con dátiles envueltos en beicon, dando por supuesto que se pondrían a hablar del trabajo y yo podría dedicarme a comer tranquilamente más de lo que me correspondía, y entonces el teléfono de Rachel sonó. Siempre lo desconecta cuando sale a cenar, por eso la miré arqueando las cejas cuando contestó.

—Perdona —articuló mientras se dirigía a la salida—, es del trabajo.

Y allí estaba yo, con una cita, por así decirlo, solita con Charles. A través de la ventana vi que mi hermana colgaba el teléfono y paraba un taxi. Ni siquiera miró atrás.

Traidora.

Rompí el incómodo silencio.

—¿Cuándo preparasteis todo esto?

Él se ruborizó un poco.

—Esta mañana.

—¿Te dijo que no me interesa salir con nadie?

—Sí, pero para ser sincero, yo le dije lo mismo, y ella siguió insistiendo. —Sonrió—. Dijo que pensaba que sería bueno que los dos... creo que la palabra que utilizó fue «practicáramos».

Tenía un acento inglés encantador, pero seguía sintiéndome molesta.

—¿Practicar cómo emboscar a la gente?

Parecía compungido.

—No sabía que no te iba a decir que yo venía. —Volvió a reorganizar los cubiertos—. Nunca hubiera accedido a una encerrona. —Carraspeó; realmente el pobre estaba muy incómodo—. No es muy deportivo.

De pronto me puse a reír.

—No como el críquet.

Él negó con la cabeza.

—Para nada.

Llamé a la camarera y me volví hacia él.

—¿Tienes hambre?

—Estoy hambriento. Pero no pasa nada si quieres pedir la cuenta. Lo entiendo. Creo que Rachel ha dejado los datos de su tarjeta de crédito por si te ibas hecha una furia y te negabas a pagar.

Me reí.

—Pues eso ha sido un error por su parte. —Le sonreí a la camarera—. Queremos dos de todo.

Ella vaciló.

—¿Los platos vegetales?

—No, dos de todo lo que hay en la carta. Empezando desde arriba.

Me volví de nuevo hacia Charles y le sonreí. Los dos éramos víctimas de aquella situación, y él tenía una cara muy agradable.

—Bueno, Charles, ¿y tú por qué no quieres salir con nadie?

—Sigo enamorado de mi exesposa. ¿Y tú?

—Sigo enamorada de mi difunto marido.

Y a partir de ahí todo fue bien.

Llegué a casa después de medianoche y llamé a Rachel. Sabía que estaría despierta, esperando mi informe y, bueno, si no lo estaba, ahora sí que iba a estarlo. Inicié la conversación con algo que no podía fallar.

—¿En qué coño estabas pensando?

Ella mantuvo la calma.

—Lo siento, ¿quién es?

No pensaba seguirle el juego.

—Como ya sabrás, ha sido una jugada de lo más absurda. —Me estaba desvistiendo y arrojé el sujetador para que le cayera a *Frank* en la cabeza. Estos pequeños detalles son los que me ayudan a conservar el sentido del humor—. ¿Y si le hubiera dado a tu amigo un puñetazo en la nariz? Las relaciones diplomáticas entre Inglaterra y Estados Unidos se habrían resentido durante semanas.

Ella no se disculpó.

—Nooo. Eres demasiado considerada. —Hizo una pausa—. A diferencia de mí.

—He cargado más de mil dólares a tu tarjeta de crédito.

—¿Cómo demonios has hecho eso? No es un restaurante caro, y tú nunca bebes más de una copa de vino, ¡nunca!

—Cierto, pero los otros clientes que había allí sí, y hemos brindado todos por ti.

Hizo una pausa.

—Vale, es justo. Conocía los riesgos cuando ideé este plan. ¿Te has acostado con él?

Suspiré.

—Por supuesto que no. Los dos estamos enamorados de otras personas que ya no están disponibles. Su mujer le dejó por un tipo más joven al que conoció por internet, y mi marido está muerto, como ya habrás notado. —Apagué la luz de la mesita de noche—. No vuelvas a hacerlo, Rachel.

—No puedo prometerlo. Quiero que seas feliz.

—Soy feliz. No vuelvas a hacerlo o llamaré a mamá y le contaré lo del jugador de bádminton.

Ella respiró hondo.

—¡Fue hace más de diez años!

—Pues me parece que mamá todavía tiene relación con sus padres.

Hubo un silencio.

—Vale. Tú ganas. Se acabaron las citas a ciegas.

—No más presión.

—Vale. —Suspiró—. Nos vemos en la clase. A lo mejor conoces a alguien allí.

Le colgué. De verdad, mi hermana no tenía remedio.

LA QUÍMICA DE LA TIERRA

Las plantas necesitan nitrógeno, fósforo y potasio para crecer sanas.

* El nitrógeno es vital para las hojas y los tallos, potencia el color verde oscuro que tanto admiramos en el brócoli, la col, las verduras y la lechuga.

* El fósforo favorece un crecimiento rápido y vigoroso de las raíces y los brotes: la infancia de la planta. También es esencial para la floración y el desarrollo del fruto, y es importante para las verduras que se desarrollan después de la polinización de sus flores, como los pepinos, pimientos, tomates, etcétera.

* El potasio da a las plantas fuerza y energía, las hace resistentes al estrés y la enfermedad, además de sabrosas. Zanahorias, rábanos, nabos, cebollas y ajo estarían perdidos sin el potasio.

CAPÍTULO 4

LA PRIMERA CLASE

El sábado amaneció soleado y despejado, que es lo habitual en Los Ángeles, y de alguna forma nos las arreglamos para estar en el jardín botánico a las diez. Originariamente había sido la finca de un rico, y no se había abierto al público general hasta la década de los cincuenta. Pero hicieron un buen trabajo y parece que siempre hubiera sido como está ahora. Y además hay pavos reales.

Rachel tenía que reunirse con nosotras allí y, mientras estábamos fuera esperando a que llegaran los demás, su coche paró delante, con la música a todo volumen, y ella se apeó con sus gafas de sol y un enorme vaso de café en la mano.

—Vaya, me parece que el porcentaje de famosos que pedían acaba de llegar —musitó una mujer mayor con un jersey poco afortunado.

—Y por lo que se ve aún va borracha —señaló otra señora mayor de aspecto similar.

Fue mala suerte que Rachel eligiera justo ese momento para tropezar, pero lo hizo, y tampoco era cuestión de ponerme a gritarle: «Oye, que estas dos momias que tengo a mi izquierda creen que vas pedo, así que vigila». Además, aún la tenía en mi lista negra.

Como si aquello no fuera ya lo bastante incómodo, Annabel se sonrojó de una forma adorable y habló.

—No es ninguna celebridad, es mi tía, y es muy buena y nació con una pierna más larga que la otra, por eso a veces tropieza y tiene que llevar zapatos feos, y no está bien hablar de la gente a sus espaldas.

Y dicho esto se quedó mirándolas con cara de enfado y los brazos cruzados. En ese momento Rachel llegó a donde estábamos y se dio cuenta de que pasaba algo.

—Hola a todos, ¿qué me he perdido? —fueron sus palabras exactas.

Yo no sabía qué decir, pero, cómo no, Clare no desaprovechó la ocasión.

—La señora con el jersey del gato feliz ha dicho que eres famosa, y luego la señora con el ratón triste ha dicho que estabas borracha, y luego Annabel las ha reñido a las dos y ahora tú estás aquí y nadie dice nada —explicó Clare, que remató su discurso dándole un abrazo a Rachel, que también la abrazó.

—Guau —contestó Rachel—, pues me alegro de habérmelo perdido. ¿Y qué tal los Dodgers?

—El partido de ayer fue increíble. —Esto lo comentó una mujer joven que parecía muy práctica, llevaba el pelo largo sujeto en un recogido muy apretado—. Manny sigue poniendo en práctica su estrategia clásica de juego.

—Que es la razón por la que por fin los Dodgers tendrán la oportunidad de recuperar parte de su antiguo estatus —siguió contando otro joven con cara de colocado y que a lo mejor hasta tenía edad para votar, aunque no habría puesto la mano en el fuego.

Un hombre llegó en mitad de esta conversación tan civilizada entre los seguidores más educados del mundo del béisbol y yo le quité a Rachel su vaso de café con mano temblorosa.

—Buenos días. Soy vuestro profesor, Edward. ¿Ya os conocéis todos?

Ah, el profesor, el hijo de la familia Bloem. Lo miré por encima del borde del vaso de café y me quedé muy sorprendida. Yo me había imaginado a un hombre mayor con zuecos, empujando una enorme bola de queso edam, y en cambio aquel hombre era alto, más o menos de mi edad, y tenía pinta de ser simpático. Y venía sin el queso. Sentí que las mejillas me ardían y al volverme vi que Rachel me miraba entornando los ojos con expresión de complicidad. Ella ya sabe cuál es mi tipo. Negué con la cabeza, la miré frunciendo el ceño y me volví enseguida para concentrarme e impresionar al cliente con mi dedicación. Aunque él no era el cliente exactamente, pero y qué.

—Más o menos —dijo la joven.

—En realidad —dijo la mujer del jersey con un ratón triste (una nota, el ratón no estaba triste, es solo que no lo habían tejido con muy buena fortuna)—, le debo una disculpa a esta pequeña, y aún no nos han presentado.

Se arrodilló para poder mirar a Annabel, que seguía arrebolada y con cara de indignación.

—¿Cómo te llamas?

—Annabel Girvan.

Mi hija defendía su posición, y sus bambas iluminadas estaban plantadas con fuerza en el suelo. Solo los dedos, que se retorcían, delataban su timidez.

—¿Cuántos años tienes?

—Siete.

—Bueno, yo me llamo Frances Smith y tengo cincuenta y siete años, lo que significa que tengo literalmente medio siglo de vida más que tú, y sin embargo, tú tienes toda la razón y yo no. Es de muy mala educación hablar de una persona a sus espaldas. Y además, es evidente que estábamos equivocadas con tu tía, porque no está borracha, y porque además no hay que juzgar a la gente sin molestarse en conocerla primero.

Annabel apretó un poco más.

—Mamá dice que siempre está mal juzgar a los demás.

Frances sonrió.

—Pues tiene razón, y en realidad mi amiga y yo solo estábamos hablando por hablar. ¿Aceptas mis disculpas?

Annabel asintió. Y Frances tuvo el valor de levantar la vista y mirar a Rachel.

—¿Y tú, las aceptas también?

Rachel se encogió de hombros y sonrió.

—Para ser sincera, yo no he escuchado nada, y me sorprende que haya pensado que soy famosa, borracha o no. Pero claro, disculpas aceptadas.

Frances volvió a ponerse en pie, con mucha más agilidad de lo que lo hubiera hecho yo, y tras una pausa que le dio una nueva dimensión a la palabra «incómoda», Edward siguió hablando.

—No sé muy bien qué ha pasado aquí, pero los americanos me confundís, así que finjamos que todo está bien y vayamos a ver nuestro huerto.

Yo le seguí encantada consciente de que me estaba brindando la oportunidad de aprender de una forma sencilla. Annabel fue cogida de mi mano, mientras que Clare se alejó parloteando con Frances Smith, la muy traidora.

Cruzamos todo el jardín botánico, y fue un poco como un episodio de *La isla de Gilligan*. Plantas con hojas gigantes que se arqueaban sobre nuestras cabezas, pájaros que cacareaban encantados de su buena suerte, y la atmósfera impregnada del olor a flores y el sonido de los insectos. Y entonces doblamos por una esquina, cruzamos el aparcamiento para empleados y llegamos a nuestro destino. Un solar abandonado. A mí me pareció inmenso, como un prado o algo así, y era muy sencillo, estaba cubierto de hierba y no se veía ninguna planta que fuera más alta que un diente de león. En una esquina había una especie de cobertizo, como un pequeño garaje, y algunas cajas grandes de cartón, pero nada que ver con lo que yo esperaba. El campo estaba rodeado por una valla, y del otro lado el resto del jardín lucía con exuberancia y la brisa mecía sus tonos verdes casi con mofa.

Edward, el profesor, estaba allí plantado con las manos en los bolsillos y después las volvió a sacar. A lo mejor estaba nervioso, o a lo mejor es que le picaban sus partes, quién sabe. Deseé tener en las manos un dónut. Me sentía un tanto mareada, y el sol amenazaba con seguir brillando bastante rato.

—Parece que hemos llegado todos sin percances, de modo que bienvenidos a nuestro futuro huerto de verduras. El jardín botánico nos ha cedido generosamente este espacio para nuestro curso. —Agitó la mano en un gesto que abarcaba el entorno—. Como podéis ver, hay dos áreas principales y dos más pequeñas. El nombre del curso es Cultivar un Huerto 101, y por eso decidimos empezar con lo más básico. Es posible que no todos tengáis un jardín fantástico, a lo mejor solo tenéis un pedazo de tierra, o una pequeña parcela de malas hierbas. —Y cuando dijo esto me miró a mí y sonrió un poco. Yo traté de mirarle con expresión adulta y seguramente fracasé—. Así que vamos a empezar de cero, por así decirlo, y crearemos un huerto desde el principio.

Uno de los alumnos, un hombre mayor con bigote, pelo canoso y cara de águila, intervino.

—Entonces ¿vamos a arrancar toda esta hierba? —Y se volvió para mirarnos a todos—. No sé si eso puede considerarse una clase o una fuente de mano de obra gratuita para el jardín botánico.

Edward se rió, aunque no parecía que le hubiera hecho mucha gracia.

—Bueno, sí y no. Vamos a cavar, pero será mucho más divertido de lo que imaginas.

El hombre bufó de un modo parecido al de una morsa, pero no discutió. Me dio la impresión de que solo estaba buscando una excusa para saltar y lo miré entornando los ojos con expresión amenazadora. Esta clase tiene que ser un éxito, le dije telepáticamente. El futuro de mi trabajo depende de ello.

—Primero nos presentaremos y luego nos pondremos manos a la obra. Empezaremos por mí, y luego seguirá la famosa. —Vaya, pues sí que había captado la pequeña pulla de antes—. Yo soy Edward Bloem, y supongo que podría decirse que soy profesor de jardinería. Mi familia lleva siglos en el negocio de las flores y los jardines, y por suerte para mí, no hay nada que me guste más que eso.

Señaló a Rachel con un gesto de la cabeza.

Rachel se encogió de hombros.

—Soy Rachel Anderby y no he plantado nada en mi vida, sobre todo porque trabajo para una empresa de importación de arte, y es un trabajo de interior. He venido para acompañar a mi hermana y mis sobrinas. No soy famosa, aunque a menudo me imagino lo que diría si tuviera que hablar para la revista *Ellen*. Y esta mañana no estaba borracha, pero eso no significa que la próxima vez no vaya a estarlo.

Varias personas se rieron, incluida Frances Smith, y entonces habló su amiga del jersey con el gato feliz.

—Mi nombre es Eloise, como la niña de los libros de historia. Llevo toda la vida practicando la jardinería, pero solo en jardineras y tiestos. Mi compañera y yo acabamos de comprarnos una casa que tiene un jardín de verdad y conocíamos la reputación del doctor Bloem, por eso hemos venido a ver si nos daba ideas.

Todos nos volvimos y miramos a Edward, que tuvo el sentido común de bajar la vista con modestia.

—¿Reputación de qué? —preguntó el joven con curiosidad.

—De maestro jardinero. —Eloise parecía sorprendida, como si todo el mundo supiera aquello menos nosotros—. Y además, el doctor Bloem es una de las autoridades a nivel mundial en lo referente al humus.

—¿La crema para untar?

El señor con aspecto de águila parecía desconcertado.

—Yo la uso más para dipear —apuntó Rachel.

—«Humus» es el término que se usa para designar uno de los principales componentes de la tierra. —La joven con el moño apretado hablaba como una experta y nos dejó a todos sin habla—. Básicamente se trata de materia descompuesta. Hojas, restos animales, corteza de árbol, ese tipo de cosas.

—Es en lo que todos acabamos convertidos —dijo con voz cantarina Frances.

Rachel estaba embalada.

—Y está riquísimo con nachos de pan de pita.

Edward carraspeó.

—Si os parece, podemos continuar.

Frances era la siguiente.

—Soy Frances Smith. Yo nunca he practicado la jardinería, pero he visto cómo Eloise lo hacía y me apetece hacerlo por mí misma. Por cierto, las dos somos maestras.

Maestras. Maestras lesbianas, pensamos todos, o al menos yo sí lo pensé, y noté esa pequeña punzada de curiosidad que sentía siempre que conocía a lesbianas u homosexuales o parejas interraciales o cualquiera con una vida que pareciera más interesante y menos convencional que la mía. O sea, casi todo el mundo.

La siguiente era la joven experta en jardinería. Daba la sensación de que podría haber matado a alguien sin pestañear con uno de aquellos movimientos de ninja tan rápidos. A lo mejor solo era que se había hecho un recogido demasiado apretado.

—Hola, me llamo Angela. Podéis llamarme Angie, porque así es como me llama todo el mundo. He tenido muchas plantas de interior porque siempre he vivido en un apartamento, y hago este curso porque no es probable que pueda tener nunca un jardín con tanto espacio como este. Además, lo de que sea gratis ayuda. Y me encantan las verduras. No sabía que se podían traer niños. La semana que viene me traeré a mi hijo, que tiene cinco años.

Ahí estaba, uno de esos despiadados comentarios educados de ninja que te parten el cuello. Y entonces sonrió, y su cara se transformó completamente, revelando a una persona, joven, guapa y feliz. Dos segundos después la sonrisa había desaparecido, el sol había vuelto a ocultarse detrás de las nubes, pero todos lo habíamos visto.

Edward habló.

—La semana que viene nos acompañará una profesora en prácticas que se llama Lisa. Ella se encargará del huerto para los niños. No ha venido esta semana porque hoy no vamos a plantar nada, pero a partir de ahora, vendrá cada semana. De hecho, en el curso aún tenemos sitio para algunas personas más, así que si queréis correr la voz...

Le tocaba al hombre águila.

—Soy Gene. Este año me he jubilado de mi trabajo en la banca y apenas si he pasado cinco minutos al aire libre en los últimos veinte años. Mi mujer está preocupada porque cree que voy a desanimarme y moriré de aburrimiento sin un trabajo, por eso me ha apuntado a este curso, para que tenga un pasatiempo. No sé nada de jardinería, y seguramente soy la persona menos saludable en quince kilómetros a la redonda, así que yo creo que es más probable que me caiga redondo y me muera levantando la pala, pero esposa feliz, vida feliz, ¿no?

Soltó toda esta parrafada sin sonreír, y me dio una idea muy clara de lo que era su vida. Un hombre adicto al trabajo, una esposa paciente y ya mayor, y los dos muertos de miedo ante la perspectiva de lo que fuera a pasarles a partir de ahora. Me pregunté si se había jubilado o lo habrían jubilado.

El joven dijo que su nombre era Mike y estaba allí porque la semana antes había visitado el jardín botánico y vio el cartel del curso y se apuntó por impulso.

—Me gusta hacer todo tipo de cosas —dijo cambiando el peso de un pie al otro—. Practico *skateboard*, *snowboard*, bicicleta de montaña, surf, corro, toco en una banda de música…, pero la semana pasada, estaba bajo un árbol, en la naturaleza, ya sabéis, y me di cuenta de que no hago nada que sea relajado y agradable. Y entonces me volví para irme y ahí estaba el cartel de este curso, delante de mis narices. Fue como una señal del universo, no sé si me entendéis. Por eso hice caso y aquí estoy. —Y esbozó una sonrisa de oreja a oreja—. Ninguna de las personas que veo aquí se parecen en nada a mí, y quizá esté bien pasar el rato con gente diferente para abrir la mente, ¿no?

Yo hubiera pensado que estar con un puñado de personas de mediana edad, sin contar a Rachel, Angela y las niñas, sería aburrido para alguien tan joven, pero me equivocaba tantas veces sobre cosas tan diversas que supuse que me equivocaba también en aquello.

Y entonces me di cuenta de que todos me estaban mirando. Me sobresalté un poco y tragué saliva con dificultad.

—Oh, soy Lilian Girvan, la hermana de Rachel, y estas son mis hijas, Annabel y Clare. Estoy aquí porque voy a ilustrar un libro sobre verduras y mi empresa me ha mandado amablemente a esta clase para que pueda aprender más.

Clare tuvo que hacer su comentario.

—Y no tiene con quien jugar desde que papá se murió.

Silencio. El sonido de los pajarillos. Sonreí como una idiota y esperé a que la tierra se abriera y me tragara. Pero no pasó.

—Fantástico —dijo Edward, quizá un poco demasiado alto—. Empecemos.

Edward desplegó un gran rollo de papel que llevaba y lo puso sobre el suelo.

—Este será el plano de nuestro huerto. En estos momentos es una pizarra en blanco, pero antes de empezar a plantar, es importante saber cómo encajarán las diferentes piezas y dónde irá cada una. A las plantas les gusta crecer, pero debéis pensar en lo que necesita cada una en términos de sol y espacio, y si planificáis bien las cosas, no podéis equivocaros.

Hablaba como un libro para niños de los cincuenta, y eso resultaba extrañamente enternecedor.

Se sentó sobre la hierba, extendió el papel ante él y nos indicó que nos sentáramos también. Todos lo hicimos, con diferentes grados de elegancia. Me di cuenta de que las niñas empezaban a ponerse nerviosas y les dije que podían corretear por allí. Y echaron a correr como galgos. Edward estaba hablando de dividir el espacio.

—Quiero organizar el huerto en grandes parcelas. Una para tubérculos, una para lechugas, una para trepadoras y una para frutos del bosque. Vamos a plantar una gran variedad de ejemplares, y para el final del verano podremos preparar una buena comilona utilizando únicamente nuestros productos. Lo que no utilicemos lo donaremos al banco local de alimentos. Es un huerto comunitario.

Nos miró a todos.

—Trabajaremos por equipos, en rotación, y cada semana cada grupo pasará a la siguiente área. Así todos conoceréis las diferentes plantas que cultivemos. —Miró a Annabel y a Clare, que habían dejado de corretear y estaban haciendo lo de siempre: Annabel ponía cara seria y concentrada, y Clare estaba cantando y miraba a un perro que veía a lo lejos—. Parece que esta vez vamos a tener pocos niños, aunque podríamos aceptar uno o dos más, de modo que pondremos el huerto de los niños aquí. —Se inclinó hacia delante y trazó un pequeño cuadrado justo en el centro—. Si los ponemos aquí, podremos tenerlos controlados mientras trabajan y será más difícil que se nos escapen sin que nos demos cuenta como suele pasar con los niños. —Volvió a echarse hacia atrás—. Cada parcela será relativamente pequeña, porque vamos a utilizar métodos orgánicos intensivos. —Edward estaba dibujando, pero no lo hacía muy bien. Estuve a punto de ofrecerme a hacerlo por él, pero eso habría sido una descortesía—. Tenemos que trazar senderos. —Esbozó algunas pasarelas en una cuadrícula básica—. Y necesitamos espacio para las compostadoras y los criaderos de lombrices.

Angie nos miró a todos.

—¿Ha dicho criaderos de lombrices?

Eloise asintió.

—No las lombrices normales, unas más pequeñas. Producen un fertilizante excelente.

Mike.

—¿Las lombrices?

Eloise.

—No, su orina.

Angie.

—Pis de lombriz.

Edward.

—El pis de lombriz, o té de lombriz, como lo llamamos nosotros, es un milagro de la naturaleza.

Rachel no pudo evitarlo.

—Yo cada día, cuando me arrodillo para rezar, empiezo siempre dando gracias por el pis de gusano. Esas diminutas vejigas no dejan de dar y dar.

Edward la miró y frunció el ceño con esa expresión de «el inglés no es mi lengua nativa y no estoy seguro de si estás bromeando o no», pero volvió enseguida a sus planos. No todo el mundo entiende el sentido del humor de Rachel o comprende que siempre tenga que estar haciendo chistes. Con una madre como la nuestra, las dos desarrollamos una gran capacidad para manejar el sarcasmo, que nos servía de autodefensa.

Edward se puso en cuclillas.

—También tenemos que tener en cuenta la posición del sol en relación con nuestras plantas.

—¿No está encima de nuestras cabezas, por así decirlo? —Mike rió.

—A mediodía sí. Pero, evidentemente, sale por el este y se pone por el oeste, y en su recorrido por el cielo crea sombras que debemos tener presentes. Aquí casi no hay ninguna sombra natural para nuestras plantas, y eso es bueno y malo a la vez. De todos modos, hablaremos más de este tema cuando empecemos a plantar las semillas y las plantas. De momento, lo que tenemos que hacer es ponernos con la tierra.

Se sacó algo parecido a un *walkie-talkie* del bolsillo y apretó un botón.

—Bob, aquí ya estamos listos.

Edward se puso en pie y se estiró. Era un hombre muy alto y robusto, pero no me preguntéis por qué me estaba fijando en esto.

—Normalmente, vosotros tendríais que cavar los parterres para las plantas y hacer los surcos, pero también es verdad que nunca empezaríais con un espacio de este tamaño. Por eso vamos a hacer alguna pequeña trampa.

Y en ese momento oímos el sonido de un motor y al volvernos vimos a un hombre conduciendo un tractor. Venía hacia nosotros. Las niñas chillaron, y los demás sonreímos.

—Es mucho más sencillo —siguió diciendo Edward levantando la voz— utilizar una máquina grande para levantar el suelo, aunque está claro que el motocultor no es un instrumento de precisión. Quedará trabajo de sobra para todos.

El tractor se acercó y se detuvo, y Bob, con la cara de un dios griego y las manos curtidas de un fontanero, vino hasta donde estábamos. Ese era el problema, o la ventaja, de vivir en Los Ángeles: la gente más guapa del mundo venía a Hollywood buscando fortuna y fama. En su casa, en Buttfluuf, Maryland, no dejaban de decirles que tendrían que ser estrellas de cine. Eran el rey o la reina del baile de fin de curso del instituto, o la chica más glamurosa de la organización juvenil 4-H, y bajaban del avión pensando que los *paparazzi* los iban a asaltar. Y en vez de eso descubrían que el tipo que les alquilaba un coche, la chica que les servía un café con leche y el tío de la tintorería eran mucho más guapos que ellos. Y seguramente bailaban y cantaban en dos idiomas. Ibas por la calle y no dejabas de cruzarte con la criatura más bonita que habías visto en tu vida, y entonces doblabas la esquina y veías otras tres. Era una locura. El caso es que allí teníamos otro ejemplo perfecto, conduciendo un pequeño tractor y trabajando en el jardín botánico mientras esperaba que alguien le descubriera detrás de una margarita. Yo, personalmente, habría pensado que hay sitios más transitados donde esperar, pero a lo mejor es que le gustaba el tractor.

Lancé una mirada a Rachel. La famosa borracha se había bajado las gafas de sol y estaba mirando a Bob con expresión pensativa. Yo conocía muy bien esa mirada. La veía en la cara de mi perro cada vez que yo cocinaba carne de ternera. Miré a Bob, sintiendo pena por aquella pobre chuleta, pero vi que él también la miraba, con la indiferencia que solo los hombres muy guapos pueden dispensar. Suspiré para mis adentros. Y yo que pensaba que en una clase de horticultura no podía pasar nada. Estaba claro que me equivocaba.

Edward estaba hablando.

—Bueno ¿quién quiere conducir el tractor?

Por muchos años que viva, nunca olvidaré la imagen de Clare conduciendo un tractor. Sí, iba sentada en el regazo de Bob, y él manejaba los pedales, pero ella tenía las manos sobre el volante y chillaba por los dos.

Clare había sido la primera en levantar la mano cuando Edward pidió voluntarios y, para mi sorpresa, la eligió a ella.

—Eres la persona ideal para empezar, porque en estos momentos no hay nada que puedas hacer mal.

Bob sonrió y la cogió de los brazos de Edward cuando la levantó.

—Ahora te voy a poner este cinturón, así, pero lo más importante es que recuerdes que debes estar sentada todo el rato, ¿vale?

Clare asintió, algo asustada por la altura.

Angie me miró.

—¿No te da miedo que se haga daño?

Yo asentí.

—Sí, pero estoy segura de que Edward y Bob saben lo que hacen.

—Miré a Edward—. Sabéis lo que estáis haciendo, ¿verdad? Es imposible que se caiga y el tractor la aplaste ¿verdad?

Edward miró a Bob, que se encogió de hombros de forma muy poco tranquilizadora.

—¿Quieres que la baje? —preguntó Edward—. Desde luego, si Bob pierde la cabeza y la arroja delante del tractor sería terrible.

La imagen me pareció divertida y me puse a reír, y entonces me di cuenta de que yo era la única que se reía.

—Deja que lo haga. —Me volví. De todas las personas posibles, había hablado Gene—. Está experimentando lo que generaciones de niños han hecho en las granjas durante la historia de nuestro país, y además ¿qué es la vida sin un poco de emoción y riesgo?

El hombre seguía sin sonreír, lo que acentuaba aún más ese aire que tenía de Sam «el águila» de los teleñecos. Pero tenía razón.

—No pienso bajarme —declaró Clare inflexible.

Yo miré a Rachel y ella levantó las manos. Annabel habló.

—Si ella puede hacerlo, yo también quiero.

—Bueno, vale. Pero si se te cae —le dije a Bob con tono amenazador—, te convertiré en humus.

Bob se rió.

—Me parece justo.

Y, *voilà*, el tractor echó a andar, con Clare chillando de entusiasmo. Porque ¿y qué si acababa esperando en una sala de urgencias, hundida, mientras trataban de salvarle la pierna o extirparle un riñón a mi hija? Seguro que me perdonaría.

Cuando completaron dos vueltas, mientras el motocultor levantaba la hierba por detrás, Bob paró delante de nosotros.

—¿Quién va ahora?

—¿Yo también puedo sentarme en tu falda? —preguntó Rachel sin pudor.

Bob sonrió y asintió.

Y cuando se pusieron en marcha, con los mismos chillidos y las mismas risas, era evidente que el hombre no sabía que estaba perdido.

Lo de cultivar verduras resultó ser divertido, pero mucho más duro de lo que esperaba. Una vez desbrozada la tierra, aparte de las amplias franjas de hierba que quedaron como senderos, medimos con pasos las cuatro parcelas principales y las delimitamos con banderillas y cordel. El tiempo se acabó muy deprisa y Edward nos aseguró que cuando volviéramos la semana siguiente las cosas estarían bastante más avanzadas.

—Es una pequeña trampa, pero en tres horas realmente no hay tiempo para hacer todo lo que tenemos que hacer, y si dejamos la tierra así durante una semana, nos pasaremos la próxima sesión arrancando malas hierbas. De modo que durante la semana, Bob y yo crearemos canteros y parcelas y lo prepararemos todo. Vuestros deberes serán investigar un poco y decidir qué verduras queréis incluir en la siembra. Yo también os enviaré una lista, así que aseguraos de que vuestro correo electrónico figura en vuestro formulario de matriculación. Y ya que estáis, buscad también la palabra «potager» o huerto doméstico, que es la clase de huerto que vamos a crear. Básicamente se trata de un huerto en el que las verduras, las flores y las hierbas se cultivan juntos y de ese modo lo hacen más eficiente. —Frunció el ceño al escucharse—. Disculpadme, tengo tendencia a dar discursos. La horticultura me fascina. —Carraspeó con educación—. No sé si lo sabéis, pero se dice que este tipo de huertos empezaron a cultivarse junto a las casitas de campo o las casas pequeñas en el siglo XIV después de que la Peste Negra matara a tanta gente que quedó tierra suficiente para que todo el mundo tuviera su propio huerto. Yo prefiero pensar que también fue una forma de responder a la tensión de la época, porque en momentos de gran dificultad, cultivar comida es reconfortante, además de útil.

Hizo una pausa.

—Lo estoy haciendo otra vez, ¿verdad?

Y de pronto se me ocurrió que la pregunta «Mami ¿qué es la Peste Negra?» formaría parte de mi futuro más inmediato.

Edward siguió hablando, totalmente ajeno a mi monólogo interior.

—Lo que quiero decir es que Bob os facilitará las cosas, pero aun así seguiréis teniendo mucho trabajo que hacer. Lo poco que tendréis que comprar son un buen par de guantes de jardinería, un sombrero de ala ancha y mucha crema solar. —Agitó la mano—. No tenemos sombra aquí, y eso significa que el riesgo de que os queméis es alto, y las quemaduras solares duelen.

Se volvió de espaldas y se señaló la nuca, que realmente estaba muy marrón.

—Nuca, hombros, antebrazos y manos. Y un verano inolvidable, cuando era joven y tonto, las plantas de los pies. Me consideraba demasiado guay para ponerme zapatos, pero no fui lo bastante listo para aplicarme protector solar en los pies.

Nos reímos. Mike intervino muy contento.

—Cuando empecé a hacer surf, yo también era muy tonto, y me quemé la parte de atrás de las rodillas. Joder, me pasé cuatro días llorando y sin poder moverme de la hamaca, mientras mis amigos se dedicaban a coger olas increíbles.

—Pues pasarse el día tumbado en una hamaca no suena tan mal —dijo Frances sonriendo.

—No está mal si se supone que tienes que estar en la escuela o algo así, pero cuando la alternativa es hacer surf... es una tortura.

Era muy formal, nuestro joven Mike, pero bien podía ser que estuviera viviendo en un mundo de fantasía. Desde luego, Angie le miraba con expresión confusa, aunque eran más o menos de la misma edad. Pensé de nuevo en lo que Rachel había dicho, sobre el tipo de persona que se apuntaría a un curso como aquel. Y no detecté ningún atisbo de locura, al menos de momento. Quizá era como ese dicho que circula sobre el póker: si no sabes quién es el pringado de la mesa, seguramente eres tú. Mientras caminábamos de vuelta a la entrada del jardín botánico, acabé andando junto a Angie.

—¿Tu hijo tiene cinco años?

Ella asintió.

—Solo vive conmigo en fines de semana alternos, porque tengo la custodia compartida con su padre, pero a lo mejor se relaja un poco y me deja traer a Bash todas las semanas.

La miré.

—Tampoco creo que pase nada si solo lo traes cada dos semanas. No van a ponernos nota.

Ella sonrió.

—Es verdad, pero te diré una cosa. Me he criado en los Proyectos, las viviendas de protección oficial, al este de Los Ángeles. Y no había visto tanto verde hasta que llegué a la adolescencia. En serio. Los únicos árboles que había visto eran esos tan hechos polvo que hay en la calle, rodeados de cacas de perro. El solo hecho de poder corretear por el césped como han hecho tus hijas hoy, es algo que Bash no puede hacer muy a menudo. O sea, que pienso traerlo cada semana. —Me sonrió con dulzura—. Aunque eso signifique que tenga que disparar al idiota de su padre en las pelotas.

El domingo siempre ha sido mi día favorito. Dejo que las niñas se den un atracón de tele, holgazaneando en la sala de estar en pijama, y que llamen a *Frank* para que limpie lo que se les cae, mientras yo finjo que vivo en el París del cambio de siglo, y estoy sorprendentemente delgada, joven y sin preocupaciones. Cuando Dan vivía, iba hasta la esquina con *Frank* para comprar el *New York Times*, lo desplegábamos todo y competíamos para ver quién se quedaba con *The week in review* y el magazine. Ahora leo las noticias en el ordenador, luego me paso una hora mirando imágenes del antes y después de las celebridades y sus operaciones de cirugía. Ni siquiera sé por qué lo hago. Empiezo leyendo alguna cosa digna e intelectualmente interesante, como el destino del agua en el mundo, o la política sobre los transexuales en Hungría, y siempre acabo volviendo a la cara de Meg Ryan. Es como un agujero negro.

Al final me levanté para ver si conseguía que las niñas me dieran algo que hacer. Pero me despacharon con un gesto de la mano y, después de quedarme un rato en la entrada, viendo con disimulo *Phineas y Ferb*, decidí salir a valorar mi patio trasero. Quizá pudiera crear un huerto que nos diera de comer a todos. O criar gallinas o algo así. Me senté en los escalones de la cocina y me tomé un café, escuchando los sonidos de una mañana de domingo en Los Ángeles (helicópteros, música rap saliendo por las ventanillas de los coches, *hipsters* que iban en bici a mercados de proximidad, haciendo sonar sus estúpidos timbres *vintage*). *Frank* pasó por mi lado y bajó los tres o cuatro escalones de cemento. Por fin, pensó el perro, por fin ha descubierto el alijo de salchichas orgánicas con el que tanto he soñado. Y después de olfatear por el patio durante un minuto, que es lo que se tarda en hacer una inspección exhaustiva allí detrás, se dejó caer con aire taciturno y dejó escapar un suspiro que hizo volar una hoja. Yo sabía muy bien cómo se sentía, porque no tenía muy claro que allí pudiera plantarse nada. Por las mañanas brillaba el sol, pero había una multitud de malas hierbas dispuestas a tomar las armas si tratábamos de desalojarlas, y una ardilla me miraba con expresión siniestra desde el único árbol que teníamos. La ardilla era una criatura urbana, estaba muy gorda y redondita (teníamos un McDonald's a la vuelta de la esquina, y seguramente aquel animalillo tenía una colección de muñequitos de Happy Meal que rivalizaba con la de Clare) y estaba golpeando un tubo de metal contra su mano, a modo de advertencia. Vale, esto no es cierto, pero tenía un aire amenazador, eso sí, no tenía nada que ver con las criaturas tímidas y huidizas que nos pintan en los libros infantiles. Tengo una amiga que solía alimentar a las ardillas que acudían a su terraza, al estilo Blancanieves, y un día, se atrevió a alargar la mano para acariciar a una de sus pequeñas amigas y el animal le mordió tan fuerte que le llegó al hueso. Tuvieron que vacunarla contra la rabia. Repito, hasta el hueso. Cuando Tennyson dijo: «Naturaleza, roja de dientes y garras», yo pensé que la naturaleza se guardaría su rojez para sí, por así decirlo, pero parece que de alguna forma nos hemos visto implicados y en cualquier momento los animales van a venir a por nosotros. Nos estaría bien empleado (ver la referencia a McDonald's de antes).

Apoyé la cabeza contra el marco de la puerta, cerré los ojos y traté de imaginar un pequeño oasis de verduras en mi jardín. ¿Quería flores? ¿Verduras? ¿Largas enredaderas con frutos de la jungla y chimpancés chillando y arrojando plátanos? Empecé a adormecerme; esa es otra de las cosas que he descubierto sobre mi vida, antes tenía energía, hasta que llegaron las niñas. Ahora, llevo siete años viviendo con un déficit de unas dos horas de sueño por noche, y si cierro los ojos, me duermo. Me sorprendí soñando con verduras tan radiantes y bonitas que solo podían ser de Hollywood, verduras profesionales con agentes. En mi huerto perfecto, yo estaba con un cesto de carrizos colgando del brazo, con el pelo recogido en largas trenzas con dos lazos rojos en los extremos, recogiendo habichuelas. Una de las niñas (como las mías, pero limpias) estaba en pie a un lado, mirándome con admiración, maravillándose ante mi dominio de la madre naturaleza. Porno de la reproducción vegetal. Abrí los ojos. La realidad era un patio trasero principalmente de hormigón, un diminuto tramo de césped en un rincón, con varias muñecas de Polly Pockets sucias y medio enterradas en los parterres de flores, como las víctimas de un crimen de guerra. Veía los suficientes envoltorios de caramelo para suponer que mis hijas los estaban importando de algún lugar del exterior y había pocas cosas que hubieran podido crecer allí. Suspiré. Como sucede siempre con el porno, la realidad y la fantasía no se parecían ni remotamente.

CÓMO PLANTAR TOMATES

Clava tu tomatera en el suelo y admírala: a los tomates les gusta que los piropeen. Riega generosamente.

- Cuidado con los insectos predadores: son escurridizos.

- Si el tiempo es muy seco, busca algunas piedras planas y coloca una junto a cada tomatera. Las rocas atraen el agua que hay debajo de la tierra y evitan que se evapore.

- Si usas estacas, poda las plantas arrancando los brotes nuevos de modo que solo crezcan un par de tallos por estaca.

- Trata de no consumir todos los tomates de cada tomatera y sé cauto: un tomate recalentado por el sol puede ser explosivamente jugoso.

CAPÍTULO 5

A la mañana siguiente, casi no había tenido ni tiempo de sentarme a mi mesa cuando sonó el teléfono. Era Roberta, de arriba.

—¿Cómo fue la clase?

—Fue divertida, gracias. —Desenvolví mi desayuno de campeones: un pastelillo de canela del tamaño de la cabeza de un bebé y un café triple con leche. Se vive mejor con química.

—¿Ningún incidente con gusanos?

—Ninguno digno de mención. Solo los vimos de lejos.

Estaba un poco impaciente por hincarle el diente al pastelillo, tengo que reconocerlo.

Ella hizo como que se estremecía.

—¿Y el hijo de los Bloem? ¿Hablaste con él?

Fruncí ligeramente el ceño.

—Sí, claro. Él era el profesor. Hubiera sido difícil no decirle nada.

—¿Crees que habéis conectado?

Lo pensé.

—Um… claro.

Roberta pareció satisfecha.

—Excelente. ¿Mencionó Poplar?

Traté de ser buena, pero Roberta se estaba interponiendo entre mi buñuelo y yo.

—Bueno, sí. Me preguntó si quería pasarme a Littleman's Press, porque se habían ofrecido a hacerles la enciclopedia por menos dinero que nosotros y a plantar catorce mil árboles para repoblar la tierra.

Littleman es nuestro competidor más importante, y la rivalidad amistosa entre nosotros a veces no era tan amistosa.

Ella respiró hondo.

—¡Definitivamente no! ¡Nosotros plantaremos más! ¡Diles que plantaremos veinte mil!

Yo fui a lo mío y mordí el pastelillo, solo para hacerla sufrir un poco más.

—Lo decía en broma. No dijo nada de eso. Yo dije que estaba trabajando en las ilustraciones de un libro sobre verduras, pero no mencioné quién lo publicaba. ¿Quieres que lo haga?

Se hizo un silencio mientras ella valoraba las implicaciones políticas de mi sugerencia.

—Tal vez. Si surge la ocasión de una forma natural.

Yo me reí agradecida.

—¿Por qué te ríes? —Parecía preocupada.

—Pensé que estabas haciendo un chiste. Ya sabes natural, cultivo… —no dije más.

—Poplar cuenta contigo, Lili —advirtió Roberta—. Por favor, tómate esto en serio.

—Vale, Roberta.

Cuando colgué, me chupé los dedos y pensé si era yo la que no tenía sentido del humor o ella. Decidí que era ella, y seguí con mi jornada.

Después del trabajo fui a la tienda de comestibles. Leah, la canguro, estaba en casa con las niñas, así que me dediqué a deambular por los pasillos de la tienda, eligiendo alimentos poco adecuados y porquerías varias. Cuando salí del hospital, Leah estaba allí. Rachel la había contratado con el dinero del seguro de vida de Dan. Ella hace que mi vida sea posible, y no lo digo en broma. El día que llegue a las puertas del cielo, eso suponiendo que no me manden para el otro lado, Leah es la persona a quien voy a recomendar. Eh, Pedrito, diré, Leah es mi favorita. Asegúrate de que le asignáis una buena nube. Ella va a recoger a las niñas al cole los días que yo no puedo, las lleva a casa, les da la merienda, empieza a preparar la cena, ayuda con las tareas domésticas y básicamente suaviza la transición. Y cuando yo entro por la puerta, la casa es un remanso de paz. Un santuario de lucidez en un mundo de locura. Un puerto seguro y tranquilo.

Como lo que pasó esa noche, por ejemplo, cuando volví de la tienda de comestibles.

—Mamá, Annabel ha dicho que los gatos chico tienen tetas. He mirado a *Oscar* y no tiene tetas, y entonces me ha arañado y Annabel se ha reído.

Y esto lo dijo con lágrimas ardientes en los ojos, y con un tono que hizo que el perro se pusiera a arañar la puerta de atrás y a gimotear.

Acabé de cruzar la puerta y la cerré con cuidado a mi espalda. La mala de la película estaba allí mismo.

—Mamá, Clare se lo está inventando todo. Ella ha dicho que los gatos no tienen tetas, que solo tienen tetas las mamás. Y yo le he dicho «¿Y las mamás gato?». Y entonces *Oscar* le ha arañado. De verdad, yo no he sido.

Leah estaba apoyada contra el marco de la puerta de la cocina, con las palmas en alto.

—Lo siento, abrí la nevera en un momento de silencio y calma y cuando la cerré todo el mundo estaba llorando.

Oscar era el gato del vecino, pero veía los límites de las propiedades como una muestra más de la perfidia de los humanos, y pasaba tanto tiempo en nuestra casa como en la suya. *Oscar* se entendía con nuestra gata, *Jane*. Los dos estaban operados, de modo que imagino que la cosa se limitaba a darse la pata y acicalarse mutuamente, aunque quién sabe.

—¿*Oscar* está bien?

Mi padre había sido abogado, y me había enseñado a aclarar el tema de la responsabilidad civil antes que nada.

Ellas asintieron.

—¿Está en la casa?

Clare negó con la cabeza.

—No, estaba durmiendo en el patio y yo le di la vuelta para mirarle las tetas, y él me arañó y salió corriendo.

Annabel la miró.

—Si él viniera cuando estás durmiendo y te diera la vuelta tú también te enfadarías.

—Te has reído de mí. Mami, yo tenía mucha sangre y me estaba muriendo y Annabel se ha reído.

Leah meneó un poco la cabeza.

—¿Te estabas muriendo? —pregunté mientras dejaba mi bolso en el suelo y trataba de quitarme a las niñas de encima para poder dejar las llaves—. ¿Hay café, Lee?

—En la cafetera, recién hecho.

En mi cocina el café no se sirve solo por las mañanas. Yo he sido capaz de levantarme una noche porque una de las niñas estuviera llorando y me he tomado una o dos aspirinas con café frío. No me hace nada. De hecho, no soy consciente de hasta qué punto estoy enganchada hasta que me salto una taza o dos y caigo redonda al suelo con una especie de aneurisma. He oído decir que el café engorda. Es un pequeño precio a cambio de la conciencia.

—A ver, señoritas. —Me arrodillé para mirarlas a los ojos—. Tenemos que aclarar esto. Todos los mamíferos producen leche, eso ya lo sabéis. Las mamás de los mamíferos producen leche para alimentar a sus crías. Los gatos son mamíferos, por tanto, las mamás gato tienen tetas. *Oscar* es un chico, y por eso no tiene tetas.

—Pero tiene pezones.

Vaya, parece que no la había arañado tan rápido.

—Todos los mamíferos macho tienen pezones, aunque nadie sabe por qué. Seguramente es para mantener el pelaje aseado. Dejémoslo. Segundo, nunca es buena idea despertar a un gato de golpe. Se enfadan. Si molestas a un gato y te araña, te lo has buscado, ¿vale?

Respiré hondo y me volví hacia Annabel.

—Pero está muy feo que te rías de tu hermana porque el gato la ha arañado, así que discúlpate, por favor.

Ella masculló algo.

—En inglés.

Ella volvió a mascullar.

—Que lo oigamos.

—Perdona, Clare.

—Bueno, asunto cerrado. Ahora vamos a ver a quién ha matado Leah para la cena.

Y entonces me quité el abrigo. Solo llevaba cinco minutos en casa y ya había resuelto una crisis. La maternidad tenía sus recompensas.

Por lo visto Leah había degollado un pollo, lo había cortado en pequeños trozos irregulares y lo había rebozado, y todo en la hora que había pasado desde que llegaron a casa. Es muy productiva.

—Había pensado en unas judías estofadas y queso, luego fruta que ellas no querrán; quizá se puede añadir un yogur para que lo prueben.

Sí, desde luego Leah entendía muy bien a mis hijas.

Me serví una taza de café.

—Genial. Annabel, ¿has puesto ya la mesa?

—Iba a dejar que lo hiciera Clare, para disculparme por haberme reído.

—Es muy considerado por tu parte.

Fui a mi habitación para cambiarme y me llevé el café conmigo. No había hecho ningún cambio en el dormitorio desde que Dan murió, y su lado de la cama se había convertido en el lado de *Frank*. El viejo perro estaba tumbado cuando entré, sin duda llenando la colcha de diminutos huevos de gusano o alguna cosa de esas. Estaba soñando, y se le movía una pata, y dejé que durmiera tranquilo. Dan y yo lo habíamos traído a casa de cachorro. Lo adoptamos en una protectora, y me había visto pasar por la cohabitación, el matrimonio, la maternidad y ahora el duelo. *Frank* era lo que yo llamaba un sabueso de los basureros de Los Ángeles, un perro mestizo con un mayor porcentaje de labrador. Color crema, rechoncho y lento. Yo aspiraba a parecerme a él, porque su manera de plantearse la vida era superzen: ama a la gente buena, valora lo que comes, haz siestas frecuentes, sé paciente y di que sí a todo. Colgué cuidadosamente mi ropa de trabajo y me puse mi ropa real. Pantalones de chándal, una camiseta de Halloween que por alguna razón me hacía parecer dos kilos y medio más delgada (se había dado en la lavadora de una forma rara y colgaba como debía) y calcetines de estar por casa. Gracias, Target, santuario de aquellos que recorremos tus pasillos en una búsqueda sin rumbo de la única cosa que vinimos a buscar y las cuarenta y dos que no pero que, a ese precio, resultan irresistibles. Cuánto te queremos. Me volví para irme y *Frank* se levantó y bajó de la cama haciendo un ruido sordo que resonó por el suelo seguido de una pausa, durante la cual el animal se preguntó si había sobrevivido al impacto y comprobó si le seguían funcionando las patas. Yo me siento igual cada mañana, la verdad. Volví a la cocina arrastrando los pies y *Frank* me siguió adormecido.

Mientras las niñas comían, Leah me puso al día.

—Annabel tiene deberes de matemáticas y ya ha hecho la mitad, son para el miércoles. Clare tiene que leer, nada más. Han invitado a Annabel a jugar después de clase, el viernes.

—¿Dónde?

—En casa de Charlotte.

Eché mano de la agenda de casa, un gran calendario azul que llevábamos entre todas.

—Ya está apuntado.

Si Leah tenía una virtud, era la organización. De hecho, tenía muchas virtudes, y además era organizada.

Yo la miré fingiendo indignación.

—¿Cómo sabías que podría llevarla? ¿Y si hubiera tenido otros planes?

Leah rió. Yo esperé. Leah siguió riendo. Yo seguí esperando.

—No, ¿en serio? —de pronto pareció preocupada—. ¿Tienes planes?

—No, solo te estaba tomando el pelo. Tenemos una clase de horticultura por la mañana, pero nada más.

Ella me sonrió con expresión paciente y consultó su reloj.

—Oh, tengo que irme. Tengo una clase.

Besó a las niñas, revolvió el pelo de *Frank* y salió por la puerta. A mí nadie me revolvía el pelo.

Me senté y robé un *nugget* del plato de Annabel.

—Los *nuggets* no son el mejor alimento. —Y agitó uno de los *nuggets* delante de mí—. Tendrías que comer verduras y cosas así. Te ayudan a crecer.

—Yo no necesito crecer más, cariño. Ya he crecido bastante.

—Sí, pero tienes que alimentarte bien. Nos lo han dicho en el cole. Si no, pillarás corbuto y se te caerá el pelo.

Fruncí el ceño.

—¿Quieres decir escorbuto?

—Lo que he dicho. Te pasará eso y se te caerá el pelo. Tienes que comer más limas.

—Gracias, cielo, lo tendré en cuenta.

Clare se mostró tan atenta como siempre.

—Ya se le está cayendo. Lo he visto en la ducha. Y no puede ser nuestro porque nosotras no nos duchamos.

Genial. Ahora me estoy quedando calva.

—A lo mejor es de *Frank* —sugerí poniéndome en pie y yendo hacia la nevera—. A lo mejor se ducha en secreto.

Saqué lo que necesitaba para preparar un sándwich de jamón y me puse a ello.

—Él no puede abrir el grifo.

—No tiene pulgar.

Frank estaba allí, mirando a la una y la otra cada vez que oía su nombre, contando los *nuggets* que iban y venían. A veces, cuando las niñas ya se han acostado, me lo encuentro allí, esperando pacientemente junto a la mesa. De alguna forma sabe que queda un *nugget* untado en kétchup en un contenedor de plástico y, maldita sea, le pertenece por ley (debe de ser la ley Labrador vs. Niña, US 1978). Es demasiado educado y demasiado viejo para subirse a la mesa y cogerlo, y tiene la suficiente fe para pensar que al final me acercaré y se lo daré. Se mueve por la casa como una beluga varada en la orilla, majestuosa e impávida. Me observa con detenimiento. A lo mejor piensa que voy a descubrir una bandeja de chuletas por aquí, o una veta de mantequilla de cacahuete por la pared. Su eterno optimismo me tiene anonadada.

—¿Puedo comer helado? —preguntó Clare.

—¿Te has acabado la fruta?

—Sí. Casi. La mayoría.

—Entonces vale. ¿Puedes cogerlo tú misma?

Estoy tratando de enseñarles a ser autosuficientes, y levantarse para ir a coger el helado parecía un buen punto de partida. El hecho de que yo acabara de sentarme no tenía nada que ver.

Clare se levantó, abrió la puerta de la nevera y varias bolsas de guisantes congelados le cayeron encima.

—¡Avalancha! —gritó retrocediendo.

Le pedí a Annabel que fuera a ayudarla, y evidentemente, ella se negó. A veces me pregunto qué pasó con el cheque que mandé a la escuela del encanto. Nunca me lo devolvieron.

Volví a meter los guisantes en la nevera, saqué el helado, puse un pequeño pegote en un cuenco, se lo ofrecí a Clare, ella lo rechazó, puse un pegote más, lo ofrecí, lo rechazó, añadí salsa de chocolate y finalmente Clare lo aceptó.

Mientras ella volvía a su asiento, lamí lentamente la cuchara con la que había servido el helado y chupé un poco de salsa de chocolate que me había caído en el nudillo. Sí, como ya dije antes, la maternidad tiene sus recompensas.

Esa misma noche, más tarde, cuando las niñas ya dormían, sonó mi teléfono. Miré la hora: las 23.00 h. Solo una persona podía llamarme tan tarde.

—Hola, mamá.

—Hola, querida, ¿cómo estás?

Estaba borracha, aunque aún no sabía si mucho o poco. El hecho de que hubiera coordinado lo suficiente como para utilizar el teléfono parecía indicar que no demasiado, pero cuando aprendió a controlar el tema de la marcación rápida, incluso ese parámetro había dejado de ser fiable.

—Estoy bien, mamá. De hecho estaba a punto de acostarme.

—¿Tan pronto?

Es lo que tiene mi madre: cree que tiene veintisiete años. Fue modelo y empezó siendo muy joven, como a los trece años. A los trece tuvo que fingir que tenía dieciséis; a los veinte tuvo que fingir que tenía dieciocho; a los treinta y cinco tuvo que fingir que tenía veintisiete; y se quedó ahí. Lo más probable era que hubiera olvidado cuál era su edad real. Se había criado en Inglaterra, bajo la tutela de una mujer que mi padre describía como la mujer más bruja del Imperio Británico, y eso que él nunca decía nada malo de nadie. Mi abuela se había especializado en la más británica de las cualidades, el sarcasmo, y mi madre creció pensando que esa era la forma normal de hablar a los demás. Además, como buena narcisista profesional que era, siempre había sido incapaz de ver nada desde un punto de vista que no fuera el suyo, aunque escuchaba a mi padre con una reverencia que casi rozaba lo infantil. Rachel y yo nunca entendimos lo que papá había visto en ella, aparte de su belleza física, que era mucha. Pero estaba claro que veía algo, porque la envolvió con su amor, y su sentido del humor y su inteligencia siempre la protegieron a ella y a los que la rodeaban de su amargura y su ineptitud. Ahora que papá no estaba, las cosas eran un poco más complicadas.

—Sí, mamá. Tengo que levantarme temprano ¿lo recuerdas? Para llevar a las niñas al cole, ir al trabajo, lo normal.

Mi madre suspiró, y en ese suspiro detecté aproximadamente tres güisquis escoceses con soda. Lo habitual; no era probable que se me echara a llorar o me acusara de nada.

—Llamaba para saber si podemos comer este fin de semana. Hace mucho que no veo a mis nietas. —Suspiró—. Ya no soy tan joven, ¿sabes? No voy a estar por aquí mucho más tiempo.

Puse los ojos en blanco.

—Mamá, tienes sesenta años, haces ejercicio todos los días y comes como un pajarillo. Estás más sana que ninguna de nosotras.

Una pausa. La había distraído con un cumplido y eso nunca fallaba.

—Pero quiero ver a las niñas.

Recordé la clase de horticultura, que al momento compensó con creces lo que me había costado... por mucho que fuera gratis.

—Mamá, lo de comer los sábados no va a poder ser durante unas semanas. ¿Por qué no vienes a cenar aquí una noche?

—Cenáis muy temprano, Lilian. Como los granjeros y la gente de campo. La gente civilizada cena después de las ocho.

Yo esperé. Ya habíamos tenido aquella conversación demasiadas veces.

—¿Por qué no podemos quedar para comer? ¿Has quedado con alguien?

Quejumbrosa y chismosa en solo dos frases. Era una auténtica maestra.

—No.

—¿Por qué no? Te recuerdo que tú tampoco eres tan joven. Y tu belleza siempre ha sido más carnal que la mía. Por desgracia, la carne no se conserva tan bien como la estructura ósea.

Conté hasta cinco. Pensé en mis hijas. Le rasqué a *Frank* detrás de las orejas.

—Las próximas seis semanas asistiremos a una clase los sábados por la mañana, nada más. Podemos quedar para cenar un día, ¿vale? Y ahora tengo que acostarme, mamá.

Más suspiros.

—Bueno, a lo mejor Rachel quiere comer conmigo. De todos modos, ella tiene una vida más interesante.

—Rachel viene a clase conmigo, mamá. Lo siento.

—¿Qué clase es esa? ¿Es algo que me pueda gustar?

Me levanté y empecé a apagar luces.

—No, mamá. Es una clase de horticultura. Hay que estar en el exterior. Ya sabes, al sol.

No podía fallar.

—Oh, no, yo no podría. —Fui hacia mi habitación articulando las palabras al mismo tiempo que las iba diciendo ella—. Con mi piel no podría.

Colgué y me estremecí, como si fuera un perro que tiene algo en la oreja. Cuando apoyé la cabeza en la almohada, sentí que sus palabras resbalaban sobre mí. De pequeña, sus dardos envenenados me habían hecho mucho daño; en cambio, ahora rebotaban contra mi piel cicatrizada. Me sentí afortunada.

Esa noche volví a soñar con Dan. Éramos jóvenes, y él me llevaba cogida de la mano mientras cruzábamos la calle. Podía notar sus nudillos bajo mis dedos, noté cómo me apretaba la mano con los dedos cuando se detuvo para dejar pasar un coche. Mi manga rozaba su chaqueta, percibía el olor de su piel, y le veía la comisura de la boca, estaba sonriendo. Yo iba apenas un paso por detrás y estaba mirando hacia abajo cuando su mano me soltó y me encontré sola en medio de la calle. Dan estaba en la acera, y mientras yo lo miraba con el ceño fruncido, pasó un tren y se lo llevó por delante, de una forma tan repentina que aún podía ver su imagen en mi retina. Y entonces volvía a estar sosteniendo mi mano, y yo trataba de sujetarlo con fuerza, pero todo volvía a repetirse, la mano, el tirón, el tren. Me desperté y me quedé tendida un momento, tratando de recordar cada detalle, cómo era que me sujetara de la mano, cómo era su olor.

Al final me levanté y fui al armario. *Frank* levantó la cabeza pero volvió a bajarla con un suspiro cuando vio lo que hacía. Ya lo había visto antes. En el armario, en unas grandes bolsas de Ziploc, tenía la ropa de Dan. No toda, pero sí la mayoría. Algunas bolsas no las había abierto nunca, otras las había abierto muchas veces. Saqué una donde había guardada una camiseta que le había visto ponerse al menos una vez a la semana durante todos los años que estuvimos juntos y la abrí de un tirón. Me la pegué a la cara y aspiré con fuerza, tratando de inhalar la única cosa física que me quedaba de él, el olor de su ropa sin lavar.

El día que Dan murió yo estaba haciendo una colada y había mucha ropa. Y lo lamenté amargamente. Cuando volví a casa aquella primera noche, las niñas y *Frank* estaban a salvo en casa de mi madre, y todo estaba a oscuras. En el bolso llevaba la declaración del hospital donde detallaban los esfuerzos que habían hecho por revivir a mi marido, la enorme factura por los inútiles servicios prestados. En la oscuridad, entré en nuestro dormitorio y guardé en una bolsa doble todo lo que pude encontrar suyo que no se hubiera lavado. Mientras caminaba por el cuarto con los pies vendados por haber caminado descalza sobre los cristales en la calle, recuerdo que notaba una tremenda presión en el cráneo, como si las sinapsis de mi cerebro se estuvieran partiendo una a una. Cada vez que respiraba, dolía, notaba el aire afilado y acre, desgarrando el tejido blando de mis pulmones. Mi cuerpo entero palpitaba con cada latido, como si estuviera colgada boca abajo y la sangre se me acumulara detrás de los ojos. Pero era de vital importancia que hiciera aquella última cosa, que capturara las últimas moléculas de Dan que quedaban en la tierra: las células de la piel, los diminutos átomos de sudor, los restos microscópicos de crema de afeitar... antes de que se evaporaran y me dejaran sin nada.

Por suerte, cuando Rachel encontró las bolsas después de que me hubieran hospitalizado, entendió enseguida por qué lo había hecho y las puso en lugar seguro. Desde entonces, las he racionado al máximo, y solo dejo escapar un poquito de ese aire cuando es necesario. Y en ese momento, mientras aspiraba el tenue aroma de mi marido, volviendo la cabeza y cerrando la bolsa cuando necesitaba sollozar, aún deseaba haber muerto en vez de él. A él siempre se le había dado mejor el duelo.

CÓMO PLANTAR BRÓCOLI

Planta en otoño si vives en un lugar con un clima templado, si no, hazlo a mediados o finales de verano.

- Deja una separación de entre 30 y 60 cm entre planta y planta y una distancia de 90 cm entre las diferentes hileras. Al brócoli le gusta quitarse el corsé y expandirse.

- Si aparecen demasiadas plántulas, sé implacable cuando clarees. Las necesidades de pocas plantas son más importantes que las necesidades de muchas.

- Trata de mantener la tierra húmeda. El brócoli necesita humedad. Pero no mojes las cabezuelas en desarrollo cuando riegues. Cobrarán vida y aterrorizarán al vecindario. No, no es verdad, pero no les gustará.

CAPÍTULO 6

Al día siguiente, después de clase, las niñas y yo fuimos a la librería y elegimos una guía de plantas (además de los inevitables siete libros con princesas, caballos, hadas y cierto individuo cuadrado y amarillo que vive en una piña y debe permanecer anónimo). No quiero malcriar a mis hijas, pero me gusta ver que se entusiasman con los libros. Sí, a menudo esos libros tratan sobre personajes que ven por televisión, y les gustan mucho más los caramelos, pero sigue siendo entusiasmo por la palabra escrita. Además, puedo deducirme el dinero que gasto de los impuestos porque trabajo en una editorial. Así que me salen prácticamente gratis. Estas matemáticas creativas desesperaban a Dan.

—¿Cómo puedes gastarte cincuenta dólares y decir que has ahorrado dinero? —me decía agitando la tarjeta de crédito delante de mí.

Era una de las cosas por las que solíamos discutir.

—Porque normalmente me habría costado ochenta, y eso significa que me he ahorrado treinta dólares. ¿Cómo puede ser que no lo veas?

—¡Porque para empezar no necesitábamos los jodidos libros, la ropa, el material artístico, los juguetes para perro ni el calentador para cera de parafina! —Y entonces empezaba a despotricar y me soltaba todo un discurso sobre las consecuencias de acumular demasiadas cosas, demasiados cachivaches, mientras andaba arriba y abajo entre un revoltijo de calcetines y aparatos electrónicos. Me arrepiento amargamente de haber pasado tanto tiempo discutiendo con él. Si pudiera cambiar el tiempo que malgasté recogiendo calcetines y quejándome por otro beso, o incluso por cinco minutos sentados a solas y en silencio, tomando un café en la sala de estar, lo haría sin pensarlo. En el suelo del dormitorio ya nunca había calcetines de hombre tirados por todas partes, ni calzoncillos, y seguramente el suelo los añoraba tanto como yo.

Cuando llegamos a casa, Clare no demostró ningún interés por el libro de plantas.

—Yo quiero plantar fresas, ya lo he dicho.

Y se fue a su habitación, seguida por *Frank*.

—¿Nada más?

—No. Fresas.

La puerta de su cuarto se cerró. Y me pregunté cuándo se transformaría aquella encantadora testarudez en un comportamiento obsesivo compulsivo.

Annabel demostró más interés, aunque también ella quería fresas.

—¿Solo serán verduras, o podemos plantar también flores?

—Lo que quieras, creo.

—¿Se pueden plantar flores con un dibujo? —preguntó.

Estaba pasando las páginas de la guía de flores.

—Creo que sí, claro. No creo que nadie vaya a discutir por eso.

Yo me estaba preparando un café y ella estaba sentada a la mesa.

—Quiero hacer un corazón con flores rojas, rodeado de flores azules.

—Muy bien, pues buscaremos flores rojas y flores azules.

Pasamos las páginas y Annabel eligió violetas azules (el nombre de la variedad era «Porcelana Pintada», flores de un azul pálido con bordes más oscuros, muy bonitas) y unas que se llamaban cosmos encarnado o flor de chocolate, que tiraban más al borgoña que al rojo, aunque, bueno, es su jardín.

—¿Son de chocolate de verdad? —preguntó Clare, que había vuelto a buscar algo que picar y a por un hueso para roer para *Frank*.

—No, pero aquí dice que huelen a chocolate.

—Umm. —Esa ya le había gustado antes.

Las dos salieron a jugar y me puse a hojear el libro yo sola. Había bonitas fotografías de verduras cultivadas de esa forma que sale siempre en las fotos, tan organizada y orgánica al mismo tiempo, y reconozco que resultaba atractivo. También buscaba flores para nuestro patio. El libro era muy práctico, y daba una información muy clara sobre el tipo de tierra que necesitaba cada planta y la cantidad de sol ideal. Me di cuenta de que en el jardín tenía diferentes ambientes, algunos con sol, otros con sombra, y me costaba hacerme una idea de conjunto.

Pienso con mayor claridad cuando dibujo, por eso cogí uno de los cuadernos de bocetos de las niñas y me puse a dibujar un boceto superficial del jardín. Había una parte sombreada al fondo, que sería perfecta para que las niñas jugaran allí cuando hacía calor. Dibujé un banco en un lado, donde yo pudiera sentarme a mirar o a leer. O a lo mejor sería mejor una hamaca. Me levanté, me puse a rebuscar en la zona artística (el rincón de la sala de estar, donde había un cubo con lápices, ceras rotas y rotuladores sin tapa) y volví con unos colores, una goma y más papel. Y me puse a dibujar un jardín que ni siquiera sabía que tenía en mi cabeza. Volví a por el libro de jardinería y empecé a buscar por colores mientras iba tomando notas. Cubrí la verja de la parte posterior con salvia (una especie de color púrpura) y en la parte de delante dibujé una planta que se llamaba escabiosa o flor de viuda (de colores rosa y púrpura, incluida una que era casi negra, muy bonita, una flor gótica).

Cerré el libro y apoyé el papel encima para poder dibujar. Añadí un sendero de piedra que cruzaba la pequeña parcela de césped y terminaba en la zona sombreada, y dibujé a las niñas arrodilladas en el rincón, jugando con algo. El banco —me había decidido por el banco y no por la hamaca, porque al parecer mi jardín imaginario era de un estilo casita de campo inglesa y no hawaiano— era sencillo y estaba situado en medio de un pequeño bosquecillo de lavanda. Antes de darme cuenta de lo que hacía, había dibujado un estanque, con una garza posada en él (*Aves acuáticas de la costa del Pacífico*, 2006, 3ª edición). Seguí dibujando con alegría, coloreando y sombreando, hasta que Annabel me tocó el hombro. Di un bote tan grande que casi llego al techo.

—¡Eh, menudo susto me has dado! ¿No podrías ser un poco menos sigilosa?

Me puse en pie y me estiré, sujetando el cuaderno.

Annabel me miró con el ceño fruncido.

—Mamá, te he llamado como cinco veces. Y al final estaba detrás de ti. Estabas en tu mundo, igual que Clare.

Um, interesante. Le sonreí.

—Perdona, cielo. Estaba pensando en el patio.

—¿Puedo ver el dibujo?

Le entregué la libreta y fui a la nevera para ver qué delicias nos esperaban para la cena. Oh, chuletas de cerdo. Qué emoción.

Detrás de mí podía oír a Annabel pasando las páginas.

—¿Se supone que esto es nuestro jardín? —preguntó un tanto escéptica.

—Sí, ¿por qué no? Recuerda que el profesor dijo que todos los jardines tienen posibilidades.

—Sí… —seguía sin sonar convencida—. ¿Por eso le has dibujado también a él?

Hice una pausa. No lo había dibujado. Annabel me enseñó el dibujo.

—¿Lo ves? Lo has puesto ahí, en el banco. Pero este señor no es muy alto. El profesor es muy alto.

—A ti todo el mundo te parece alto.

—Y tiene el pelo más oscuro. Pero creo que le dejaremos que se siente en el banco, porque nos está enseñando cómo hacer un jardín. —Empezó a alejarse—. ¿Me puedo quedar el dibujo o lo necesitas?

La miré.

—Puedes quedártelo si quieres.

Ella sonrió y se fue. Yo me quedé allí un momento, sin saber muy bien qué sentía. El hombre del banco no era Edward, era Dan. Ni siquiera me había dado cuenta de que lo estaba dibujando, pero cuando Annabel me enseñó el boceto, lo vi enseguida. Dan, con el pie cruzado sobre la rodilla, con un libro abierto en el regazo, cerca de las niñas, como siempre. De pronto me sentí culpable por querer cambiar las cosas sin su permiso. Y no es que a él le hubiera interesado nunca el jardín, la verdad.

Suspiré y me puse a preparar la cena. *Frank* estaba debajo de la mesa, y le pedí su consejo.

—Dime, *Frank* —dije, y eso hizo que agitara la cola—, ¿crees que está bien si planto un jardín, aunque no pueda tener la opinión de Dan y él no vaya a estar aquí para verlo?

Frank señaló que no podía estar segura de que Dan no lo viera. De hecho, si el cielo estaba encima de nosotros, como siempre nos decían, tendría una vista increíble del jardín.

—En ese caso, quizá tendría que hacer como Annabel y escribir algo con las flores que solo él pueda leer.

Él y los diez mil nuevos helicópteros que recorren el cielo de Los Ángeles continuamente. *Frank* me preguntó qué escribiría.

—No lo sé. Te quiero. O te echo de menos. Hola.

Frank apoyó la cabeza sobre sus patas. Qué tal «Que te jodan por haberte muerto, cabrón», sugirió.

Esa noche le mandé un correo electrónico a Edward Bloem diciéndole las flores que habíamos elegido. También escaneé el dibujo que había hecho, después de recuperarlo de la habitación de Annabel, y se lo mandé en un impulso. Le escribí:

Estimado doctor Bloem:

Estas son las flores que a Annabel le gustaría plantar en clase. Dice que le gustaría plantarlas con forma de corazón, ¿es posible? Si es que no, avíseme para que pueda prepararla emocionalmente para el disgusto. Clare quiere plantar fresas y no consigo hacerla cambiar de idea. Y yo he estado soñando con flores para mi patio en casa. He dibujado un boceto y se lo mando adjunto con este correo. ¿Podría echarle un vistazo y decirme si estoy fantaseando? Suya, Lilian Girvan, madre de Annabel y Clare.

Lo mandé y me quedé sentada un momento, preguntándome cuándo me había transformado en «Lilian Girvan, madre de Annabel y Clare», en lugar de ser solo Lilian. Dan me llamaba Lil. Rachel y mis padres me llamaban Lili. De pronto me acordé de cuando tuve a Clare, porque las enfermeras me llamaban mamá y a Dan papá. Como cuando decían «¿Más hielo, mamá?» o «Quítese del medio, papá». Esto último no lo dijeron nunca, claro. Cuando Clare nació, Dan se pasó todo el parto sentado en una silla comiéndose unos dónuts enormes. Cada vez que yo empujaba, él estaba allí, a mi lado, pero cuando las tinieblas se aclaraban, volvía a estar en aquella silla tan fea, masticando. Tres segundos después de cortar el cordón umbilical de Clare, metió la mano en su pequeña bolsa, sacó otro dónut y me lo pasó, y dejó a la pequeña cubierta de migas. Estas cosas son las que hacen que un marido sea maravilloso. La gestión adecuada de productos de pastelería.

Ding. Correo nuevo.

Querida Lilian:

La lista me parece bien, y Annabel puede plantar las flores dándoles la forma que quiera. Si tiene suerte, saldrán bien, pero debe prepararla, no para que se lleve una gran decepción, pero sí para que modere sus expectativas. La naturaleza a veces sigue sus propios deseos, y en general se resiste a crear bordes definidos. Pero creo que sería muy bonito. Su dibujo es bonito, ya veo que es usted una artista. Pero para saber si puede funcionar o no, tendría que ver el jardín. Quizá podría ir a su casa después de la clase a echar un vistazo. Sería un placer darle mi opinión.

Suyo,
Edward Bloem

Guau. Bueno, esto me dio algo en lo que pensar.

Mientras estaba sentada pensando, llamó Rachel. Parecía estresada.

—¿Le has dicho a mamá que iba a una clase contigo?

Fruncí el ceño.

—Sí, porque es la verdad. Estaba tratando de insinuar que tú eres mejor hija porque saldrías a comer con ella el fin de semana y yo trataba de evitar que te molestara diciéndole que estabas ocupada. —Hice una pausa—. ¿Hice mal?

Rachel suspiró.

—No, claro que no. Pero acaba de llamarme y me ha dicho que estoy echando a perder mi vida porque paso mucho tiempo contigo y las niñas en lugar de dedicarme a salir y cazar marido. —Calló un momento y contestó a la pregunta más obvia—. Sí, estaba pedo, pero ella siempre lo está ¿no?

Yo suspiré también, en señal de apoyo.

—La muy bruja. ¿No se las ha ingeniado también para mencionar algo sobre lo malo que es exponerse al sol?

—Por supuesto. Cada diez minutos que pasas al sol...

—Son seis meses más para tu cara, lo sé. —Entré en la sala de estar y empecé a encestar pequeños juguetes en las canastas a patadas. Mi ejercicio de la semana—. Sabes, no sé de dónde puede haber sacado eso, nunca he oído a nadie decir nada parecido. Seguro que se lo ha inventado.

—O a lo mejor el editor de alguna antigua revista se lo dijo y ella se ha cogido a eso como si fuera un clavo ardiendo. Quién sabe.

—No dejes que te haga sentir mal, Rach. Ya sabes que vive en un mundo de fantasía.

—Lo sé. —Se hizo un silencio—. Es...

—Lo sé.

Esta vez fui yo la que calló. En realidad, no había nada que decir. Nuestro padre siempre decía que mamá era como una niña. «Tiene una forma muy simple de ver las cosas —decía—. Disfruta de las cosas pequeñas y vive el presente». A papá le gustaba eso, porque él era muy cerebral, siempre estaba preocupado por el futuro, por el dinero, por la situación en el mundo. A nuestra madre no le importaba una mierda el mundo, siempre y cuando la estuviera mirando a ella. Como adulta, yo entendía que la relación entre ellos funcionaba porque mi madre no le complicaba la vida. Podía curar sus malos humores con joyas, flores, halagos. Para él, era fácil. Por desgracia, como pasa con la mayoría de gente narcisista e infantil, mamá veía a los otros niños como competidores o como seguidores, y para cuando llegamos a preescolar, Rachel y yo ya teníamos nuestra etiqueta. Rachel había tenido que pasar por muchas malas experiencias y muchas sesiones de terapia para estar donde estaba. La crisis que yo sufrí fue un bautismo de fuego para ella, una forma de forjar su carácter que finalmente le permitió darse cuenta de lo fuerte que era. Pero incluso ahora, la bruja de mamá podía pillarla sola, o tarde por la noche, y hacer temblar un poco sus cimientos.

Recuperamos las viejas máximas de toda la vida.

—No le hagas caso, Rachel. Es una idiota.

—Lo sé.

—Tienes una vida estupenda. Eres guapa, inteligente, eres una persona mucho más capacitada de lo que ella ha sido nunca. Y eso la pone mala.

—Lo sé.

Acabé con la sala de estar y recorrí el pasillo para comprobar cómo estaban las niñas.

—Se está haciendo vieja.

—Lo sé.

—Está arrugada y decrépita.

—Lo sé.

Abrí la puerta y las miré, allí dormidas, envueltas en un revoltijo de sábanas, animalitos de peluche y las mantitas de cuando eran bebés, con caritas de ángel.

—No sabe nada de tu vida.

—Lo sé. —Se le quebró la voz—. Pero entonces ¿por qué sigo dejando que me haga daño?

Cerré la puerta del cuarto de mis hijas, rezando con cada fibra de mi ser para que nunca tuvieran que tener una conversación como aquella. Consciente de que cuando muriera mi madre, esa persona tan defectuosa y lamentable, mi hermana y yo seguiríamos teniendo aquella conversación. Cuando entras en una rueda de este tipo, es terriblemente difícil salir.

CÓMO PLANTAR ZANAHORIAS

Asegúrate de que la tierra está bien desmenuzada y no hay piedras; a las zanahorias ya les cuesta bastante prosperar.

- Planta las semillas cada 7 o 10 cm en hileras separadas al menos por 30 cm. Nota: No hace falta sacar el metro para esto, hazlo a ojo. No se van a enfadar ni se negarán a crecer si te falta algún centímetro. Siempre que no te decidas por esas curiosas zanahorias multicolor. Ellas sí se toman muy en serio estas cosas.

- El acolchado ayudará a conservar la humedad del suelo, acelerará la germinación y protegerá las raíces del exceso de sol. Utiliza viruta de madera, viruta de goma o los pequeños zapatos de las muñecas. Si eres como yo, encontrarás el suficiente material en tu casa para acolchar tu jardín de forma original y divertida.

- Una vez que las plantas alcancen 2,5 cm de altura, clarea para que queden separadas por unos 7 cm. Córtalas con las tijeras en lugar de arrancarlas, así evitarás dañar las raíces de las otras plantas.

- Las zanahorias saben mucho mejor después de un par de heladas. Después de la primera gran helada del otoño, cubre las hileras de zanahorias con una capa de 50 cm de hojas secas para conservarlas y poder recolectarlas más adelante.

CAPÍTULO 7

LA SEGUNDA CLASE

El sábado por la mañana, llegamos a nuestra zona del jardín botánico y por un momento pensé que nos habíamos equivocado. Donde antes había un campo vacío, ahora había claramente un jardín. Bob el Guapo estaba allí, con aspecto de estar muy orgulloso de sí mismo, y con razón. El huerto de los niños estaba delimitado con losas de terracota y dividido como los radios de la rueda de un carro. En el centro había una zona más amplia y cubierta de baldosas perfecta para que jugaran o trabajaran. Cuatro bancos de cedro, como los que yo había dibujado para el jardín de mi casa, estaban dispuestos en torno a la rueda de carro para que resultara más fácil sentarse y controlar a los niños. Las parcelas más grandes para las verduras estaban delimitadas con mayor sobriedad, con canteros elevados, dos por parcela, y senderos de viruta de madera entre ellos. Por lo visto, la semana les había cundido mucho.

Esta vez Rachel había venido en el coche con nosotras, porque pensaba venirse a casa después de la clase. Yo había tenido el atrevimiento de contestar al correo de Edward diciendo que podía venir a casa y aconsejarme sobre el jardín y mi hermana no quería perdérselo.

—Además —añadió con los pies en el salpicadero—, casi no he visto a las niñas en una semana, y a saber el daño que habrás causado a sus psiques en ese tiempo.

Miré por el espejo retrovisor. Esa mañana Clare se había pintado toda la cara con su rotulador rojo. Cuando entró en la cocina, por un momento me había asustado, porque pensé que estaba cubierta de sangre. Y al final resultó que iba de mariquita, para encajar mejor y trabajar con sus fresas. Era una niña muy metódica. Desde luego, poco podía hacer una aficionada como yo a una psique como la suya, pero no dije nada. Mejor dejar que Rachel pensara que yo tenía influencia sobre ellas. Annabel miraba por la ventanilla, seguramente meditando sobre la inherente mortalidad y futilidad de la vida. Y entonces me di cuenta de que estaba tarareando el tema principal de Bob esponja, así que seguramente no.

Pensé en lo que Rachel acababa de decir.

—Oye, pues es verdad. ¿Dónde te has metido?

—Por aquí y por allí, pero no he estado en casa.

—Qué reservada.

—No lo soy. Solo estoy evitando la pregunta, que es muy distinto.

Y cuando vi que Bob el Guapo se sonrojaba al mirarla, pensé que quizá podía intuir dónde quedaba ese aquí y allá de Rachel. Pero, oye, que ya es mayorcita. Ya la interrogaría después.

Aparte de Bob y Edward, nosotras fuimos las primeras en llegar. Edward estaba en un lado, trajinando con unas cajas, y nos sentamos en uno de los bancos. Lo curioso es que había muchísimo ruido en el jardín botánico. Los pájaros cantaban a voz en grito, las abejitas zumbaban como suelen hacer, y las mariposas revoloteaban por allí maldiciendo y peleándose por las mejores flores, como pequeños vándalos adolescentes en bata en una fiesta en un jardín.

Como siempre, mis hijas estaban pendientes de todo.

—Aquí los pájaros se oyen más fuerte que en casa ¿por qué? —preguntó Clare.

Además de la cara roja, llevaba un vestido de Minnie con lunares, perdón, un vestido de mariquita, y si bien no habría sido mi primera opción para trabajar en un jardín, el *look* era muy adecuado.

Annabel le contestó.

—No creo que hagan más ruido. Sencillamente, pienso que esto es más silencioso.

Annabel estaba sentada en mi falda, y vestía un mono y zapatillas deportivas, era mucho más práctica. Solo ella y yo sabíamos que se había olvidado las bragas.

Clare frunció el ceño.

—¿Quieres decir que siempre cantan así de fuerte pero no los oímos bien?

—Sí, ya sabes, los coches se oyen mucho, y otras cosas.

Por un momento, Bel recostó la cabeza en mi hombro, y casi me desmayo de la emoción. A veces soy como una adolescente: ¡Oh, mira qué pelo! ¡Qué manos! ¡Mira cómo huele su ropa! Otras veces lo único que quiero es huir bien lejos. Clare parecía pensativa.

—Oh, pues seguro que están enfadados. A mí no me gusta cuando quiero decir una cosa y nadie me escucha. —Era una niña muy empática, Clare. Muy dulce—. No me extraña que se caguen encima de los coches. Yo también lo haría. —Empática, pero vengativa.

El resto de los alumnos empezaron a llegar. Ese día, Frances y Eloise no llevaban un jersey parecido, pero de alguna forma seguían teniendo un aspecto similar. Me pregunté si, de haber pasado la vida con Dan, con el tiempo yo hubiera acabado pareciéndome a él. Y entonces pensé si Frances y Eloise llevarían mucho tiempo juntas, o si solo eran imaginaciones mías. Intento no juzgar los libros por la cubierta, pero en realidad lo hago todo el tiempo. Falta de imaginación, ese es mi problema. Gene llegó dando grandes zancadas y nos dejó a todos sorprendidos cuando sonrió.

—¡Buenos días a todos!

—Buenos días, Gene —contestó Eloise—. Pareces muy alegre esta mañana.

Se instaló en el banco que teníamos delante.

—Me siento alegre. Mi mujer, bendita sea, me ha preparado pastel de café y luego se ha ido por unos días. Esta mañana me he sentado en el jardín sintiendo una calma total y me he comido la mitad de un tirón. Delicioso. —Nos miró, y su sonrisa empezó a desdibujarse, no fuera que pensáramos que era un blando—. Me gusta el pastel.

Angela apareció con un niño pequeño. Parecía como si estuvieran enzarzados en una conversación, pero cuando estuvieron más cerca, vi que en realidad se trataba de un monólogo.

—Y entonces Orthobot se convirtió en un lanzallamas y quemó el rascacielos, pero después vino Dandobot y se convirtió en una grúa y lo volvió a construir muy, muy rápido, pero Orthobot trató de matar a Dandobot y no pudo porque entonces llegó el malvado robot-monstruo espada y los intentó matar a los dos y los dos se unieron para derrotarle, y entonces lo hicieron volar por los aires y fue alucinante.

Me sorprendería que el niño se hubiera parado a coger aire ni una vez en toda esta parrafada.

La mirada de Angela se cruzó con la mía y me sonrió fugazmente.

—Guau, Bash, eso suena increíble.

—No, mamá, era «alucinante».

Y entonces levantó la vista y cuando vio que todos le estábamos mirando, se calló y se escondió detrás de su madre. Ella nos sonrió.

—Hola a todos. Este es Bash, mi hijo. Di hola, Bash.

El niño masculló algo. Bash*. Vaya. Supongo que porque debía de ser una fuerza destructora de la naturaleza, como la mayoría de los niños varones. Y no lo digo porque yo tenga ningún prejuicio, en absoluto.

—Hola, Bash —apuntó Clare, mi pequeña diplomática, con voz de pito—. Yo voy a plantar fresas en mi jardín. ¿Tú qué vas a plantar?

El niño se encogió de hombros y siguió sin decir nada.

—¿A qué cole vas, Bash? —preguntó Frances con amabilidad.

Bash se encogió de hombros.

Y en ese momento, Mike llegó montado en una bicicleta de montaña. Frenó haciendo derrapar la bicicleta y levantando un montón de tierra para parar y los niños profirieron las exclamaciones de asombro de rigor.

—Yayyy, píos —dijo, que supongo que fue su forma de saludarnos.

O a lo mejor dijo «Eh, píos». No lo recuerdo exactamente. Lo de «píos» lo recuerdo porque son esos dulces de malvavisco con forma de pajarito y Clare se volvió al momento hacia mí y dijo:

---

* *Bash* significa «golpe fuerte o violento». *(N. de la T.)*

—¿Puedo comer unos píos cuando lleguemos a casa?

A lo que yo contesté diciendo que no teníamos, porque no estábamos en la semana de Pascua, y también porque en realidad los píos no se comen de verdad sino que son un subproducto de la producción de armas de plutonio. No, no es verdad. Lo que dije en realidad fue no, pero todo lo otro lo pensé.

—Qué bien, ya estáis todos aquí.

Edward se había acercado por detrás y nos dimos la vuelta al oírle. No estaba solo. Esta vez, no solo le acompañaba Bob el Guapo, con él también había una chica guapa y sonriente.

—Esta es Lisa Vellinga. También es holandesa y está aquí para ayudar a los niños con su jardín.

—Yo voy a plantar fresas —dijo alguien con determinación.

Lisa sonrió.

—Tú debes de ser Clare. —Miró a los otros dos niños—. Lo que significa que tú eres Annabel, y tú Sebastian.

Oh, Bash, por Sebastian, claro.

Lisa tendió la mano y Clare la tomó, por supuesto.

—Vamos a ver qué tenemos que hacer para preparar la tierra y poder sembrar tus plantas.

Mis dos pequeñas la siguieron obedientemente, pero Bash se quedó donde estaba. Angie lo volvió con firmeza hacia ella y se arrodilló para hablarle.

—Bash, yo estaré aquí. Podrás verme todo el tiempo, y puedes ensuciarte todo lo que quieras, ¿vale?

El niño asintió muy poco convencido, pero fue hacia donde lo esperaban Lisa y mis hijas.

Miré a Angie, que estaba observando a su hijo con expresión pensativa.

—Es un poco tímido, ¿verdad?

Ella asintió.

—En cuanto se ponga todo irá bien, pero le cuesta un poco lanzarse.

Bash estaba junto a las demás cuando de pronto Clare le tocó el brazo y sonrió. Señaló algo que había en el suelo y los dos se arrodillaron.

—Qué bonito —dijo Angie.

Ese día llevaba el recogido algo menos apretado, seguramente porque al tener al niño había tenido menos tiempo para arreglarse, y en general se la veía más relajada y contenta que la semana anterior.

—Clare es muy abierta. Su maestra dice que es la alcaldesa de la guardería.

Angie y yo habíamos cruzado estas palabras hablando en voz baja, pero en ese momento Edward levantó la voz.

—Vosotras dos, ¿me estáis escuchando? ¿Y si os perdéis algo importante y todas vuestras verduras se mueren?

Hablaba con un tono serio, pero estaba sonriendo.

—Sí —terció Rachel—. O peor, a lo mejor en tu sucia parcela aparece alguna hierba temible y arruina mi bonito Edén.

Mike se rió.

—Yo tenía pensado plantar solo malas hierbas.

—¿Malas hierbas o hierba? —preguntó Frances con la expresión severa de una maestra que tratara con un alumno travieso.

—Um… malas hierbas, porque en realidad no creo que yo sea capaz de hacer crecer nada, por no mencionar que la hierba es ilegal, ¿no?

El chico llevaba una camiseta donde aparecía un Bigfoot luchando contra el Yeti, y aquella imagen me resultaba perturbadora.

—Actualmente, según la ley del estado, puedes tener seis plantas maduras o doce inmaduras, siempre y cuando tengas una tarjeta que te identifique como consumidor de marihuana por razones médicas.

Todos nos volvimos para mirar a Eloise.

—Eso es lo que he oído decir.

Y miró a Frances, que arqueó un poco las cejas pero no dijo nada. Edward carraspeó.

—Esto es muy interesante, pero ciñámonos a las verduras, las flores y las hierbas. Hierbas comestibles.

Esta vez fue Gene quien habló.

—Creo que la pequeña Clare quería plantar fresas.

Me reí.

—Eso lo tienes claro ¿verdad?

Edward se sacó una lista del bolsillo.

—Bien, estas son las tareas para hoy. Gene y Mike se dedicarán a las zanahorias y la coliflor. Frances y Eloise empezarán el huerto de las lechugas. Y Lilian, Rachel y Angela compartirán el trabajo de los otros dos canteros: judías, calabaza, maíz, pimientos, guisantes y tomates.

De pronto levantó los brazos y se dio la vuelta.

—En parte, el objetivo de este curso es que aprendáis a ver el mundo natural que se esconde bajo la ciudad, que aprendáis a entender el ritmo de las estaciones y la forma en que la composición de la tierra influye en lo que podéis plantar y cómo. Muchos de nosotros hemos perdido el contacto con las estaciones, con el tiempo, con los ciclos de la vida que se desarrollan a nuestro alrededor. Podemos tener fruta todo el año gracias a los aviones, y si uno pasa todo el día encerrado en una oficina, es difícil que sepa si hace más o menos frío que la semana anterior. Aunque, claro, pobres, aquí en Los Ángeles en realidad solo tenéis una o dos estaciones. Calor, algo menos de calor. Algo de lluvia, nada de lluvia. Es muy triste. Por eso, hoy, mientras estéis escarbando y plantando cosas, pensad que lo que hacéis os está vinculando a generaciones de personas que han trabajado la tierra antes que vosotros.

Y justo cuando terminaba este discurso tan inesperadamente poético, Clare se echó a reír. Miré. Los niños ya estaban cavando, cada uno con una pamela enorme, y Clare y Bash reían como dos tontos. Rachel también se fijó.

—Oye, yo también quiero un sombrero. Y quiero cavar. Vamos.

Edward sonrió.

—Sí, basta de cháchara. En cuanto a los sombreros, tengo algunos, pero llevan un logo bien grande de la empresa, de modo que podéis traer los vuestros si lo preferís. Y ahora, que cada uno vaya a su parcela y meta literalmente las manos en la tierra. Romped los terrones de tierra, examinadlos con detenimiento y tratad de haceros una idea de su consistencia. Vamos a empezar preparando la tierra y colocando espalderas o cualquier otro soporte que necesiten nuestras verduras. Yo iré pasando por cada grupo por turnos, ¿de acuerdo?

Los niños parloteaban felices y nos sonrieron.

—¡Siéntate en el suelo, mamá! —dijo Bash—. ¡Está caliente!

Parecía radiante.

Angie sonrió y se sentó, mirándonos a las demás.

—Tiene razón, está caliente.

Metió la mano en la tierra.

Rachel suspiró.

—Vale, creo que es hora de ensuciarse el culo.

Se sentó, con cierto recelo, y al cabo de un momento yo también lo hice.

Miré a los otros. Eloise y Frances estaban cerca, y si bien Frances ya se había puesto manos a la obra y estaba pasando el rastrillo por el suelo y fragmentando los terrones de tierra, Eloise estaba arrodillada con la cara hacia el sol. Se la veía tranquila y relajada. A lo mejor estaba colocada.

Mike y Gene estaban hablando con Edward. Bob el Guapo se acercó empujando una carretilla plana cargada de cañas de bambú.

—Hola, Rachel —dijo tan fresco como una lechuga.

—Hola, Bob —replicó ella igual de tranquila.

—Me lo pasé muy bien la otra noche. —Igual de fresco, aunque sus ojos llameaban.

Angie y yo ni siquiera fingíamos que no estábamos escuchando.

—Yo también. —Rachel hizo subir la temperatura exponencialmente y a continuación hizo uno de sus movimientos típicos, se dio la vuelta, levantó los brazos para recogerse el pelo en un moño, e inclinó el cuello con delicadeza. Aquel movimiento funcionaba en el 97,8 por ciento de las situaciones en las que se aplicaba. Bob entornó un poco los ojos y nos sonrió a Angie y a mí.

—Una entrega, señoritas.

Cuando descargó la carretilla junto a nosotras, se marchó, sin decirle ni una palabra a Rachel. Fue como ver un documental de naturaleza. Me dirigí a mi hermana algo brusca.

—Rachel Anderby, ¿cuándo te has acostado con Bob?

—Eh, ¿te había dicho que quiero plantar lavanda?

Angie y yo nos miramos. Lo intentó ella.

—Rachel ¿te has acostado con Bob?

De pronto Rachel levantó la vista al cielo.

—¿Eso es un águila?

Nos dimos por vencidas, pero era evidente.

Me incliné para ver qué tesoros nos había dejado Bob. Largas cañas de bambú y una bobina de bramante. A lo mejor después nos ponían a hacer cometas. Una tubería negra y estrecha con agujeros. En conjunto resultaba un tanto abrumador, pero bueno.

Rachel estaba charlando con Angela.

—Perdona si parezco una cabrona, pero ¿de verdad vives en los Proyectos, o como se llamen ahora?

Angie asintió.

—Vivo en la zona este de la ciudad, sí. Me gustaría poder decir que tiene su lado bueno, pero no es verdad. Estudio en la escuela de enfermería por la noche. En cuanto pueda saldré de allí y me iré a vivir a otro sitio, si el padre de Bash está de acuerdo. Que supongo que sí. O si alguien le pega un tiro, cosa que me facilitaría mucho la negociación.

Estaba sonriendo, bromeando, pero de pronto recordó que yo soy viuda y se puso roja.

—Mierda, lo siento, había olvidado que tu marido…

Me encogí de hombros.

—Es triste, pero a veces yo también lo olvido. A veces, durante unas horas, no me acuerdo de que se ha muerto, y entonces me viene a la cabeza y durante un rato me pongo mala, y luego vuelvo a estar bien.

—¿Cuánto hace que murió?

—El mes que viene hará cuatro años.

Rachel puso mala cara.

—Guau. Qué curioso. Cuando has preguntado, en mi cabeza he dicho un año, pero han pasado cuatro años.

Angie la miró.

—Veo que tú también le conocías.

—Claro, pasaron muchos años casados, y vivíamos en la misma ciudad. Los veía con frecuencia. Yo también le echo de menos. Era divertido.

Edward se acercó. Esa semana el tiempo era más cálido y ya no llevaba jersey; ese día solo llevaba una camiseta y los vaqueros. Nunca se me hubiera ocurrido pensar que un profesor podía ser tan fornido. Todos los profesores varones de la escuela de arte habían sido enclenques y con pinta de interesantes, con mucho vello facial, cosa que les daba una imagen muy particular. Edward parecía un bombero o algo así, alto, fuerte, coordinado. Y no es que lo estuviera evaluando físicamente; eso habría sido degradante y no hubiera sido propio de mí. Edward se frotó las manos y nos sonrió.

—Hora de hacer guarrerías, señoras.

Las tres lo miramos y él se sonrojó.

—Con la tierra.

Se sentó a nuestro lado y hundió las manos en la tierra.

—Bueno, básicamente es en la tierra donde se produce la magia. Hablé yo.

—Pensaba que lo importante era el sol y el agua. —(Cincuenta y siete libros de texto de biología básica, por no hablar de *Barrio Sésamo* et al.).

Él asintió sin dejar de remover la tierra con sus dedos fuertes.

—Por supuesto, no puedes cultivar nada sin sol y agua, pero es en la tierra donde viven las plantas, es de ahí de donde extraen sus nutrientes, y en última instancia es la salud de la tierra la que determina la salud de las plantas. Ni todo el sol y el agua del mundo las ayudarán si la tierra está demasiado compactada para que puedan extender las raíces o demasiado suelta para que puedan mantenerse derechas.

Todas asentimos, con expresión seria y pensativa. Él siguió hablando, con su tono tan formal y su acento tan mono, y debo decir que no sé si me enteré de nada de lo que dijo. Era como una clase de química en la escuela. Potasio, nitrógeno, y otra cosa que he olvidado, la naturaleza de la descomposición y de ahí el compostaje, habló de lombrices... Y después de unos minutos de concentración, mi mente empezó a divagar y me limité a mirar la tierra y a removerla con las manos mientras la voz del profesor nos envolvía. Angie y Rachel hacían preguntas y nadie me molestaba. El calor del sol era agradable, los niños estaban ocupados, y había algo delicioso en el hecho de es-

tar sentados en el suelo deshaciendo terrones de tierra. Me sentía...
¿cuál es la palabra?... feliz.

De pronto Edward volvió a levantarse y Angie y Rachel se levantaron también. Mierda, debía de haberme perdido algo.

—Eh, soñadora, es hora de coger la pala. —Rachel me tendió la mano y me ayudó a levantarme—. ¿Estás bien?

Yo asentí.

—Perdón, solo estaba relajándome.

Bob el Guapo había vuelto a aparecer y estaba claro que no le daba miedo jugar con fuego: había vuelto al manual básico de juegos y se había quitado la sudadera para dejar al descubierto la camiseta ceñida que lucía sobre unos abdominales muy duros. Rachel fingió que no se fijaba, pero yo vi cómo se le cerraba la mano involuntariamente. Bob empujaba una carretilla cargada de algo oscuro, que vertió a nuestro lado. Olía fatal. Si no era él quien olía, aunque creo que era más bien lo primero.

—Estiércol de buey —anunció Edward—. Podéis cogerlo e incorporarlo a la tierra. Le añadirá montones de nutrientes excelentes.

Bob nos entregó horquillas y palas, y entonces se fue, presumiblemente para ir a buscar más estiércol. Era como una fantasía de la vida de granja estilo Chippendale.

Yo tenía algunos problemas con las instrucciones básicas.

—¿Incorporarlo? No me gusta hacer preguntas tontas, pero ¿qué quieres decir exactamente?

—Te lo enseñaré. —Edward agarró la pala, cogió con ella un montón de estiércol y lo arrojó sobre la parcela que tenía más cerca—. Imagina que eres una enorme batidora en tu cocina, solo tienes que mezclar los ingredientes. —Sonrió—. Cuando la tierra esté preparada, instalaremos un sistema de irrigación por goteo. —Señaló la tubería negra—. Y luego colocaremos algunos soportes. En uno de los canteros habrá habichuelas, judías verdes, maíz y calabaza, y en el otro tomates y guisante inglés.

Bueno, al menos era ambicioso. Edward nos dedicó una de sus sonrisas atractivas y se fue hacia donde estaban Frances y Eloise. Las tres le miramos el trasero mientras se alejaba y luego nos pusimos manos a la obra. Y al principio fue fácil. Pero después de los primeros cinco minutos empecé a sudar.

Me volví hacia Rachel.

—¿Soy yo o es más duro de lo que pensaba?

Rachel se apoyó en su horquilla, como si llevara toda la vida apoyándose en horquillas de jardinería. Era como estar viendo a Elly Mae Clampett. Solo le faltaban una camisa de guingán y unas coletas a los lados.

—Pues me parece que eres tú. ¿En qué mundo de fantasía creías que el trabajo manual podía ser fácil? ¿No crees que la expresión «trabajo manual» ya lo indica? Si se llamaran vacaciones manuales o relajación manual, entendería que te hubieras confundido.

—Relajación manual suena como algo que ofrecería una puta —comentó Angie, que parecía inmune al esfuerzo físico y ya casi había acabado de mezclar su estiércol.

Bien. Empecé a remover otra vez y traté de estar atenta, como si fuera un ejercicio de meditación y no algo que me diera dolor de espalda.

—¿Mamá?

Hice una pausa, feliz por tener una distracción, y me volví hacia Clare.

—¿Sí, cariño?

—He plantado mi primera fresa. Ven a verlo.

Clavé la horca en la tierra y fui a ver.

Como de costumbre, Clare se alejó sin dejar de parlotear.

—Primero mezclamos toda esa cosa tan rica con caca para que la tierra estuviera contenta, luego hicimos unos pequeños agujeritos con las manos, y a continuación pusimos dentro las plantas, con mucho cuidado. Ha sido muy bonito. La profesora es muy amable.

La profesora, Lisa, estaba allí cuando Clare dijo esto último, y me sonrió.

—Es fácil ser amable con Clare. —Me tendió la mano, manchada de tierra, y yo la estreché—. Sus hijas son jardineras natas, señora Girvan.

—Por favor, llámame Lili, y me alegra oír eso, aunque sabe Dios de dónde les viene.

Miré sus pequeñas parcelas. La tierra estaba esponjosa, y en medio se veía una fresa perfectamente colocada. Annabel aún estaba trabajando, y ni siquiera me había mirado, lo cual me indicaba que se lo estaba pasando bien. Había empezado con la parte central en forma de corazón y la había delimitado con piedrecitas. Ya casi había terminado de colocar las semillas, y a su lado vi un pequeño montón de paquetitos de semillas.

—¿Cómo es que Annabel tiene semillas y Clare trabaja con plantas?

Lisa sonrió.

—Porque Annabel ha querido plantar semillas y las fresas crecen mejor a partir de pequeñas plantas. Se extenderán y cubrirán todo el espacio en las próximas semanas, y si hubiéramos plantado semillas no hubiéramos tenido frutos. Incluso así, cabe la posibilidad de que no los tengamos, pero los huertos permanecerán aquí varios meses, así que su hija podrá volver y comer el resultado de su trabajo durante el verano. Annabel también podía haber elegido las plantas. —Lisa señaló a su espalda. Algo más allá había un semillero con flores rojas y azules—. He traído las dos cosas porque aún no la conocía. Pero se ha mostrado muy clara sobre esto, quería plantar semillas, y es lo que está haciendo. Esperamos que crezcan bien y puedan florecer a tiempo.

Volví a mi huerto. Angie se había apiadado de mí y estaba removiendo mi estiércol, porque ya había terminado con el suyo. Dejé que siguiera, porque soy de las que opinan que siempre hay que complacer los deseos del prójimo, pero colaboré apoyándome en mi horquilla.

Cuando terminamos de preparar la tierra, Edward se acercó para hablar con nosotras.

Yo estaba sentada en el suelo, y él bajó la vista y me sonrió.

—¿Te diviertes, Lilian?

Yo le devolví la sonrisa.

—Me duele la espalda, pero aparte de eso es genial.

Edward se rió.

—A veces las cosas nuevas son dolorosas. En ese sentido, la jardinería es como la vida.

Puse mala cara.

—Pero a veces, el dolor es la forma que tiene tu cuerpo de decirte que no hagas algo. A lo mejor no estoy hecha para cavar.

Rachel habló con voz cantarina.

—O a lo mejor solo estás siendo una cobarde.

Miré a Edward, y él me guiñó un ojo.

—Dejemos el debate para otro momento, ¿de acuerdo? En este cantero vamos a plantar el clásico huerto de las Tres Hermanas. Doy por supuesto que ya sabéis lo que es.

Yo empecé a negar con la cabeza, pero entonces me acordé.

—¿Tres Hermanas? Es algo relacionado con los nativos americanos, ¿verdad?

Asintió.

—Sí, y es un ejemplo perfecto de plantación conjunta, que es cuando decides sembrar juntas plantas que se ayudan entre ellas.

—Qué romántico —dijo Rachel, y suspiró.

Edward le sonrió.

—Más que románticos, los nativos americanos eran horticultores eficientes y experimentados, aunque se puede ser las dos cosas. Los tallos del maíz hacen de soporte para las judías trepadoras, las judías fijan el nitrógeno en la tierra para el maíz, y la calabaza proporciona acolchado y protección para las raíces del maíz y las judías. Y para acabar de redondearlo, si comes maíz y judías a la vez, ingieres una proteína completa. —Sonrió—. Emocionante ¿verdad?

Todas le miramos. «Emocionante» no era la palabra que yo hubiera utilizado, pero era bonito. Se acuclilló cerca de donde yo estaba y se puso a formar una montaña de tierra.

—Señoras, hagan el favor de acompañarme. Tenemos que hacer dos o tres montículos de treinta centímetros de altura y unos sesenta de ancho. Luego plantaremos algunas semillas de maíz en un círculo y por hoy habréis terminado. A continuación añadimos las judías, y la calabaza va después. Mientras esperamos a que el maíz arranque, trabajaremos en los otros canteros, donde habrá plantas que crecen más deprisa.

Señaló. Yo veía los músculos en acción bajo su camiseta y de pronto me di cuenta de que me resultaba atractivo. No había duda de que el sol me estaba afectando.

Rachel se contempló la manicura perfecta de las manos.

—¿No había inventado la humanidad un bonito grupo de herramientas de mano para este tipo de trabajo?

De pronto me di cuenta de que Rachel y Angela estaban allí de pie, mirándonos. Yo ya estaba sentada en el suelo cuando Edward se acercó, pero aún así, quedaba un poco raro.

Edward se encogió de hombros.

—Por supuesto, pero para lo que estamos haciendo, las manos son la mejor herramienta, y es bonito palpar la consistencia de la tierra. Creedme, solo es tierra. Se va con el agua.

—Se está riendo de nosotras —dijo Angie.

Edward se limitó a sonreír.

—Los humanos han estado cultivando su comida desde el principio de los tiempos. Es cierto que muchas plantas han desarrollado una dependencia del hombre, del mismo modo que algunas plantas necesitan pasar por el tracto digestivo de los pájaros para activar sus semillas. Nosotros cumplimos con nuestra parte plantándolas en una tierra sana, regándolas, eliminando las malas hierbas y dejándolas en paz. Ellas nos devuelven el favor dándonos frutos, semillas y flores que nos gusta comer.

En ese momento cogió algunas cañas de bambú y se volvió hacia mí.

—¿Me ayudas a construir soportes para las tomateras?

—Claro.

Me sacudí parte de la tierra de las manos y cogí algunas cañas. Edward tenía cinco o seis en la mano y las clavó en el suelo formando un círculo amplio. Yo hice otro tanto.

—Básicamente, vamos a crear la forma de una tienda, un cono, no sé si me seguís. Inclinamos las cañas para que se junten y las unimos por los extremos con el cordel. Tienes que pasarlo por debajo y rodear cada caña para que queden equilibradas y sujetas. —Él ya lo estaba haciendo, y sus manos se movían con rapidez. De pronto, me cogió de las manos y me las acercó a las cañas, y entonces me pasó el cordel—. Yo sujeto el bambú y tú pasas el cordel. ¿Va bien? —Le miré, y sus ojos me parecieron cálidos y amables—. Es imposible equivocarse. Tú haz lo que consideres que será mejor para mantener este pequeño tipi unido.

Cogí la bola de cordel verde y traté de imitar sus movimientos. Rodeaba cada caña con el cordel y pasaba a la siguiente. Edward tenía razón. Parecía algo natural. Al poco, mi pequeño cono de palitos se alzaba con firmeza.

—¿Y cómo lo hacemos para que los tomates se encaramen ahí? —Fruncí el ceño—. ¿Saben trepar? Me parece que nunca he visto una tomatera.

—No mires —dijo Edward—, pero las tienes justo detrás.

Me volví lentamente, y vi un semillero de plantas verdes y espinosas.

—Parecen bastante inofensivas.

Él asintió.

—Lo son. Los tomates son una de las verduras que más me gusta plantar. Es fácil, y suelen dar muchos frutos; y siempre y cuando evites las orugas, puedes sentarte tranquilamente al sol y comerlos sin más. —Se pasó la lengua por los labios, como un niño pequeño—. Riquísimos.

—¿Qué es riquísimo?

Me volví sobresaltada. Annabel se había materializado justo a mi lado. Por lo visto ahora podía teletransportarse.

—Los tomates —contestó Edward—. ¿Quieres ayudar a tu madre a plantar algunos?

—Vale. He acabado con mis flores.

Él le sonrió.

—¿Puedo verlas?

Ella asintió y se lo llevó, pero Edward se volvió hacia mí mientras se alejaba.

—Primero tenemos que poner la irrigación. Ve a buscar uno de los tubos negros. Vuelvo enseguida.

Yo me quedé allí, viendo cómo se alejaban juntos, la figura diminuta de Annabel junto a él. Me obligué a reaccionar y me volví para coger la tubería.

Aunque suena muy imponente y profesional, por lo visto, instalar un sistema de irrigación en realidad consiste en cavar unas zanjas en hileras a lo largo de las zonas donde vas a plantar las semillas y enterrar en ellas las tuberías. Por los extremos dejamos un trozo de tubo que sobresaliera, para que alguien más listo que yo los conectara al agua, y ya está. Y entonces Edward miró su reloj y trajo un semillero de tomateras.

—Aún nos queda tiempo para plantar esto. Venga.

Dejé que Annabel me enseñara cómo se hacía y plantamos juntas los tomates. Después de plantar uno o dos, descubrí que me gustaba y que además las tomateras olían bien. No era un olor bonito, pero sí interesante, intenso y verde. Lo notaba en las manos, en el aire y el sol. De pronto me di cuenta de que mis sentidos estaban trabajando más que de costumbre, y quizá eso explicaba por qué mi mente no estaba azuzándome con los habituales comentarios autocríticos. Recibía información de las manos, los ojos, los oídos (estaba atenta al sonido de las abejas asesinas, escuchaba a los pájaros, que parecían estar peleando por algo, escuchaba a medias las voces del resto de la clase y la voz aguda de Clare hablándole a Lisa de los pezones de los gatos) y la nariz. ¿Cómo podía ser que aquella actividad fuera tan relajante cuando me obligaba a estar físicamente tan activa? Seguro que había alguna lección metafísica que aprender de todo aquello, pero no pensaba pararme a buscarla. Por primera vez en los últimos años, decidí dejar de pensar y me puse a cavar en la tierra.

CÓMO PLANTAR PEPINOS

Una vez tengas las semillas en la tierra, protégelas de las plagas utilizando redes, un cesto con bayas o un águila dorada adiestrada especialmente para eso. Lo que tengas más a mano.

- Comprueba de vez en cuando el grado de humedad metiendo el dedo en la tierra: si notas que está seca después de introducir el primer nudillo del dedo, saca la regadera. Si no puedes sacar el dedo, es que estás regando demasiado. El riego irregular hará que la planta dé un fruto amargo.

- Riega despacio por la mañana o a primera hora de la tarde, evitando las hojas. Las gotas de agua se convierten en lupas sobre las delicadas hojas cuando están al sol. Queman la planta y la ponen de muy mal humor.

- Rocía los zarcillos con agua azucarada para atraer a más abejas y conseguir más frutos.

- Los pepinos podrían no dar fruto si todas las flores primerizas son masculinas. Las flores masculinas y las femeninas deben abrirse al mismo tiempo. Ten paciencia.

CAPÍTULO 8

uando la clase terminó oficialmente, todos nos quedamos charlando. Gene siguió con aquel humor extrañamente serio pero claramente feliz, y resultaba de lo más encantador.

—Bueno, Gene —dije. Había decidido investigar a mis compañeros de clase—. ¿Tienes hijos?

Él asintió.

—Dos chicas, una a punto de licenciarse en la universidad y la otra a punto de tener su primer hijo. Es emocionante. Mi esposa la está visitando ahora. La casa está muy silenciosa sin ella.

—Podrías venir a comer a nuestra casa —interrumpió Clare, que le había cogido cierto aprecio a Gene, seguramente porque la había apoyado con lo de conducir el tractor—. Mamá dice que después de trabajar en el huerto podemos pedir pizza.

Gene esbozó una ligera sonrisa, cosa que, como habréis deducido, era una forma de fruncir el ceño.

—Oh, no es necesario, pero gracias de todos modos, Clare. Estoy seguro de que tu mamá tiene mucho trabajo y no necesita más invitados.

—Ya tiene más invitados. —Edward acababa de llegar junto a Bob el Guapo—. Bob y yo vamos a ir para ayudarla a crear un oasis de encanto en su patio trasero.

Sonreí un poco cortada al ver que decía delante de todos que iba a venir a mi casa. Rachel intervino.

—Yo también voy a ir, y tenía pensado pasarme la mayor parte del tiempo en el baño, examinando el grano que me ha salido junto a la nariz. Si vienes, podrás hacer el trabajo que en teoría tendría que haber hecho yo.

Los miré uno a uno. Pero ¿qué diantre…?

—Vaya, si alguien más quiere apuntarse y venir a casa a comer pizza y reírse de mi jardín, bienvenido sea. Angie, Bash puede jugar con mis hijas si quieres. La casa está hecha un desastre y la verdad es que tenía pensado pedir un par de pizzas, pero estaría bien.

Me encogí de hombros, intentaba que pareciera una invitación informal, pero sin presionar a nadie. Normalmente soy una persona muy gruñona y reservada de puertas adentro, pero a veces me sorprendo a mí misma con lo amigable que puedo mostrarme.

Sorprendentemente, todos dijeron que sí. Edward estaba entusiasmado.

—Creo que si vamos todos, podremos tenerlo todo hecho esta tarde. Será divertido.

—Y la semana que viene podéis ocuparos de mi jardín —dijo Angie con una risa.

—¿Y por qué no? Podría ser un proyecto. Arreglar el jardín de todos. —Edward lo decía en serio—. ¿Tienes jardín, Angela?

Ella fue realista.

—No, tengo un balcón. En realidad son dos, porque vivo al lado del piso de mi madre y quitamos la separación que había hace diez años. Pero aun así, no hay tierra.

A Edward le brillaban los ojos.

—Genial, un jardín con jardineras. Pueden quedar muy bonitas.

Angie pareció recelar y cambió de tema.

Le di a todo el mundo mi dirección y fuimos hacia los coches. Tengo que reconocer que conduje a toda prisa para llegar pronto a casa y quitar de en medio los peligros más evidentes para la salud antes de que llegaran los demás. Pero por lo visto Eloise y Frances ostentaban el récord de velocidad por tierra, porque cuando llegué ya estaban esperando en la puerta.

Frances me sonrió.

—Hemos venido tan rápido para ayudarte a recoger antes de que llegaran los demás.

Por un momento pensé en fingir que no era necesario, pero el sentido común se impuso.

—Eso sería genial. Lo de ahí dentro parece una zona de guerra. No os lo podéis imaginar.

Eloise rió.

—Las dos llevamos veinte años dando clases de primaria. Nos lo imaginamos. Si crees que dos niñas pueden causar estragos, tendrías que ver lo que hacen dos docenas.

Frances asintió y entró en casa detrás de nosotras. Por una vez, la casa no olía mal.

—Y cuando empezamos solía haber unos treinta niños por clase y el aula acababa en un estado caótico.

Se rió, lo cual fue tranquilizador porque en su momento lo que contaba debió de resultar terrorífico.

Eloise miró alrededor en la cocina. Los platos del desayuno estaban por todas partes.

—No está tan mal —dijo, cosa que era manifiestamente falsa—. ¿Por qué no voy cargando el lavaplatos mientras tú limpias las superficies y Frances, Rachel y las niñas dan un rápido repaso al resto?

Abrió el lavaplatos y se puso manos a la obra. Era tan… eficiente. Sonó el timbre de la puerta. Fui a abrir. Eran Angela y Bash.

—Hola, he tratado de venir deprisa para ayudarte a recoger. Bash, corre a buscar a las chicas. —El niño ya había entrado flechado en la casa. Angie se volvió y me dedicó una sonrisa—. Creo que está enamorado de Clare.

Me encogí de hombros.

—Me temo que le romperá el corazón. Es una caprichosa.

Me volví y la llevé hasta la cocina, pasando ante el equipo de limpieza de Rachel, Frances y los ahora tres niños que estaban escondiendo cosas detrás del sofá en la sala de estar.

Angie se rió.

—Veo que ya tienes un equipo trabajando.

Asentí.

—Eloise está ocupada en la cocina, pero seguro que nos encuentra una ocupación a las tres. Gracias por venir a ayudar.

Me estrechó el brazo.

—Te aseguro que si todos venís a casa la semana que viene, voy a necesitar que mi extensa familia al completo se tome fiesta en el trabajo y venga a ayudarme a limpiar. Pero de todos modos, no cabríais todos. —Miró a su alrededor—. Me gusta tu casa. Es muy mona.

Traté de ver más allá del desorden. Era una casa bonita. Cuando Dan y yo la compramos era una ruina, pero trabajamos mucho para reformarla. (Esto fue antes de tener a las niñas, desde luego, aunque hay gente que quita pintura y lija los suelos con los niños al lado, por mucho que me cueste imaginarlo. Yo siempre me sentiría tentada de emparedar a alguna de mis hijas cuando no hubiera nadie mirando.) Era una casa de una planta, de estilo español, con suelos oscuros de madera, paredes de yeso blanco y mucha madera de origen. Las paredes las había pintado en su mayoría de blanco, pero en los nichos había utilizado luminosos azules, amarillos y naranjas, y la habitación de las niñas también tenía color. Angie seguía hablando.

—Rachel me ha dicho que eres artista, y eso se nota en la casa.

Me reí, abochornada.

—En realidad no soy artista, solo soy ilustradora.

—¿Cuál es la diferencia?

Lo pensé.

—Una artista trabaja por inspiración. Una ilustradora trabaja por encargo, ilustrando un texto.

Ella lo pensó.

—Entonces ¿la diferencia está en para quién trabajas?

—Eso creo.

—Pues no me parece tan diferente.

Rachel entró en ese momento y me ahorró la respuesta.

—Ya está todo, luego me llevo a Eloise a mi casa. Es un ángel de la limpieza. Dice que es porque no puede salir del cole hasta que la clase está ordenada, pero yo creo que es un don que Dios le ha dado.

—Como lo de ser una artista —dijo Angie con gesto desenfadado, y se fue a la cocina.

Rachel me miró.

—¿Me he perdido algo?

Yo negué con la cabeza.

—No, nada. Los chicos ya están aquí. ¿Han fletado un autobús o algo parecido?

Edward, Gene, Mike y Lisa subían por la rampa de acceso a la casa. Gene llevaba unas herramientas, y Mike y Lisa estaban charlando. Abrí la puerta.

—Mike me va a enseñar a hacer surf —dijo Lisa. Parecía entusiasmada—. Iremos hoy, cuando acabemos aquí.

Puse expresión de ánimo.

—Es emocionante. Creo que en Holanda no practicáis mucho el surf.

Ella se rió.

—¡Es el mar del Norte! Nadie se mete ahí a propósito.

Y, riéndose aún ante la ignorancia de los americanos, ella y Mike entraron en casa.

Gene venía el siguiente.

—Imagino que tú ya sabes hacer surf.

Él frunció el ceño.

—No lo he probado en mi vida, pero seguramente a mi mujer le gustaría que lo intentara. Tiene grandes planes para mí.

Mi opinión sobre su mujer estaba empezando a cambiar. Parecía mucho más osada de lo que había imaginado. Edward se detuvo en cuanto pasó por la puerta.

—Hola, Lilian.

Conseguí contestar al saludo sin incidentes, pero él no había terminado.

—Cuando veníamos hacia aquí me he dado cuenta de que invadir tu casa de este modo quizá te resultara incómodo.

Yo negué con la cabeza.

—Eh, que os he invitado yo a venir, ¿recuerdas? Es agradable tener a gente nueva en casa para variar. Y ya soy demasiado mayor para preocuparme por lo que los demás opinen del desorden de mi casa. En general.

Él frunció el ceño. Ese día todo el mundo me fruncía el ceño.

—No eres mayor, Lilian. Eres joven y guapa.

Y dicho esto se volvió y se fue con los demás. Yo me quedé allí como un pasmarote, un pasmarote joven y guapo, pero pasmarote al fin y al cabo. Ni siquiera puedo decir que Edward estuviera flirteando conmigo. Estaba muy serio y no sonrió cuando lo dijo, pero aun así había dicho que soy guapa y fue agradable oírlo. Desconcertante, pero agradable.

Iba a cerrar la puerta y a punto estuve de darle con ella en la cara al pobre Bob, cosa que hubiera resultado muy dolorosa para él y hubiera supuesto una pérdida enorme para las mujeres del mundo.

—¡Oh, perdona, Bob! No te había visto.

Él sonrió.

—Me pasa mucho. Edward me pidió que trajera el camión con tus plantas.

Por fin, mi turno para fruncir el ceño.

—¿Mis plantas?

—Sí, plantas para tu jardín, creo. ¿Tengo que pasar por dentro de la casa o se puede rodear el edificio?

Le enseñé cómo se llegaba a la parte de atrás rodeando la casa y le indiqué dónde podía aparcar el camión. Eché un vistazo dentro del vehículo y abrí los ojos como platos. Estaba lleno de flores, plantas, arbustos, semilleros con musgo y helechos, bolsas de tierra y compost y acolchado. Mangueras, regaderas, cañas de bambú. Losas para el suelo, piedras ornamentales. Hasta me pareció ver un baño para pájaros cuando el camión pasó por mi lado. Aquello era demasiado. Fui a aclarar las cosas con Edward.

Lo encontré en el patio con Gene y Eloise, señalando cosas, con un aire imponente. Llevaba una copia de mi boceto y todo. A juzgar por lo que oía, los demás estaban jugando con My Little Pony en la habitación de las niñas. Bueno, excepto *Frank*, que estaba junto a Gene, que le estaba acariciando. Cuando Gene hacía una pausa, *Frank* se estiraba sobre las patas inestables —lo cual es un problema para un labrador obeso—, con el objetivo de que su cabeza volviera a quedar al alcance de la mano de Gene. Tremendo.

Cuando me acerqué, Gene se volvió.

—Me gusta tu perro —dijo, y me dedicó una sonrisa sincera.

Frank tiene ese efecto en la gente, tengo que reconocérselo.

—Gracias. —No pensaba dejar que me distrajeran—. Edward, ¿por qué ha traído Bob un camión lleno de plantas?

Edward pareció sorprendido.

—Porque vamos a arreglar tu jardín, ¿no? ¿Cómo vamos a hacerlo sin plantas?

Pensé en lo que decía.

—Pensé que primero tenías que echar un vistazo.

Él se encogió de hombros.

—Claro, pero ya que venía, he pensado que podía traer unas cosillas. Si al final no nos sirve nada, puedo llevarlo de vuelta al jardín botánico.

Lo miré con cara de incredulidad.

—¿Unas cosillas? Hay un camión lleno ahí afuera. No sé si puedo...

Y dejé la frase a medias, porque de pronto me sentí cohibida.

Edward relajó la expresión.

—Ah, estás preocupada por el precio. No te preocupes por eso. Mi empresa lo paga todo, porque tomaré fotos del antes y el después y lo incluiré como un gasto del trabajo. De hecho, estoy pensando en escribir un libro sobre el curso.

Eloise intervino.

—Podrías hacer el antes y después de los jardines de todos como parte del libro. Estaría bien ver cómo el hecho de aprender horticultura cambia el espacio exterior de nuestras casas.

Edward asintió.

—Y podemos pedirle a Lilian que lo ilustre. —Me sonrió—. Tú vas a ilustrar la guía de verduras de mi familia ¿verdad? Es el libro del que hablaste el primer día, ¿no?

Fruncí el ceño.

—Sí... ¿cómo lo has sabido?

Él se encogió de hombros y pareció un poco incómodo.

—Estuve hablando con mi hermana, que es la que lleva el negocio de las publicaciones, y mencionó que íbamos a probar una nueva editorial y que habían dicho que iban a mandar una ilustradora. Solo tuve que sumar dos y dos.

Lo miré sin saber muy bien qué decir. ¿Había estado hablando de mí con su hermana? ¿O es que hablaban de negocios con frecuencia? Se hizo un silencio, pero por suerte Eloise lo interrumpió con una pregunta acerca del formato que podían dar al libro sobre el curso. Lo dejé pasar y volví a la cocina, donde descubrí que Rachel nos había estado observando por la ventana.

—Estás nerviosa. ¿Qué pasa?

Le dije que no estaba segura.

—Últimamente estoy un poco estresada, demasiados cambios.

Me miró pensativa.

—¿Es porque vas a plantar cosas en el patio o porque estás colgada del profesor?

—No sé de qué estás hablando. Eres una romántica incorregible, Rachel. No me interesa, ¿vale? Déjalo ya.

Me dispuse a preparar un café, y tiré lo que resultó ser una jarra entera y caliente de café al fregadero.

—¿Ya habías preparado café?

Ella asintió.

—Recién hecho.

Vi que tenía un tazón en la mano, con crema.

—Lo siento.

—Lo superaré. Prepara otra cafetera, y deprisa; me ha parecido ver a Bob, y necesito el café para ponerme a tono.

—Así que te has acostado con él.

—Todavía no. Quizás más adelante. Prepara ese café. —Dejó el tazón junto al fregadero—. Y no me quites mi crema o te pegaré.

Volví a encender la máquina de café. Frances y Mike entraron.

—¿Nos necesitan ya?

Echaron un vistazo por la ventana.

Mike me sonrió.

—Tus hijas son muy majas.

Frances también sonrió.

—Lo son de verdad, Lilian. Son niñas listas e interesantes. Me habría gustado tenerlas en clase cuando trabajaba.

—Es bonito oír eso.

Oímos un grito en el jardín y nos volvimos.

—Venga, vagos, venid a ayudar.

Era Edward, que estaba gritando junto a una bolsa de material para acondicionar la tierra. Él y Gene estaban descargando, y Eloise estaba colocando las diferentes plantas por el patio minúsculo. Salimos todos.

Bob había aparcado el camión marcha atrás delante de la verja posterior y había abierto. *Frank* se las había arreglado para saltar al interior del vehículo y lo estaba supervisando todo. Presumiendo ante su nuevo amigo, Gene, me imagino. Con tanta gente ayudando, la cosa fue rápida, pero aun así había mucho material.

—Me parece que tienes mucha imaginación, Edward —dije mirando sin aliento a mi alrededor—. Si apenas caben tantas cosas. ¿Cómo vamos a plantar todo esto?

—Tú confía en mí. —Su voz sonaba incluso más profunda—. Soy un experto.

Oí la risita tonta de Clare y Annabel. Estaban con Bash en la puerta de la cocina, viendo cómo los demás sudábamos.

—¡Ajá! —Edward los había visto—. Venid aquí y enseñadme dónde queréis vuestro jardín de hadas.

Las niñas chillaron, pero Bash profirió un sonido que solo un niño de cinco años puede hacer. Es el sonido que hacen cuando se propone algo muy de niñas, y combina un bufido, una risa y el sonido del vómito, todo en uno.

—¿Jardín de hadas? Eso no es divertido.

—Te equivocas —le informó Edward—. Los chicos del mundo de las hadas son luchadores muy fieros, y usan toda clase de palos y piedras como arma. Ya lo verás. Defender un reino de hadas de las comadrejas y las ratas no es fácil.

—Genial —musitó Angie a mi lado—. Enséñale a tirar más cosas, venga.

—No te preocupes —dije para tranquilizarla—, seguro que Bash no se lo traga. Un hada es un hada. No hay nada feroz en las hadas.

Pero volví a equivocarme. Bash se lo tragó. Eligieron un sitio para su jardín de hadas, fuera lo que fuera aquello, y Edward prometió que vendría durante la semana para añadir unos toques que faltaban. No sé qué tendría en mente. Lo único que sé es que le escuché decir que volvería durante la semana. A veces me preocupa pensar que estoy demasiado obsesionada conmigo misma, y entonces me preocupo porque siento que pienso demasiado.

La pizza llegó y todos nos sentamos a comer. Gene seguía muy parlanchín.

—Cuéntanos, Frances ¿cuándo os conocisteis tú y Eloise?

Se hizo un silencio y por un momento las dos mujeres se miraron. Eloise tenía la boca llena y estaba intentando controlar un pegote de queso fundido con las manos, de modo que fue Frances quien contestó.

—Nos conocimos en la escuela, ¿dónde si no? Ninguna de las dos iba nunca a ningún sitio. —Sonrió—. Y en aquellos tiempos, no se veía a las lesbianas por todas partes en los medios, por eso no podíamos mostrarnos abiertamente como ahora.

—¿Cuánto hace que estáis juntas?

Mike echó mano de otro trozo de pizza desde el lugar que ocupaba sobre una bolsa de fertilizante.

—Oh, ya hace tiempo. Más de veinte años. Yo acababa de empezar a dar clases y ni siquiera sabía si sería capaz de acercarme a otra mujer. —Miró al lugar donde estaban jugando los niños, pero no nos estaban prestando atención—. Y entonces, después de un semestre adaptándome a mi nueva situación, Eloise llegó para dar clases de arte y ya está.

—¿Y estáis juntas desde entonces?

—Más o menos. La mayor parte del tiempo. —Miró alrededor—. Y tú, Rachel. Estás soltera, ¿cómo es eso?

Rachel hizo su famoso gesto de encoger los hombros.

—He estado practicando. Cuando lo haga bien, a lo mejor me caso. Estuve casada una vez, pero no duró mucho.

—¿Cuánto? —preguntó Eloise.

—Treinta y seis horas.

—Y ha estado ocupada ayudándome a educar a mis hijas.

Lo dije con un tono informal, pero quería asegurarme de que recibía el respeto que merecía.

—Pero por suerte —comentó Rachel sonriendo y devolviéndome el favor—, me da noches y fines de semana libres por buen comportamiento, y aprovecho para portarme mal, así que está bien.

Miré a Bob, que estaba mirando a mi hermana con una sonrisita en los labios. A lo mejor no estaba tan perdido como yo pensaba.

—¿Y tú, Edward?

Él levantó las manos.

—No es muy interesante, también estoy divorciado. Tengo un hijo en Ámsterdam, y estoy solo.

Eloise insistía.

—¿No hay nadie especial?

Edward se sonrojó.

—En este momento no.

Rachel me miró y movió las cejas con gesto sugerente, la muy burra.

Por la cara que ponía, se notaba que Eloise no había terminado, ni de lejos, pero Edward se puso de pie y se limpió las manos en los tejanos.

—Volvamos al trabajo. Bob tiene que irse a las cuatro, y sin él iremos más lentos.

Me pregunté a dónde tendría que ir Bob —tendría que presentarse ante su oficial de la condicional, asistir a una sesión de fotografía—, pero es cierto que era una máquina con la jardinería. Él solo cavó y rellenó los canteros del fondo del patio y luego plantó las flores, y los demás apenas si habíamos empezado. Frances y Eloise se ocuparon de los niños dentro de la casa, con ayuda ocasional de Mike, y los demás hicimos lo que nos decían. Rachel rellenó tiestos; yo cavé un círculo en torno a nuestro único árbol, apilé algo de estiércol y acolchado y lo regué bien; y Angela sembró plantas altas en el parterre que discurría paralelo a la casa. Edward estaba de espaldas a mí, pero supuse que debía de estar ocupado con su místico jardín para hadas, porque tenía semilleros con musgo y helechos a su lado.

Justo antes de las cuatro, Bob reculó un poco ante la zona donde había estado trabajando y se desperezó. Todos miramos. Era como una exposición de arte; no podías no mirar, porque habría sido una descortesía. Había terminado la zona del fondo, y parecía una página de un catálogo de jardines. Le dije que estaba impresionada.

—Te estoy muy agradecida. Muchas gracias por ayudar. Ha sido muy amable de tu parte.

Él esbozó una sonrisa espontánea.

—De nada. Además, si no me gustara trabajar en los jardines, no lo haría, ¿no?

—Supongo que no. —Esperé un segundo y entonces me lancé. Quería saberlo—. Entonces, ¿eres jardinero porque es lo que quieres hacer o has venido a Los Ángeles para hacerte famoso?

Se rió.

—Por Dios, no. Cuanto más lejos de la ciudad mejor. Me he criado aquí, y no me parece tan glamuroso. Quiero ser granjero, y me estoy sacando mi título de agricultura en Pierce. —Señaló con la cabeza a Edward, que estaba ocupado con los helechos—. Ahora mismo estoy haciendo el curso que él imparte, por eso me he comprometido con su clase gratuita. Normalmente no trabajo los fines de semana.

—¿Y a dónde vas ahora? ¿Más clases?

—No, soy voluntario en un grupo de alfabetización para adultos. Mi madre hablaba español en casa, y yo también hablo español; ser bilingüe siempre es útil.

Mientras lo miraba escuché el sonido de las piezas de las cosas que había dado por sentadas sobre él rompiéndose al caer al suelo en mi cabeza.

—Vale.

Él sonrió y se alejó, y se paró un momento para hablar con Rachel. No pude oír lo que decían, pero ella levantó la vista para mirarlo, le dedicó una sonrisa coqueta y asintió. Esperaba que no se lo comiera para la cena, por así decirlo.

Después de esto, todos empezaron a marcharse uno a uno. Al final, solo quedamos Edward y yo en el jardín, oyendo a lo lejos el ruido de las niñas, que empezaban a descontrolarse en su dormitorio. Yo sabía que en cualquier momento alguna de las dos se echaría a llorar o se pondría a gritar y que aquel remanso de paz se acabaría, pero en ese instante me sentía feliz. Fui a buscar una botella de vino y un par de copas y me senté en los escalones; miré a mi alrededor. Aquello ya no parecía mi patio. Los parterres de flores estaban llenos de tierra oscura y tonificada, se veían plantas por todas partes, tramos frondosos cubiertos de musgo y helechos. Era mágico.

Edward vino y se sentó conmigo en los escalones. A veces en Los Ángeles, el atardecer es sorprendentemente fresco. Pero en aquellos momentos, el sol estaba bajando y la temperatura era cálida, y Edward seguía llevando solo la camiseta. Notaba cómo su brazo desnudo rozaba el mío de vez en cuando. Y entré a por un jersey. No tenía frío, pero necesitaba una capa de más.

—¿Tu marido era jardinero, Lili?

La pregunta me sorprendió. Normalmente la gente evitaba hablar de Dan, yo incluida. Negué con la cabeza y sonreí.

—Para nada. A él le pasaba como a mí, estaba acostumbrado a estar en la ciudad. No creo que pensara nunca en este espacio como un jardín.

Reprimió una sonrisa.

—Y seguramente no era el único.

Asentí.

—Ahora está mucho más bonito.

—¿Crees que le gustaría?

Miré a mi alrededor y volví a asentir.

—Le gustaría. Porque está bien para las niñas, y le encantaba verlas jugar. —Tragué saliva con dificultad—. Nunca vio jugar a Clare, claro. Era demasiado pequeña cuando él murió.

Edward puso su mano sobre la mía.

—Debió de ser terrible. Lamento tu pérdida, Lili.

La gente dice esto continuamente. Y, de la misma forma que ocurre con la pregunta «¿cómo estás?», viene acompañada de un millón de sabores distintos. Edward lo decía de corazón. Noté que se me hacía un nudo en la garganta y traté de no llorar. «Cambia de tema, cambia de tema».

—¿Tu mujer era jardinera?

Vale, no era exactamente un cambio de tema, pero aun así lo estaba intentando. Él apartó la mano.

—No. Era y es abogada. Nos conocimos de pequeños, aunque en aquella época no teníamos mucha relación, y volvimos a coincidir en la universidad. Ámsterdam no es una ciudad grande, y nuestros padres se conocían. Partió de un clásico: «A ver si ves a Aneke en la universidad. También está allí». Pero nos encontramos, nos enamoramos y ahí lo tienes. A ella le gustan las flores, pero en un jarrón, no en la tierra. —Sonrió—. A nuestro hijo, Theo, le gusta escarbar en la tierra, así que supongo que la genética ha hecho su trabajo.

—¿Cuántos años tiene tu hijo?

—Ahora tiene doce. —Me miró, su cara estaba muy cerca—. Le echo de menos mucho más que a mi mujer, pero qué se le va a hacer.

Me di cuenta de que tenía los ojos verdes. Bueno, verdes y grises. Tenía unas pestañas envidiables, y la curva del labio superior... ¿Por qué le miraba como una adolescente? Céntrate, Lili. Bajé la vista y me limpié las manos en los pantalones, y no porque las tuviera sucias. Se hizo un silencio, y entonces él se levantó y se fue hacia el fondo del jardín.

—Veo un problema —dijo—. Una de estas asteráceas es más alta que las otras. Deben quedar alineadas.

Se acuclilló para arreglar la planta culpable, y yo lo observé sintiendo una atracción física que no sentía literalmente desde hacía años.

Era horrible.

Él se volvió y me miró, y por un momento vio lo que yo sentía. Se lo noté en el rostro. La atracción y la confusión. Se levantó y vino enseguida hacia mí.

—¿Estás bien, Lili?

Asentí. Esta vez no pude evitar que me resbalara una lágrima por la mejilla, y Edward la limpió con el pulgar. Me cogió de la mano y la estrechó.

—Aún estás muy triste. ¿Cuánto hace?

Negué con la cabeza, aunque era verdad.

—Casi cuatro años. No es...

No sabía qué no era y dejé la frase sin acabar. Incliné la cabeza y me escondí detrás del pelo.

De pronto él se inclinó hacia delante y me besó en la mejilla, donde había caído la lágrima. Me había apoyado una mano en el pelo y me estrechaba los dedos con la otra, y por un segundo me acerqué a él, quería que me abrazara, ceder el control, porque era agotador tenerlo siempre todo controlado.

Pero en vez de eso lo que pasó fue que escuchamos un grito estremecedor dentro de la casa, seguido de unas vocecitas furiosas. Me aparté de Edward, lo miré con expresión de disculpa y fui a asistir a los heridos. Lo digo irónicamente, claro.

Cuando el polvo se asentó, él ya se había ido.

Después de los dos primeros años, la gente había empezado a decirme que siquiera con mi vida, sobre todo mi madre y, extrañamente, los padres de Dan.

Mi suegra había sido muy directa.

—Cielo, todos añoramos a Dan, pero si hubieras sido tú la que hubiera muerto, le habríamos dicho lo mismo a él, que siguiera con su vida y volviera a casarse, y si Rachel estuviera en tu lugar, tú le dirías lo mismo.

Negué con la cabeza.

—No lo haría. Respetaría su necesidad de vivir el duelo a su ritmo.

Ella me sonrió. Me sentía afortunada. Tenía una suegra estupenda, y me ayudaba mucho más que mi madre.

—Nunca vas a dejar de sentir dolor, Lili, ninguno de nosotros lo hará. Seguiremos añorándole cada día, de miles de formas diferentes, pero eso no significa que no esté bien reír o conocer a gente nueva. Las niñas necesitan un padre, y tú te mereces no tener que hacer todo esto sola. Si Dan estuviera por aquí, querría que fueras feliz.

La gente me decía cosas así todo el tiempo, y eso me ponía mala. Dan querría que salieras con otros hombres, me decían. Tonterías. Y esto lo sabía porque él y yo lo habíamos hablado. Lo habíamos hablado todo, por eso le echaba de menos. Si hubiera sido un pusilánime, no me habría resultado tan doloroso.

—Si me muero —me había dicho una noche en la cama años antes de que llegaran las niñas—, quiero que te ciñas al duelo victoriano completo, ¿vale?

Estábamos tumbados en la cama, él boca arriba y yo enroscada a su alrededor como un zarcillo con la cabeza apoyada en su hombro. Era el sitio más seguro y confortable del mundo.

Sonreí con la boca pegada a su cuello.

—¿Te refieres a eso de pasar siete años vestida de negro, tres de púrpura, otros tres de púrpura con un poco de blanco y ese tipo de cosas?

Lo escuché sonreír.

—Me parece que te equivocas con lo del púrpura, pero sí, con velos y todo lo demás.

—¿Lo de llorar y rasgarse las vestiduras?

—Creo que lo de rasgarse las vestiduras es de los judíos, pero puedes usarlo también si quieres. Puedes aprovechar toda la información que consigas de distintas fuentes.

Me acarició la espalda por debajo de la sábana.

—Lo de los lamentos podría hacerlo.

—En voz alta, espero.

—Y muy lastimeramente. Me dedicaré a deambular a ciegas.

Dan me estrechó la cintura y volvió la cabeza para besarme el pelo.

—Creo que te estás excediendo. Solo quiero que demuestres el debido respeto.

—Lo tienes, cielo.

Y, lo confieso, en una ocasión, cuando ya teníamos a las niñas, yo le dije que si yo moría, podía meterse a mormón y casarse con varias mujeres a la vez, pero si lo dije fue porque estaba enfadada con él porque no había vaciado el lavavajillas. Dan dijo que se casaría con la plantilla entera del número de octubre de *Playboy*, y yo le contesté que menudo planazo, que seguro que todas esas jovencitas tan despampanantes de diecinueve años se volverían locas por un hombre de mediana edad con cuatro kilos y medio de más. Y entonces él me tiró un par de calzoncillos (sucios). A veces una tiene estas conversaciones a la ligera, o incluso furiosa, y se quedan grabadas a fuego para siempre.

Y tampoco es que la muerte sea algo para lo que puedas prepararte. Porque eso es lo que tiene, que es algo inesperado. Crees que puedes imaginarlo, pero es como cuando vas a tener tu primer hijo. La gente te dice cómo es, has visto a otras pasando por eso. Tan difícil no puede ser. Y entonces pasa, y los primeros tres meses son como Vietnam pero sin drogas. El duelo es así, pero mucho peor. Vietnam sin drogas, sin armas o sin las capas externas de la piel. No lo voy a edulcorar: cada bocanada de aire que respiraba era un insulto, cada sonrisa que devolvía de forma inconsciente en la tienda era una afrenta, cada mañana que despertaba sola era como un puñetazo en el estómago. Echaba de menos el sonido de Dan lavándose los dientes, la pausa que hacía antes de escupir. Echaba de menos las ideas que se le acababan de ocurrir cada vez que salía de la ducha. Echaba de menos escucharle en la habitación de al lado hablando con la niña o con el perro. Echaba de menos el sonido de su llave en la puerta. Echaba de menos verlo dormido como un tronco cuando yo volvía a la cama después de haber ido a calmar al bebé, el muy cabrón. Echaba de menos el olor de su cuello. Echaba de menos incluso las cosas que me irritaban de él, como cuando dejaba la toalla mojada en un lado de la cama. Si cierro los ojos, aún puedo verlo dejar la toalla y volverse lentamente a un lado y a otro buscando los calzoncillos que había dejado en el suelo.

Y por eso cerré los ojos y me dormí viéndole volverse.

CÓMO PLANTAR JUDÍAS VERDES

Las semillas pueden plantarse en el exterior en cualquier momento después de la última helada de la primavera. La tierra estará lo bastante templada para trabajar con facilidad.

- Judías de mata: plantar con una separación de 5 cm.

- Judías de enrame: coloca espalderas o mallas y planta con una separación de 7 cm.

- Las judías necesitan soportes para crecer, pero puedes utilizar muchas cosas diferentes: paneles de madera, cañas de bambú, cuerdas, lana que ates por el jardín, los palos de golf de tu exmarido. Lo que vaya mejor.

- Si quieres tener judías todo el verano, planta cada dos semanas. Si vas a estar fuera, sáltate una. Las judías no esperan a nadie, en serio.

CAPÍTULO 9

E se martes, pasó algo inesperado en el trabajo. Como suele pasar, empezó con una llamada.

Rose.

—Hay alguien que quiere verte en recepción.

—¿Ah, sí?

—No, solo te llamaba para gastarte una broma. Pues claro que sí. Dice que te conoce pero no quiere dar su nombre.

Por su tono, podía imaginarla mirando con expresión airada a la mujer en cuestión. Fruncí el ceño.

—Vale, qué raro. Ahora voy.

Cuando di la vuelta a la esquina y vi quién era, me di cuenta de que lo de haber pensado en mi suegra debía de haber sido una especie de premonición.

—¡Maggie! —exclamé casi chillando por la emoción, y fui a su encuentro medio corriendo.

Mi cuñada, Maggie, no solo era la hermana de Dan, también era una de mis amigas más antiguas. En realidad, la había conocido a ella primero, porque las dos coincidimos en tutoría en nuestro primer año en bachillerato. Desde el momento en que nos vimos, supimos que íbamos a ser amigas, y no fue solo porque las dos lleváramos el pelo como los del grupo A Flock of Seagulls. Éramos espíritus afines, y aunque los profesores vieron enseguida que su vida sería más fácil si nos separaban, éramos inseparables. Y, por supuesto, fue entonces cuando me presentó a Dan. Solo había visto a Maggie dos veces desde la muerte de Dan, porque vivía en Italia con su marido.

—No puedo creerme que estés aquí. ¿Por qué no me avisaste de que venías? —No dejaba de darle abrazos y besos—. Rose, esta es Maggie, mi cuñada.

Maggie sonrió.

—Hola, Rose. Perdona por todo este misterio de no querer darte mi nombre, es que quería darle una sorpresa.

—Pues lo has conseguido.

—¿Qué haces aquí? ¿Dónde has dejado a Berto?

Maggie hizo una pausa y consultó su reloj.

—¿Puedes salir a comer?

—Pues claro, espera aquí.

Fui a por mi bolso y le dije a Sasha que me cubriera si resultaba ser una de esas comidas de tres horas. Salimos de la oficina y cuando estuvimos en la calle volví a abrazarla.

—Dios, las niñas se van a poner contentísimas.

—Si aún se acuerdan de mí.

—Pues claro que se acordarán. O al menos dirán que lo hacen. Eran muy pequeñas la última vez que te vieron. Rachel también se va a poner muy contenta. ¿Puedo llamarla? —Evidentemente, Maggie y Rachel también eran amigas, aunque Rachel iba dos años por detrás de nosotras en la escuela—. ¿Qué comida te apetece? Italiana ya me imagino que no.

Ella esbozó una sonrisita.

—Lo que sea menos eso. ¿Qué tal sushi?

—Genial.

La llevé a un restaurante que estaba más abajo y, una vez estuvimos instaladas, me la quedé mirando. Maggie era una versión femenina de Dan, alta y delgada como él, pero con el pelo rojo oscuro en lugar de castaño. Era evidente que algo le preocupaba, porque parecía cansada, y ese era un adjetivo que nunca le había aplicado antes. Era igual que su hermano, siempre estaba desbordante de energía y buen humor.

—Bueno ¿qué pasa? —Esperé, pero ella no dijo nada—. ¿Dónde está Berto? ¿Ha venido contigo?

Maggie colocó bien sus palillos y jugueteó con la salsa de soja.

—Supongo que estará en la cama con una alumna, por la cual me dejó hace un mes. No, supongo que sería más correcto decir «con la alumna por la que me dejó».

Maggie era profesora de literatura inglesa. Creo que le dolía físicamente construir mal una frase.

—Venga ya.

Ella negó con la cabeza.

—En serio.

—Bromeas.

—¿Te parezco divertida?

—Pero Berto te quiere.

—Eso dice. Pero lo curioso es que su amor le permite meter su pene en otra mujer. Dice que no puede evitarlo, que es la pasión, l'*amore*, y una puta mierda. —Me miró con unos ojos claramente secos de lágrimas—. Ya no sé qué hacer con mi vida, y el semestre ha acabado, por eso he venido a casa. Mis padres aún no saben que he vuelto.

El camarero se acercó y las dos hicimos eso de fingir que todo va bien durante el par de minutos que se tarda en intercambiar las clásicas formalidades, y luego volvimos a retomar nuestra conversación.

Maggie no tenía buen color. Quizá lo del sushi no había sido buena idea.

—¿Estás bien? Parece que estés a punto de vomitar.

—Creo que estoy bien. Es como si estuviera en un sueño, y no es precisamente el sueño en que Johnny Depp pincha una rueda justo delante de mi casa. Pensaba que conocía a Berto, por dentro y por fuera.

Asentí.

—Yo también. Estoy alucinada. No es propio de él.

Ella puso mala cara.

—Pero el caso es que eso es lo que pasó entre nosotros cuando nos conocimos.

Sí, me acordaba muy bien. Maggie había ido a Italia para cursar su segundo año de facultad, para aprender italiano y estudiar a Dante, imaginaos, y cuando volvió era una persona diferente. No solo hablaba italiano, estaba locamente enamorada de Berto, que también estaba interesado en Dante, y hasta que se graduaron, pasaron juntos tantas fiestas y vacaciones como pudieron. También recordaba la primera vez que Berto había venido a Estados Unidos, lo maravilloso y divertido que era. Todos nos enamoramos un poquito de él, incluso los chicos, porque era sencillamente encantador, diferente, guapo y totalmente italiano. Se casaron después de graduarse y a partir de entonces Dan y yo estuvimos yendo a visitarlos al menos una vez al año. Los dos trabajaron como maestros y estuvieron viviendo en apartamentos diminutos y anticuados, hasta que fueron abriéndose paso poco a poco y acabaron trabajando como profesores en la universidad y viviendo en apartamentos algo más grandes y antiguos en Florencia. Idílico. Y ahora, por lo visto, se había acabado.

Maggie cada vez estaba más enfadada.

—¿Por qué los hombres siempre tienen una segunda oportunidad para ser gilipollas y nosotras tenemos que contentarnos con seguir envejeciendo pacíficamente?

Me encogí de hombros.

—No hay nada que te impida perseguir a hombres más jóvenes si te apetece.

Maggie suspiró.

—Y llevábamos tanto tiempo tratando de tener hijos… Supongo que es una suerte que no los hayamos tenido. —De pronto se le iluminó la mirada—. A lo mejor, si tuviéramos hijos no se habría enamorado de otra.

El sushi llegó. Hicimos una pausa para comer. Era evidente que Maggie estaba hambrienta, porque su color mejoraba con cada rollito de anguila que comía.

—¿Sabes lo que más me jode?

Me señaló con sus palillos.

Negué con la cabeza. A mí todo me parecía igual de malo.

—Que en realidad no puedo reprochárselo. Vaya, sí que puedo culparle, claro, y le culpo, porque es un cabrón egoísta, pero el caso es que cuando vino a decírmelo me di cuenta de que lo está pasando maravillosamente. Hay una mujer joven y adorable que siente interés por él, van juntos a los museos, se pasan el día en la cama practicando sexo, se quedan charlando hasta muy tarde, y es como volver a tener veinte años. Lo entiendo, comprendo que pueda parecerle tan atrayente. Es solo que estoy furiosa porque eso le apetece más que proteger los sentimientos de la mujer con la que lleva tantos años casado.

Traté de pensar algo que decir.

—Mira, a lo mejor sale mal y vuelve a ti como un corderito.

Ella negó con la cabeza mientras añadía más wasabi a su plato de salsa de soja.

—Me da exactamente igual si vuelve. Se acabó.

—Solo estás enfadada.

—Pues tienes razón. Pero pretendo seguir enfadada un poco más y luego pasar con elegancia al desinterés. Cuando esa chica lo deje tirado por alguien a quien la barriga no le cuelgue por delante de la polla, seguramente volverá, pero ya he perdido el respeto por él. —Se inclinó hacia delante—. Se ha teñido el pelo.

—No.

—Sí, y se ha comprado una Vespa amarilla.

Me reí, no pude evitarlo.

—No puede ser.

—Como lo oyes. Se anuda el jersey al cuello y sube y baja de ese jodido trasto como si estuviera en una película de Fellini.

—A lo mejor le da un ataque y se muere.

—Eso espero. Pero claro, entonces me quedaría destrozada, que es lo jodido. Aún le quiero, además de odiarle, de sentirme avergonzada por él y avergonzarme de él y alegrarme por él y estar celosa de él.

Me terminé el último rollito e hice una señal al camarero para que me trajeran otra Coca Cola.

—Me resulta difícil creer que te alegres por él. Es un capullo.

Hizo una mueca con los labios.

—Pues sí. Pero le he querido y he sido su mejor amiga durante mucho tiempo. Si por un momento consigo dejar a un lado la rabia y la decepción que siento, cosa que es muy difícil, veo lo feliz que es y deseo que sea feliz. Y al mismo tiempo deseo que pierda el control de sus intestinos en público. —Calló—. Es muy duro.

Y entonces, por fin, se echó a llorar.

Después de comer, Maggie fue a casa de sus padres para darles la noticia y yo volví a la oficina. Estaba muy preocupada. He llegado a esa edad en la que las parejas a cuyas bodas asistí empiezan a divorciarse. Por alguna razón, parece que pasa cuando los hijos están en tercero y cuarto curso.

Por lo que he observado, el patrón es este, aunque claro, en mi caso eso no puede pasar porque mi marido la palmó: os casáis, os queréis, practicáis mucho sexo, discutís de vez en cuando, pero todo va bien. Tenéis hijos, y en eso estoy de acuerdo: es muy duro. El estrés que os provocan los niños o bien os distancia u os une más, y con suerte será la segunda opción. Pasan los años y primero empezáis a discutir porque ya no practicáis tanto sexo y no pasáis tanto tiempo juntos, pero luego dejáis de echaros de menos y hasta os sentís aliviados por no querer la compañía del otro. Dejáis de contaros el uno al otro lo que habéis hecho durante el día porque ¿a quién le importa? Si te cuentan un buen chiste no te molestas en repetirlo. Si lees un buen libro, se lo dejas a una amiga, porque de todos modos a él no le gustan los mismos libros que a ti. Y entonces, pim, pam, se acabó. Treinta y uno, treinta y dos... cuarenta, cincuenta, sesenta, muerto.

Cuando salí del ascensor, Rose estaba encima de su mesa, literalmente, de pie sobre la mesa. Y me di cuenta de que, en los más de diez años que llevaba trabajando en Poplar Press, nunca le había visto los tobillos. Aquel día empezaba a resultarme agotador.

—Rose ¿hay un ratón o algo así?

Ella negó con la cabeza.

—No, Lilian, estoy protestando.

—Vale. ¿Necesitas apoyo?

—No, aunque serás bienvenida si te unes a mí.

Dejé el bolso.

—¿Por qué estamos protestando?

—Van a cerrar el departamento.

La miré y fruncí el ceño.

—¿Qué departamento?

—Nuestro departamento. El departamento creativo.

—¿Cómo?

Un atisbo de la vieja Rose apareció por un momento en su cara.

—Lilian, por favor, céntrate. La señorita Roberta King ha venido durante la hora de la comida.

De pronto me dio pena la señorita King.

—Me ha pedido que me sentara y entonces me ha dado las gracias por décadas de servicio y me ha despedido. O al menos lo ha intentado.

—¿No te ha despedido?

Dios, solo había estado fuera dos horas.

—Bueno, lo ha hecho, pero yo no lo he aceptado, y sigo sin aceptarlo. Llevo aquí más tiempo que nadie. No pueden echarme.

Y levantó la voz al decir esto último, al tiempo que golpeaba la mesa con el pie.

—¿Y qué ha pasado?

—Se ha ido a la sala principal de reuniones, donde todo el mundo la esperaba. —Me miró frunciendo el ceño—. Estaré encantada si subes a la mesa para apoyarme, aunque creo que ella querría que estuvieras allí con los otros.

Mierda. Cogí el bolso.

—¿Cuánto hace que ha pasado todo esto?

Ella se encogió de hombros.

—Unos momentos.

Me volví y me dirigí a la sala de reuniones. Y, viendo que todas las normas de la realidad parecían haberse roto ese día, por el camino no me hubiera sorprendido encontrarme una jirafa fundiéndose o la cabeza de un bebé gigante.

La sala de reuniones estaba llena. Tampoco somos tantos, pero no es una sala especialmente grande. Cuando abrí la puerta Roberta estaba hablando, pero se detuvo y me dedicó una sonrisa reflexiva. Yo le devolví la sonrisa, igualmente obligada por siglos de condicionamiento social. Por dentro, estaba muerta de miedo.

Me senté junto a Sasha, que estaba llorando. Le estreché la mano. Roberta carraspeó.

—Me alegro de que estés aquí, Lilian, aunque es un día muy triste. Como estaba diciendo al resto de tus compañeros, dirección ha decidido externalizar todos los trabajos nuevos al extranjero. Como sabéis, ya hacíamos un gran uso de redactores externos.

Todos nos volvimos a mirar a Elliot, la única persona de la sala que ocupaba oficialmente un puesto de redactor. Él se ruborizó.

—En realidad soy más bien un editor.

Roberta siguió hablando.

—Y aunque el departamento de verificación de datos seguirá aquí, por motivos de control de calidad, los departamentos de ilustración, planificación y diseño terminarán los proyectos en los que estén trabajando en estos momentos y serán libres de irse.

Se hizo un largo silencio y entonces una mujer que trabajaba en planificación levantó la mano.

—¿Y no somos libres de marcharnos antes?

Roberta pareció sorprendida.

—Bueno, claro. Pero si os vais antes de que quedéis oficialmente despedidos, no podréis disfrutar del seguro ni tendréis derecho a desempleo...

Roberta calló, porque la mujer se había puesto de pie.

—Me da igual todo eso. Llevo años ahorrando, arañando cada pequeño plus, cada hora extra, y ahora tengo suficiente para hacer realidad mi sueño. —Recogió sus cosas, con el rostro iluminado—. Me voy a Canadá para criar ponis enanos. Perder el trabajo es justo el impulso que necesitaba.

Elliot, el editor, tenía una pregunta.

—¿Y puedes irte a Canadá sin más? ¿No necesitas un visado o algo así?

La de planificación pareció sorprendida.

—No. Soy canadiense. —Miró a Elliot y frunció el ceño—. ¿En 2009 estuvimos acostándonos durante seis meses y ni siquiera sabes eso?

Él negó con la cabeza.

—Sabía lo de los ponis.

La de planificación encogió los hombros y se fue, y todos la oímos gritar «yupi» mientras corría por el vestíbulo.

Las niñas recibieron la noticia con su aplomo habitual. Clare dijo «Bien» porque para ella el trabajo es algo aburrido que tienes que hacer, y Annabel preguntó cuánto tardaríamos en quedarnos sin dinero.

—Mucho tiempo. No voy a estar sin trabajo para siempre, y tenemos algún dinero en el banco. Todo irá bien, no te preocupes.

Yo estaba apoyada contra la encimera de la cocina, viéndolas comer los bocadillos de mantequilla de cacahuete con mermelada que solían merendar al salir del cole. Leah estaba recogiendo en el dormitorio de las niñas, pero yo sabía que estaba escuchando.

Annabel frunció el ceño.

—¿Tendremos que vender la casa?

¿Desde cuándo se preocupan los niños de siete años por esas cosas? Cuando veía a dos niñas jugando con sus muñecas, con sus cabecitas con trenzas pegadas la una a la otra ¿estarían hablando en realidad sobre el declive del mercado inmobiliario? ¿Estaba Barbie a punto de perder la casa de la playa de Malibú? ¿Estaban a punto de embargarle el jeep? Por un momento di gracias de que la casa estuviera pagada gracias al seguro de vida de Dan. Lo único bueno de la muerte de Dan fue que no nos quedamos sin casa. Sin embargo, las facturas que costaba calentarla e iluminarla eran otra historia.

—No, no tendremos que vender la casa. La verdad, no creo que vaya a cambiar nada, solo pasaré más tiempo en casa. De todos modos, aún tendré que ir al trabajo durante un mes más o menos, mientras termino unas cosas.

No había tenido ocasión de preguntarle a Roberta King por la enciclopedia de verduras, y no estaba segura de si estaba oficialmente con la empresa o no. Tomé nota mental para preguntarlo al día siguiente.

Leah entró en la cocina pero no me miró. Annabel se dio cuenta, como pequeña antropóloga que es, pero por una vez no dijo nada. Volvió su atención hacia mí.

—Bueno, siempre puedes trabajar en McDonald's.

Clare intervino con uno de sus comentarios positivos.

—¡Sí! ¡Trabaja en el McDonald's! Así tendremos patatas fritas gratis.

A Clare le encantan las patatas del McDonald's. Es por la sal que les echan por encima.

—No voy a trabajar en McDonald's. A lo mejor ni siquiera busco un trabajo. Podría trabajar como ilustradora autónoma.

—¿Qué es autónoma? ¿Que trabajas gratis? —Annabel parecía escéptica.

—¿Has terminado de picar? —Ella asintió—. ¿Quieres algo más? —La niña negó con la cabeza—. Autónoma no significa que trabajes gratis. Significa que trabajas para ti mismo, que eres tu jefe.

—¿Y dónde es ese trabajo?

Me encogí de hombros.

—Aquí.

Se hizo una pausa y entonces Clare retiró su silla y llevó el plato al fregadero.

—Me parece bien. Así estarás aquí todo el tiempo. Podemos limpiar el garaje para que tengas un despacho.

Y, tras soltar este comentario inspirado, se fue, llamando a *Frank* para que fuera a jugar con ella. *Frank* solía tumbarse junto a Clare mientras ella jugaba a sus complicados juegos imaginarios con diminutas figurillas de plástico de animales, y de vez en cuando ella le pedía opinión y consejo. Yo nunca le escuché contestar, pero por lo visto a ella le aportaba mucho.

Leah miró a Annabel.

—¿Tienes deberes?

—Solo leer.

—¿Quieres ir y hacerlo ahora?

—Vale. —Se levantó y se fue a su cuarto, y luego volvió—. Clare y *Frank* hacen ruido. ¿Puedo leer en tu cuarto?

Asentí.

Leah me miró.

—Entonces... ¿me quedo sin trabajo?

Esta chica siempre va al grano.

Negué con la cabeza.

—No, al menos no todavía, y espero que después tampoco. Si pasan uno o dos meses y no encuentro nada, entonces tendremos que replantearnos las cosas, pero seguro que todo irá bien. No tengo ni idea de la cantidad de trabajo que podré encontrar por mi cuenta, y quiero editar un libro...

Ella me miró arqueando las cejas.

—¿Qué clase de libro?

—Un libro de niños, creo. En realidad no lo sé.

Cosa que era cierta. En ese momento no tenía ni idea de lo que iba a pasar. Por eso hice lo evidente: me preparé un enorme helado sundae y llamé a mi hermana.

CÓMO PLANTAR AJOS

El ajo es fácil de plantar y después de crecer durante una larga temporada da muchos bulbos. No solo está riquísimo mezclado con mantequilla, además es un repelente natural de insectos.

- No plantes los dientes de la tienda. Primero, podrían no ser la variedad adecuada para tu zona, y en segundo lugar, los tratan con productos para que se conserven más tiempo en el estante. Esto hace que se vuelvan muy irritables y se resistan a crecer. Y la verdad, ¿quién podría reprochárselo?

- Entierra los dientes de pie (con la parte más ancha hacia abajo) con una separación de 10 cm y a una profundidad de 5 cm.

- En primavera, cuando el tiempo se suavice, aparecerán los primeros brotes y los vampiros de la zona empezarán a esconderse.

- Para recogerlos, levántalos con cuidado con una horquilla, límpiales la tierra y déjalos curarse en un lugar fresco y a la sombra durante un par de semanas. Puedes atarlos con una cuerda y colgarlos boca abajo para asegurarte de que se airean por todos los lados.

- Algunas personas comen ajos crudos, porque dicen que así vivirán eternamente o algo por el estilo. Mi opinión personal es que, después de comer ajos crudos, lo más probable es que nadie quiera acercarse a ellos y eso haga que tengan una vida pacífica, no eterna. Tú decides.

CAPÍTULO 10

Rachel llegó a tiempo para cenar y se trajo a Maggie. Sus padres se habían alegrado de verla, dijo, lamentaban lo de su matrimonio y estaban deseando contratar a alguien para que asesinara a Berto.

—Seguro que no será difícil lograr que la mafia se lo cargue. Debe de tener sus ventajas lo de vivir en Italia.

Su padre, mi suegro, era un hombre muy práctico. (La verdad es que todo es un poco raro. Cuando te divorcias de alguien, lo normal es que cortes la relación con toda su familia. Dejas de tener el estatus de pariente político para ellos y ellos dejan de tenerlo para ti. Pero cuando tu marido muere, su familia sigue siendo tu familia política, y no hay ninguna palabra que defina ese nuevo estado. ¿Cuñada difunta? No, porque no estás muerta. ¿Exsuegra? No, porque sigue siendo tu suegra, aunque su hijo haya muerto. Resulta confuso, y es un buen ejemplo de uno de los fallos monumentales de la lengua inglesa).

El tema que estábamos tratando en aquel momento era «¿Qué va a hacer Lilian ahora?». Leah y las niñas estaban aportando su granito de arena.

—Quizá tendrías que volver a estudiar y hacer algo totalmente distinto.

Además de traerse a Maggie, Rachel también había traído un par de botellas de vino y todas empezábamos a decir tonterías.

—¿Como qué?

Maggie levantó la mano.

—¿Qué tal física nuclear?

Negué con la cabeza.

—Demasiadas matemáticas.

—¿Veterinaria? —Sugerencia de Rachel.

Volví a negar con la cabeza.

—A duras penas si consigo mantener con vida a los animales que tengo.

Clare intervino.

—Podías fabricar helados. Me gusta el helado.

Sonreí.

—A mí también. Pero no sé si ganaría mucho dinero con eso.

Rachel frunció el ceño.

—Díselo a las heladerías Ben y Jerry.

—¿Y doctora? Cuidas bien a la gente.

Esta era Annabel, que estaba debajo de la mesa, jugando con *Frank*.

Estaba sorprendida.

—¿Tú crees? No. Recordad lo que he dicho antes sobre las matemáticas. Y además, soy demasiado mayor para estudiar algo tan largo a estas alturas. —Me puse en pie—. Bueno, señoritas, hora de bañarse.

—¡No!

Clare trató de ponerse dura, pero no funcionó. Fui a preparar el baño, haciéndola ir a ella delante. Quizá tendría que trabajar de perro pastor. Tengo mucha experiencia.

Una vez la bañera estuvo preparada con las dos niñas dentro, volví a la cocina a servirme otra copa de vino. Las tres habían estado maquinando en mi ausencia.

—Maggie necesita salir —anunció Rachel—, y yo lo estimo muy oportuno.

—Has bebido demasiado —respondí—. Cuando estás bebida siempre hablas muy raro.

—¿Raro como?

—Como un lord inglés o algo así.

—Por Dios, Lilian, no podías andar más errada.

Arqueé las cejas y ella me ignoró.

—Así que vamos a salir las tres y Leah ha accedido graciosamente a hacer de canguro.

Miré a Leah, quien me sonrió.

—¿Seguro que no preferirías salir tú con ellas y que me quede yo con las niñas?

Esbozó una sonrisa de oreja a oreja.

—No sé cómo decir esto sin que os ofendáis, pero la idea de pasar la noche con tres mujeres de mediana edad, borrachas y sin pareja no me apasiona precisamente.

Maggie y Rachel protestaron.

—¡Eso ha sido muy grosero!

—Guau, qué fuerte.

Yo me reí.

—Están molestas por lo de la mediana edad, lo de borrachas les da igual. —Y me encogí de hombros—. Vale, ¿por qué no? Pero nada de disparates, Rachel. Vamos a tomar algo, o a tomar un café y un poco de pastel y ya está.

Rachel levantó la mano.

—Ya me he adelantado. Tengo el sitio perfecto. Considéralo un postre.

Resulta que no sirven comida en los locales de estriptis. Creo que es para evitar que el suelo resbale. Después de todo, cuando un hombre anda meneándose alrededor de tu mesa vestido de indio americano, o ves ante ti a un tipo musculoso con una pluma y un carcaj para su flecha, lo último que te interesa es que se resbale con una piel de patata. Lo echaría todo a perder. Por no hablar de la responsabilidad legal.

Rachel y Maggie tardaron veinte minutos en convencerme para que entrara en el club, al que Rachel aludía insistentemente como bar. Decía que tenía que hacerlo, por Maggie.

—Necesita distraerse. Necesita ver a otros hombres.

—¿Y tiene que verlos desnudos?

Las dos miramos a Maggie.

Ella se encogió de hombros.

—Es la primera vez que mi marido me engaña, así que no sé qué es mejor. Pero si un hombre joven y desnudo sentado en mi regazo me puede levantar el ánimo, estoy dispuesta a probarlo.

Rachel la señaló con cuidado.

—Tú eres una científica.

Maggie asintió.

—Ya lo creo.

Como era de esperar, la clientela era femenina. Y no tardamos en descubrir que los vídeos a los que estábamos acostumbradas, de jovencitas desmelenándose en las vacaciones, no tenían nada que ver con aquella turba de mujeres de mediana edad que gritaban «¡enséñanosla!» mientras se les caían las bragas. Pasé entre una mujer y un carpintero (cinturón con herramientas) que al parecer estaba arreglando la pata de la silla (o al menos estaba arrodillado) y casi acabo en el suelo.

Pero había ido allí por Maggie, para darle mi apoyo moral. Encontré una mesa para nosotras junto a la salida de emergencia y miré a mi alrededor mientras Rachel pedía más bebidas para las tres.

Había mucha creatividad por allí. Aparte del carpintero y el indio americano, había un piloto (gorra de piloto y taparrabos de insignia dorada con un pasaporte colgando como cobertura), un médico (estetoscopio y algunas vendas cuidadosamente colocadas) y, mi favorito, un pirata (sombrero grande, bandera pequeña con la calavera y los huesos). También había dos camareros que llevaban pajarita y calzoncillos ajustados, y a mí me parecían más sexis, porque nunca he practicado el sexo con un pirata, pero sí con alguien que llevaba calzoncillos, al menos hasta el último momento. Además, todos eran jóvenes y guapos, cosa que no venía mal, pero se me volvía a escapar algo, porque varios de ellos parecían lo bastante jóvenes para estudiar en el instituto y lo único que podía pensar era si no tendrían que haber estado en casa en una noche entre semana, o incluso si era legal que estuvieran allí.

Maggie también parecía un poco nerviosa, pero nos tomamos nuestros chupitos de tequila y al final el local empezó a resultarnos más acogedor.

Me apoyé sobre los codos con cuidado y le grité a Maggie.

—Dime ¿aún echas de menos a Berto o esto te está ayudando?

Ella pareció pensativa.

—Me distrae —me gritó ella—. Pero en algunos momentos pienso en él y me olvido de que es un cabrón que me está engañando y me gustaría que estuviera aquí. —Suspiró—. Es patético.

Un bailarín apareció en la mesa, meneando su cosa, literalmente, a un lado y a otro. De no haber estado la música tan alta seguro que habríamos oído el suave sonido de los golpes que se iba dando contra los muslos.

—Si sigues haciendo eso te va a salir un morado —le gritó Rachel entablando conversación.

—Dos morados —añadió Maggie—. Uno a cada lado del glande.

El bailarín se fue.

—Los penes nunca me han parecido tan atractivos *per se* —grité yo—. Lo que cuenta es lo que hay dentro.

—¿Dentro del pene? —Maggie parecía confundida.

—No. Bueno, eso también cuenta, claro, pero yo hablaba de lo que hay dentro de la persona. Sinceramente, ni el pene más bonito del mundo podría disfrazar a una persona horrible.

—No —comentó Rachel muy seria—. A menos que sea realmente grande.

—Cierto —dije señalándola con el dedo.

—Y —dijo, siguiendo con el tema—, una vez se ponen en acción, algunos de los penes menos imponentes han resultado ser los más impresionantes.

—Amén, hermanita. Mucho ruido y pocas nueces.

—¡Sí! Se trata siempre del potencial oculto.

—Exacto. —Señalé con el otro dedo—. Y tanto bamboleo no puede ser bueno, aunque al menos lo airean un poco.

—Creo que voy a vomitar —dijo Rachel, y entonces se puso de pie e hizo uno de esos rápidos pero erráticos trayectos al aseo, en los que ves el suelo pasar como si hubiera un agujero en la base del coche, y de pronto estás en el aseo y ves las baldosas subir a toda velocidad hacia tu cara y cuando por fin llegan te alegras de sentirlas.

Maggie y yo esperamos un rato en la mesa, pero Rachel no volvía. Nuestro sitio era de los mejores, y había varios grupos de mujeres que le habían echado el ojo, pero nosotras no nos movíamos. Me levanté y le hice prometer a Maggie que no pagaría para que le bailaran en la falda y fui a buscar a Rachel.

No me costó mucho encontrarla. Su pelo largo sobresalía por debajo de la puerta de uno de los cubículos.

—¿Estás bien, Rach?

El pelo se movió.

—Estoy muerta —replicó ella.

—Espero que no, mañana tienes trabajo. ¿Puedes tenerte en pie o necesitas vomitar más?

Hubo una pausa y el pelo desapareció.

—Espera, deja que haga una comprobación del sistema. —Otra pausa—. Estoy bien. Creo.

Oí cómo se abría el cerrojo y Rachel apareció con aspecto normal.

—He hecho una pequeña siesta. Me siento mucho mejor.

La miré arqueando las cejas.

—¿En el suelo?

—Sí. No ha estado tan mal. Estaba muy cansada.

—Vamos a casa.

Ella negó con la cabeza.

—No, vamos a comer algo. Me muero de hambre. Vamos a Pink's a por unos perritos calientes.

Pink's es una institución en Los Ángeles. La gente hace cola durante horas para comprar un perrito caliente allí y, a menos que estén hechos con *filet mignon*, no veo cómo puede valer la pena. Es la cola más lenta de la historia. La gente se muere de hambre esperando y después viene alguien y aparta sus cadáveres de una patada. Pero en aquel momento me sonó genial.

—Eres un genio, Rach.

—Tú también, pero he olvidado tu nombre. Lo sabía, pero cuando he abierto la boca se me ha ido.

—Me llamo Lilian. Soy tu hermana.

—Eso.

Una vez aclaramos esto, fuimos a recoger a Maggie, salimos del club y nos fuimos a comer unos perritos calientes, con lo que al menos conseguimos mantener el tema fálico de la noche.

El aire fresco de la noche ayudó un poco y conseguimos llegar hasta Pink's sin incidentes importantes. Maggie había entrado en su etapa silenciosa de las borracheras y estaba allí plantada poniendo cara de búho, y yo me sentía un poco rara. Rachel, que había eliminado considerablemente la cantidad de alcohol en sangre, se sentía feliz y no dejaba de parlotear como un pajarillo.

—Siempre puedes dar clases en una escuela de arte. Quizá podrías conseguir trabajo en la escuela de las niñas y así ellas serían las hijas de la maestra, como aquella niña, Jessica, la que iba a nuestro cole. Siempre he querido ser la hija de un profe.

—Estás balbuceando. —Su voz empezaba a irritarme—. Además, ser maestra estaría bien, si no fuera porque hay tantos niños.

—Cierto. ¿Y qué tal si te vuelves bohemia y pintas bonitos cuadros?

Lancé un bufido.

—Perfecto, pero ¿quién pagaría las bonitas facturas?

—¡Edward! Podrías salir con él, es rico.

—Sí, claro, ¿ahora soy una prostituta?

Rachel se rió.

—¡No! Una artista bohemia con un novio rico. Es muy distinto.

La miré frunciendo el ceño.

—¿Y qué pasa con mis hijas? ¿Las mando fuera de casa para que me las cuiden otros?

Estuvimos en la cola cinco minutos y avanzamos tres posiciones. Yo me puse de morros.

Rachel volvió a hablar.

—Algo saldrá. Siempre sale algo. Tienes suerte.

Me sentía mareada, y seguramente por eso perdí los nervios.

—¿Suerte? ¿En qué sentido tengo suerte? ¿En lo de que soy viuda a los treinta y cuatro? ¿Porque tengo que criar a mis hijas sola? ¿Porque me he quedado sin trabajo?

Ella también se encendió.

—Pues a lo mejor en el sentido que no tiene sentido. ¿Por qué te enfadas conmigo? Yo no te he hecho nada. En realidad he hecho de todo para ayudarte, y tú no haces más que quejarte.

Se hizo una pausa. Si en ese momento me hubiera disculpado, seguramente todo habría ido bien, pero estaba demasiado desmandada.

—¿Quejarme? ¡Yo nunca me quejo! Te estoy patéticamente agradecida. Todo el mundo sabe que tú me has salvado el culo. Santa Rachel, que ha dado su vida para ayudar a la loca de su hermana. Ha cuidado a sus hijas por ella. Pobre Rachel, ha sacrificado tanto y bla, bla, bla.

Hasta puede que sacudiera la cabeza. Desde luego, me sentía como una cría de trece años que tiene su tercer periodo y pierde la cabeza por completo.

Rachel se había puesto blanca. Todo el mundo en la cola se había vuelto a mirarnos, con ese aire tan abiertamente entusiasta y atento que tiene siempre la gente en Los Ángeles. O son actores, y están presenciando emociones reales de las que pueden aprender, o son escritores, y están ante un posible material para sus textos. Maggie parecía achispada.

Mi hermana estaba hecha una furia.

—Estás llena de rencor. Nunca, ni una sola vez, te he pedido que me dieras las gracias, ni lo he esperado. He hecho por ti lo mismo que tú habrías hecho por mí. Solo estás enfadada porque tu libido ha despertado y estás demasiado acojonada para aceptarlo. —Dio unos pasos furiosos para irse, y la gente de la cola giró para seguirla con la mirada, y entonces volvió—. Y sobre lo de que soy una santa, ¿qué me dices de tu complejo de mártir, zorra egoísta? Pobre Lilian, ha perdido a su marido, el amor de su vida. Bueno, ¿y yo qué? Yo perdí a uno de mis mejores amigos. ¿Y las niñas? Ellas perdieron a su padre. ¿Y Maggie, eh? Ella está ahí, y perdió a su único hermano. No se trata solo de ti, y ya va siendo hora de que te enteres.

Y con esta andanada final, se fue y yo me quedé allí y me di cuenta de que: *a)* Rachel tenía toda la razón, *b)* yo era una imbécil total y *c)* Maggie acababa de vomitarme en los pies.

Conseguí parar un taxi y llevé a Maggie a casa. Leah y yo tuvimos que usar un paquete entero de toallitas infantiles para limpiarla y cuando acabamos la pusimos en la habitación de invitados. Ella estuvo inconsciente todo el tiempo, pero cuando ya salía de la habitación, dijo mi nombre.

—¿Sí, Mags?

—No le digas a Berto que hemos ido a un local de estriptis.

Asentí.

—Te lo prometo.

—Ni que te he vomitado encima.

Sonreí.

—Vale.

Maggie dejó escapar un pequeño suspiro.

—La habitación no deja de dar vueltas y echo de menos a mi marido.

Sentí que se me hacía un nudo en la garganta.

—Lo sé, cielo. Mañana te sentirás mejor.

Cosa que, obviamente, era una mentira enorme.

Al día siguiente empecé el día como debe ser, vomitando. Normalmente no bebo mucho, sobre todo porque no aguanto bien el alcohol. Dan solía describirme como la peor pesadilla de los chicos de una fraternidad: «Eres supermona, y eso es genial, y te emborrachas con dos bebidas, cosa que es aún mejor, pero entonces te pones picajosa, y eso ya no me gusta tanto, y para acabar de estropearlo vomitas. Eres el sueño de todos los hombres convertido en su peor pesadilla».

Y entonces me sonreía con afecto y yo le hacía el gesto de *ok* con el pulgar. Fueron buenos tiempos.

Traté de llamar a Rachel en cuanto desperté, pero no contestaba. Me sentía fatal en todos los sentidos posibles.

Ni que decir tiene que a las niñas no pareció preocuparles que tuviera resaca. Cuando estás radiante de entusiasmo por la novedad de tu reciente embarazo, no eres plenamente consciente de que el trabajo para el que estás firmando implica tratar con sociópatas veinticuatro horas al día siete días a la semana durante el resto de tu vida, sin vacaciones y lo contrario a un seguro de salud. Busqué en mi interior y encontré la fuerza para vestirme y alimentar a mis pequeñas cerditas.

Volví a llamar a Rachel. Seguía sin contestar.

Maggie salió medio tambaleándose de la habitación de invitados cuando yo estaba dando saltitos con el propósito de meter las piernas en los tejanos, cosa que resultó mucho más problemática que de costumbre. No tenía mucho mejor aspecto que yo, y se apoyó contra el marco de la puerta de mi cuarto.

—¿Necesitas ayuda?

Negué con la cabeza y luego me arrepentí.

—¿Hice algo de lo que tenga que avergonzarme ayer noche?

Su voz sonaba muy ronca.

—¿No te acuerdas?

Ella meneó la cabeza y se detuvo tan de golpe como yo.

—Au. Mierda, no. Recuerdo el club, pero nada más. ¿Comimos?

—No, fuimos a buscar un perrito caliente pero Rachel y yo discutimos, tú me vomitaste encima y volvimos a casa.

Maggie cerró los ojos.

—Lo siento.

—No pasa nada. Fuimos juntas a la universidad, ¿lo recuerdas? Me parece que yo te he vomitado encima más veces de las que ninguna de las dos podría contar. Supongo que no está mal si por una vez eres tú quien me vomita encima. ¿Quieres un café?

—No, aún no estoy lista. Y a lo mejor nunca lo estaré. ¿Por qué discutisteis tú y Rachel? Siempre discutes con alguien cuando bebes ¿por qué?

Me encogí de hombros, que no era mucho mejor que lo de menear la cabeza.

—Ni idea. ¿Furia contenida? ¿Ansiedad social? Discutimos porque ella siempre me ayuda y me apoya.

—Sí, entiendo que eso te pueda molestar.

Maggie no dejaba de balancearse, aunque por lo visto no se daba cuenta.

Finalmente conseguí ponerme los pantalones.

—Tengo que llevar a las niñas al cole e ir a trabajar. ¿Estarás bien?

—Claro, voy a extirparme quirúrgicamente la cabeza y la aclararé debajo del grifo, y luego volveré a dormirme.

—Buena idea. Luego te llamo.

Nos abrazamos, procurando no desestabilizarnos la una a la otra, y luego salí con valentía por la puerta, al sol violento y dolorosamente intenso de Los Ángeles.

Estuve llamando a Rachel cada hora durante todo el día. Buzón de voz. Al principio dejé mensajes farfullando disculpas, pero conforme pasaban las horas empecé a canturrear o a inventar poemas. Ella siguió sin contestar, y para el final del día aún no habíamos hablado. Fue horrible. Cuando estás acostumbrada a hablar con alguien tres veces al día, un silencio así puede ser terrible.

Cuando llegué a casa, Maggie ya se iba, después de haber recuperado finalmente el control de su sistema nervioso. Se fue a casa de sus padres. Volví a llamar a Rachel. A lo mejor se había hecho daño o había acabado en algún lugar insospechado. Preparé la cena de las niñas distraída y picoteé de mi plato. Alguien llamó a la puerta y me levanté de un salto, pensando que sería Rachel, pero era Edward. Llevaba una caja enorme y sonreía. Las niñas estaban locas de alegría y no dejaban de chillar y agarrarse a él porque recordaban lo que les había prometido traer. Edward me miró por encima de sus cabezas y me sonrió, y me sorprendió lo mucho que yo misma me alegraba de verlo. Edward vio que los platos de la cena estaban aún en la mesa sin terminar.

—No vamos a abrir esto hasta que os terminéis la cena. Si no vuestra madre se enfadará mucho conmigo.

Las niñas se pusieron a gimotear, pero él hizo como que se iba y se llevaba la caja y consiguió que callaran. Además, les gustaban las chuletas de cordero, no podían fallar. Treinta y dos segundos después ya se las habían acabado. Cuarenta y cinco segundos después, se habían terminado los guisantes. Edward estaba contento.

En cuanto quitaron los platos y apartaron las otras cosas que había en la mesa, Edward se puso manos a la obra.

—Tambores, por favor, Clare.

Edward había descubierto las dotes de Clare con la percusión, puede que mientras veían My Little Pony. Imitaba muy bien el redoble de un tambor.

Edward sacó una casa de piedra de un metro de alto y muy detallada. Tenía forma de seta, con unas habitaciones diminutas y una escalera en el interior y un ático en la zona del sombrerillo a topos. Era ridículamente mona. Luego sacó una caja más pequeña donde llevaba una docena de diminutas figuras. Todas parecían hechas de esa resina para exteriores y, sin embargo, tenían un colorido estupendo, unos detalles remarcables, y bueno, eran mágicas.

Las niñas lo observaron todo en silencio. Clare se inclinó sobre la mesa y metió a una de las pequeñas hadas en la casa. Y entonces estiró el brazo y cogió a Edward de la mano. Yo le miré, pero él estaba mirando a Clare.

—Edward —dijo con su vocecita de pito—, esto es lo más guay, superguay, super superguay del mundo. Eres un chico muy bueno y la próxima vez podrás jugar con *Sparkleworks*.

Y entonces le soltó la mano y esperó. Clare reconocía un momento especial cuando lo veía.

—¿De verdad? —dijo Edward mirándola y sonriendo.

Ella asintió con solemnidad. Sentí que se me hacía un nudo en la garganta. *Sparkleworks* era el Little Pony favorito de Clare. Nadie podía tocar a *Sparkleworks*.

—Gracias —dijo Edward—. ¿Te gusta, Annabel?

Annabel asintió, totalmente impresionada. Había cogido una de las figurillas y la estaba haciendo girar con la mano. También había varias figuras masculinas, cosa que estaría bien para Bash, aunque parecían bailarines de Broadway más que máquinas de destruir gnomos.

Los tres salieron al jardín y yo los observé mientras colocaban la casita en el lugar perfecto. Al poco Edward volvió a entrar. Se le veía ridículamente guapo y arrebolado con aquella expresión de triunfo.

—Un éxito, ¿no te parece?

Miró al jardín por la ventana de la cocina y trató de no regodearse.

Los dos seguimos allí mirando.

—Prométeme que te quedarás hasta que las acueste. Porque si no estoy perdida, seguro que tratarán de dormir en el jardín. Es un regalo maravilloso. Eres muy amable.

Él se volvió y se apoyó contra el fregadero. Estábamos muy cerca. No pude evitarlo y le solté:

—Anoche discutí con Rachel y ahora no consigo localizarla y estoy preocupada.

No sé por qué lo dije, me salió así, y entonces acabé de estropearlo echándome a llorar. Edward iba a pensar que era una completa idiota.

Me pasó una servilleta de papel.

—¿Por qué discutisteis?

Me encogí de hombros.

—Porque bebí demasiado y soy una imbécil.

Él sonrió.

—Todos somos imbéciles cuando bebemos mucho. ¿Crees que está bien pero está enfadada contigo o te preocupa que le haya pasado algo?

—No lo sé. Se fue echa una furia. Y no la he vuelto a ver.

—¿Os peleasteis en la calle?

Parecía confuso.

Yo asentí, avergonzada.

—Sí, en la calle. Como adolescentes, o putas.

Él exageró una cara de asombro.

—Estoy sorprendido, pero en realidad no. Todos lo hemos hecho alguna vez.

—¿Ah, sí?

Edward negó con la cabeza.

—No, solo los adolescentes y las putas, solo lo decía para hacer que te sientas mejor. —Sacó el móvil—. ¿Por qué no la llamo yo? Si solo está tratando de evitarte contestará y así sabremos que está bien. Y si no contesta podemos llamar a la Interpol.

Se le veía muy tranquilo y seguro. Le di el número y lo marcó. Esperó.

—¿Hola? ¿Rachel? Soy Edward Bloem, tu profesor de horticultura.

Estaba viva. Eso era bueno. Sin embargo, era evidente que me había puesto en su lista negra y eso era malo.

—Estoy en casa de tu hermana y Lilian está muy preocupada por ti. —Escuchó un momento y luego hizo una mueca con la boca—. No sé si puedo pasarle tu mensaje tal cual. ¿Seguro que no quieres hablar tú con ella? —Una pausa—. Se lo diré. —Colgó y me miró—. Dice que no quiere hablar contigo pero que te diga que está bien.

Lo miré.

—¿Y qué tenía de difícil decirme eso?

—He tenido que editarlo. El inglés no es mi lengua materna, ya lo sabes.

Me miró con gesto pensativo y sonrió despacio con una expresión cálida en los ojos verdes. Olía a campo, y era tan alto, tan ancho de hombros, tan… masculino. Resultaba muy distinto metido en aquella casa de mujeres. Lo único que podía pensar era en las ganas que tenía de besarle. Estaba perdiendo la cabeza.

Necesitaba un momento para pensar y por eso me acerqué al fregadero y miré por la ventana para ver si las niñas ya habían empezado a pelearse, pero por el momento gobernaba la paz en el reino de las hadas.

Entonces Edward comentó algo como si tal cosa:

—¿Sabías que la curva de tu cuello dibuja un arco que parece el interior de una concha, y que justo el punto en que tu pelo se une al cuello es donde más me gustaría besarte?

Me ruboricé, y escuché una voz que decía «adelante», y me sorprendió darme cuenta de que era mi voz, porque al parecer mi boca había tomado el control de mi cerebro.

Edward agachó la cabeza y me besó el cuello. Fue el momento más romántico que había vivido en años y sentí que las rodillas me flaqueaban. Me apoyó las manos en los hombros y me dio la vuelta, pero fui yo quien se implicó más en el beso, quien le puso las manos en las caderas y lo acercó más. Y, definitivamente, fui yo quien, en aquel arrebato de lujuria, olvidó que tenía hijas, un marido muerto, un trabajo perdido y una hermana furiosa. Lo único que podía pensar era en el sabor de Edward, en la presión de sus manos contra mi espalda y en la chocante certeza de que no estaba muerta de cintura para abajo.

Edward se echó hacia atrás y me miró con las pupilas tan dilatadas como las mías. Aquello no era solo un beso, los dos lo sabíamos. Íbamos a ser amantes, íbamos a desnudarnos y a probar cada centímetro de la piel del otro, íbamos a darnos placer el uno al otro una y otra vez. Hacía mucho tiempo que no estaba tan excitada; me sentía ebria de expectación. Edward se dio cuenta y se acaloró, volvía a notar el calor de sus labios pegados a mi boca y me agarró con fuerza del pelo. Es una de las ventajas de la experiencia que no te da la juventud: sabes que es real, que quieres a ese hombre dentro de ti, y sabes que va a pasar, y que es algo tan real como cualquier otra experiencia humana. No hay nada más poderoso que las tres primeras horas de una relación sexual. Es como el combustible de un cohete. Edward se separó un poco tirándome de la mano y me llevó hacia la mesa de la cocina, donde se puso a apartar las cosas de encima.

Que es cuando oí a Clare llamándome desde fuera.

—¡Mamá! Annabel me ha dicho que mi hada está mal pintada.

Teníamos unos quince segundos antes de que las niñas entraran de estampida. Nos miramos y Edward dijo algo en holandés que sonó muy, muy frustrado.

Yo solté una risa temblorosa.

—Lo siento, tengo hijas.

Todavía tenía la cara acalorada, pero se recompuso lo bastante para contestar.

—Me avergüenza decir que lo había olvidado por completo. —Aún me tenía cogida de la mano y me acercó de un tirón para besarme con fuerza una vez más y susurrar contra mi boca—: Aún no hemos acabado, te lo prometo.

Me mordió el labio con suavidad y me soltó. Yo me moría literalmente de deseo, pero cuando las niñas entraron, aquello... se evaporó. Me resultó chocante, pero tenía que ser así, y yo lo sabía.

Clare seguía enfadada con su hermana y no le pareció raro encontrarse con dos adultos con las caras rojas.

—Annabel ha dicho que esta hada no lleva un vestido bonito, y es mentira.

Annabel entró detrás y se detuvo en la puerta para mirar. Sabía que había pasado algo pero no entendía el qué. Entornó los ojos con suspicacia, pero estaba muy cansada y no le apetecía pararse a analizar los indicadores sociales en aquel momento.

—Yo no he dicho eso.

Clare cambió de táctica.

—Me voy a llevar la casa de las hadas a la cama.

Negué con la cabeza.

—De eso nada. Pero es hora de que os acostéis las dos. Edward ya se iba.

Él aceptó mi sugerencia sin chistar y cogió la chaqueta.

—Chicas, os veré el sábado en clase, y así podréis decirme si aún os gusta la casita de las hadas. —Se volvió hacia mí—. Adiós, Lilian. Hablaremos pronto.

No hizo falta que dijera nada más. Los dos estábamos aún temblando. Además, Clare eligió ese momento para saltar sobre él y darle las gracias como un millón de veces, abrazada a sus piernas y mirándolo desde abajo. Es muy efusiva.

Puse el piloto automático y me entregué a la rutina de acostar a las niñas. El cambio repentino del deseo por la vida doméstica me resultaba dolorosamente familiar. Es muy habitual que mis deseos entren en conflicto con lo que tengo que hacer. Quiero dormir pero tengo que levantarme y consolar a una de mis hijas porque ha tenido una pesadilla. Quiero ir al parque para tumbarme en la hierba y leer un libro pero en vez de eso tengo que empujar un columpio, mediar en sus pequeños conflictos, y estar centrada cuando lo que quiero es soñar despierta y dormitar.

Cuando Dan murió, me hubiera dejado morir de hambre, pero estaban estas pequeñas en la casa. Necesitaban comer, vestirse, no podía haberles importado menos que yo estuviera de duelo. No hacían más que mear, cagar, llorar, comer, dormir, como si no hubiera pasado nada. A menudo, durante el tiempo que había pasado en el hospital, me olvidaba de que ellas existían. Mi vida era muy superficial, me negaba a comer, a beber, solo quería dejarme llevar y caer por el precipicio como un pedazo de papel transparente. Algunos días recordaba que estaban ahí fuera, en algún lugar, y una parte de mi corazón las añoraba y me sentía avergonzada, era como una brisa fría en un día ya frío de por sí. Y otras veces deseaba que se hubieran muerto también, porque así yo habría podido cerrar mi vida y haber dejado de respirar. Nunca dije aquello a nadie, ni siquiera a la doctora Graver, y a veces mi corazón se encoge por el miedo que me da pensar que Dios oyera mi ruego y lo tenga anotado en algún sitio.

Cuando salí del hospital y acepté más o menos que tenía que seguir adelante, me di cuenta de que, en realidad, la rutina ayuda. Sabía hacer aquellas cosas, las cosas que siempre había hecho sin Dan. Dan me ayudaba, claro, pero lo que quiero decir es que estaba acostumbrada a volar en solitario como madre y podía manejarlo. Costaba más con las cosas que hacíamos juntos, o las que hacía él. Tengo una amiga en Alcohólicos Anónimos que lo llama «referencia sobria», que significa que tienes que hacer sobrio cosas que antes hacías borracho. Yo no tengo ningún nombre resultón para designarlo, pero el caso es que me encontré muy triste haciendo cosas que antes hacía feliz, y poco a poco todo aquello se convirtió en algo aceptable. De alguna manera seguí respirando y allí seguía, años después, viva.

Las niñas hablaron de la casa de hadas durante todo el tiempo que duró el baño. Por lo visto no me había mostrado lo bastante agradecida, porque no dejé de escucharlas hablar de sus maravillas y sus habitaciones secretas mientras las secaba, les ponía el pijama, les leía un cuento y hasta que apagué la luz.

—Y si miras al fondo del cuarto hay una puerta diminuta de un armario y si la abres hay perchas súper pequeñitas de colores con ropa muy pequeña.

—Son muy pequeñas.

—Pero puedes poner un hada ahí.

—¿Y para qué ibas a meter un hada en un armario?

Acaricié el pelo de Clare desde la frente, preguntándome cómo había llegado el budín de chocolate a la línea de nacimiento de su pelo y cómo no lo había visto en el baño. Le rasqué el chocolate hasta que ella me apartó la mano de un manotazo.

—Bueno, lo he hecho para que pueda saltar sobre el hada de Annabel, pero también puede ser para otra cosa.

Cerré la puerta y luego la abrí los dos centímetros de rigor para mirar y asegurarme de que seguían donde debían, y después me fui a la salita. *Frank* me había servido una copa de cabernet y estaba preparando la mesa de masajes. Es broma. Cuando ya no tuve la distracción de las niñas, mi cuerpo empezó a quejarse de su reciente desilusión. «¿Qué diantre has hecho?», me estaba diciendo. «¿Por qué has tenido que dejarlo a medias?» Es raro, pero me hubiera gustado tener a Dan al lado para hablar con él. Pero no estaba. Estaba muerto, y bien muerto. Y Rachel no me hablaba.

Volví a intentarlo. Esta vez contestó.

—Vale —dijo—, ya han pasado veinticuatro horas desde que te pusiste tan imbécil. Estoy lista para aceptar una disculpa.

—Lo siento mucho, mucho.

—Eso espero. Dime algo más.

Sonreí.

—Soy la imbécil más grande del universo. Estoy muy agradecida por todo lo que has hecho por mí y no pienses ni por un momento que eres una santa ni nada por el estilo. No tengo ni idea de por qué dije todo eso.

Ella suspiró.

—Vale, ya está. Pero creo que es sano que de vez en cuando aireemos nuestros trapos sucios, por muy raro y espontáneo que parezca. Eso sí, la próxima vez mejor lo hacemos en casa, ¿vale?

Yo asentí, aunque ella no podía verme.

—¿Llegaste bien a casa?

—Sí. Cuando me fui me di cuenta de que te había dejado en medio de la ciudad con una Maggie muy borracha. Pero después de mi despedida triunfal, no podía volver atrás como si nada. ¿Te vomitó encima?

—Sí.

—Vale. Y ¿después qué? ¿Por qué estaba Edward contigo? ¿Qué ha pasado?

—Se ha pasado para traer una casita de hadas.

Ella dio un bufido.

—Si pudiera dar un penique por todas las veces que un hombre ha usado esa excusa…

—Y hemos estado a punto de hacerlo sobre la mesa de la cocina.

Se hizo una pausa placenteramente larga. La había sorprendido.

—Guau, te dejabas lo más importante para el final.

Me encogí de hombros.

—Fuiste tú quien me animó a ampliar horizontes.

—Cierto, pero no creí que llegarías hasta el final en tu primera cita.

—¿Por qué no? Tú siempre lo haces.

Rachel rió.

—Bueno ¿cómo si no voy a saber si quiero una segunda cita? —Suspiró—. Pero imagino que recordaste que tienes hijas justo a tiempo y no pasó nada.

—Exacto. —Yo también suspiré—. Ahora me siento confusa y estresada. Que es el motivo por el que no quiero empezar a salir con hombres. —Tiré con gesto irritado de un hilo suelto del sofá—. No quiero hacerlo.

—¿De verdad pretendes pasarte el resto de tu vida sola? Solo tienes treinta y tantos. Podrías vivir sesenta años más.

Me recosté en el sofá y miré a mi alrededor. Todo estaba como siempre. Desde la muerte de Dan me había esforzado mucho para convertir mi vida en algo rutinario y predecible. Traté de explicárselo a Rachel.

—No es que Edward no me resulte atractivo. Te lo aseguro, me gusta. Esta noche he olvidado por completo lo que es mi vida durante cinco minutos muy calientes, y es importante, porque mi vida no es precisamente legendaria. De haber estado yo sola, te aseguro que habríamos roto la mesa de la cocina. Pero no estoy sola, y para cuando lo esté ya será demasiado tarde. —Noté que se me apelmazaba la garganta y me molesté—. Y ahora tengo ganas de llorar y ni siquiera sé si estoy triste porque no me he acostado con Edward o porque nunca me acuesto con nadie. O si estoy triste porque echo tanto de menos a Dan que es como si hubiera alguien conmigo todo el tiempo. Lo que menos falta me hace es liarme. Necesito saber por qué lloro, ¿lo entiendes?

Rachel adoptó un tono compasivo.

—Objetivos de mi vida: saber por qué estoy llorando.

—Exacto.

—¿Podemos cambiar de tema para que podamos hablar de alguna otra cosa hasta que te sientas lo bastante bien para colgar?

La quería tanto.

—Sí, por favor.

Respiré hondo y me limpié los mocos en la manga.

Ella cogió aire.

—Creo que voy a adoptar un gato. ¿Qué piensas?

CÓMO PLANTAR UNA CALABAZA

Necesitas un sitio con mucho espacio y gran cantidad de sol. Las calabazas también.

- La tierra se calentará con mayor rapidez y las semillas germinarán antes sin las plantas en pequeños montículos. Los montículos tendrás que hacerlos tú, no los venden en la tienda.

- Planta las semillas a una profundidad de 2,5 cm en los montículos (4-5 semillas por montículo). Deja una separación de entre 1 y 2,5 metros entre cada montículo.

- Cuando las plantas alcancen unos 7 u 8 cm de altura, clarea y deja solo 2 o 3 por montículo cortando las que no quieras sin dañar las raíces de las que quedan.

- Si las primeras flores no dan fruto, es normal. Primero deben abrirse tanto las flores masculinas como las femeninas, conocerse un poco, salir quizá y ver una peli y, ya sabes, relajarse.

CAPÍTULO 11

Por la mañana, después de una noche de sueños guarros, me desperté de mal humor. Annabel también se levantó con el pie izquierdo, y las dos estábamos que mordíamos mientras nos preparábamos para salir.

Annabel necesitaba la camiseta rosa.

Esa camiseta rosa no.

Esa tampoco.

Ni esa. Jo, mamá, la del caballo.

Sí, esa.

Estaba sucia.

Lágrimas.

¿Por qué nunca había nada limpio en casa? ¿Por qué a nadie le importaba ella? ¿Por qué estaba yo siempre tan ocupada con otras cosas (y esto me lo dijo con tono de desprecio) que no podía hacer la colada?

¿Qué tal esta otra camiseta con un caballo?

No.

¿O esta otra rosa? No tiene caballo, pero es rosa.

No.

Voz firme: coge la camiseta que quieras, yo voy a preparar el almuerzo. ¿Qué quieres comer?

Nada.

¿Tostadas?

Nada.

¿Huevos?

Nada. Me voy a morir de hambre porque a nadie le importa.

A mí me importa. Quiero hacerte el desayuno. Clare, ¿tú que quieres?

Tortitas.

Tortitas, vale.

A mí no me gustan las tortitas. Yo quiero huevos.

No, voy a preparar tortitas.

Lágrimas.

Yendo como una estampida a la cocina. (Yo)

Berreando en el vestíbulo. (Ella)

Ruido de sartenes. (Yo)

Berreando junto a la puerta de la cocina. (Ella)

Vomitando por el estrés. (*Frank*)

Luego tenía que prepararlas para salir de casa, y eso significa que había que ponerles los zapatos.

Si hubieran derogado la ley que obligaba a llevar zapatos, habría salido corriendo a la calle a tirar cohetes. Yo tengo tres pares de zapatos, mis hijas tienen una docena entre las dos, pero solo aceptan llevar uno que les gusta cada vez, y les gusta esconderlos cuando llegan a casa del colegio. A veces solo esconden uno, y me lleno de esperanza cuando lo encuentro, pero acabo estrellándome contra las rocas cuando comprendo que es imposible encontrar el otro.

Son estos pequeños periodos de intensa tensión con mis hijas los que me hacen desear haber muerto yo en vez de Dan. Diez minutos después, el sentimiento ha desaparecido, pero en el calor del momento, cuando estoy discutiendo con mi hija de siete años sobre qué calcetines aceptaría ponerse, me siento presa de un desánimo tan profundo que la vida me parece insoportable. Cuando escucho hablar de alguna mujer que ha pegado a sus hijos, suelo pensar que la última impertinencia que oyó antes de que se le enturbiara la razón fue «pero no son los calcetines de Dora, la Exploradora».

Finalmente, las dejé en el cole y, de camino al trabajo, decidí que apartaría de mi mente todo el asunto del beso de Edward. Edward no me interesaba, ni tampoco tener ninguna aventura de ningún tipo.

Trabajaría como una posesa todo el día, ordenaría mis proyectos, despejaría mi mesa y buscaría otro trabajo. Comería una ensalada a mediodía. Perdería cinco kilos. Me lavaría los dientes con el cepillo eléctrico durante los dos minutos de rigor que correspondían. Me dedicaría por entero a cuidar de mí misma.

Sin embargo, cuando llegué al trabajo, vi que Edward me había mandado flores.

En realidad las olí antes de verlas. Yo le había mencionado a Edward lo triste que me parecía que las rosas ya casi no olieran a nada, y él me había hablado de rosas antiguas y otras cosas que no entendí.

Normalmente, los hombres no te escuchan de verdad. Puedes decir que te gustan los melocotones, The Cure o los gatitos, y al cabo de un momento ya se les ha ido de la cabeza. Yo, personalmente, me quedo siempre con esas pequeñas pistas sobre cada persona. Por ejemplo, sé que a Sasha le gusta el olor de las violetas, que Rose disfruta de las novelas de naturaleza romántica, camina para hacer ejercicio y tiene un gato siamés que se llama *Dr. Oodles*, pero si le hubiera preguntado a Dan qué había estudiado su mejor amigo en la universidad (cuando eran compañeros de habitación) no hubiera sabido decírmelo.

Pero por lo visto Edward era diferente, porque me había mandado un precioso ramo de rosas que llenaba la habitación con un olor intenso, rosado y alimonado increíble. Las rosas eran de un precioso color crema con muchos pétalos, parecían salidas de un cuadro.

Sasha me estaba mirando.

—Bueno, debiste de hacer algo asombroso ayer noche. He estado dibujándolas desde que llegué. Son las Madame Hardy más bonitas que he visto en mucho tiempo.

Vi que también había estado recogiendo sus cosas: había cajas de cartón sobre su mesa y se había traído su portafolio a la oficina.

—¿No son rosas?

Yo estaba inclinada aspirando con fuerza. Busqué una tarjeta.

Sasha rió.

—El nombre de la rosa es Madame Hardy. Es una rosa damascena y una de las variedades antiguas más famosas que pueden encontrarse. Parece que por ahí hay alguien que conoce bien las flores.

No parecía que hubiera tarjeta. Vaya. Eso era un poco presuntuoso.

Me volví hacia Sasha.

—¿Desde cuándo sabes tanto de rosas?

—Desde que el año pasado nos jugamos a piedra, papel, tijera quién se encargaba de la tercera edición de *Gatitos y perritos* y yo perdí. A mí me tocó *Rosas del mundo*, segunda edición.

—Ah, sí.

Miré las rosas.

—Bueno, quien las haya mandado no ha incluido una nota, así que quién sabe.

—Claro, porque ahora mismo estás interesada en varios horticultores buenorros y podría ser cualquiera de ellos.

—No sé de qué estás hablando.

Cerré los ojos y olí.

—Lilian, cuando alguien usa la palabra «interesante» más de cuatro veces en una conversación sobre otra persona, nadie piensa que signifique realmente «interesante». Está tan claro como si llevaras una camiseta que pusiera colada por mi profe.

No quise dignarme a responder a eso y por suerte sonó el teléfono.

—¿Hola?

—¿Has recibido mis flores?

La voz de Edward era profunda y parecía que tuviera más acento por teléfono. Me ruboricé.

—Ah, ¿son tuyas?

Él se rió.

—No sé. Yo te he mandado rosas. Si tienes otras flores serán de tus otros admiradores.

Dios, era irritantemente tranquilo. Otro se habría molestado un poco, pero el señor Seguridad pasó como si nada por encima de mi descortesía.

Carraspeó.

—Entonces, ¿las has recibido?

La voz le temblaba un poco, y de pronto me sentí bien. Una aventura en abstracto no era interesante, Edward sí lo era.

Sonreí.

—Sí, las tengo delante, y huelen de maravilla. Muchas gracias.

Lo escuché sonreír a él también

—Gracias. ¿Cómo fue el resto de la noche? —Bajó un poco la voz—. Tengo que reconocer que a mí me costó dormir.

Y entonces, volví a sentirme nerviosa de pronto. Estaba hecha un lío. Me estaba fustigando a mí misma emocionalmente.

—Fue bien. Estuve hablando con Rachel un buen rato.

—¿Hicisteis las paces?

—Sí, del todo.

—¿Podemos comer juntos?

Aaaah.

—Em… no sé. En realidad nos despidieron hace un par de días y estoy tratando de… —Hice una pausa y volví a oler las rosas—. No sé…

Su voz era tranquila.

—¿Y un café? No como el de ayer noche. Solo café, ¿vale?

—Vale.

Le expliqué dónde estaba la oficina. Siempre podía decirle que no podíamos volver a salir. Me volví hacia el despacho y me dediqué a vaciar los cajones sin hacer caso de las rosas.

Cuando Edward entró en mi cubículo, estaba agachada bajo la mesa buscando una moneda de un cuarto. Pero en lugar de arrodillarme y comportarme de un modo sensato, me había quedado sentada y me incliné tratando de llegar a la moneda, cosa que no conseguí, desde luego. O sea, estaba medio atascada, pero me obstinaba en no admitirlo. Digamos que no estaba en mi mejor postura.

—¿Lilian?

Su voz era inconfundible, y claro, me eché hacia atrás demasiado deprisa y me di con la cabeza en la mesa.

Al menos a él le hizo gracia.

—Me había parecido reconocer tus… zapatos.

Sonrió. ¿Es que no había nada que pudiera desconcertar a este hombre?

—¿Tú eres el que ha mandado las rosas?

Edward se dio la vuelta y le sonrió a Sasha.

—El mismo —dijo adelantándose un paso—. Soy Edward Bloem, y tú eres…

—Sasha.

Se estrecharon la mano y Edward se volvió de nuevo hacia mí ofreciéndome la mano. Yo la acepté.

—¿Vamos? —Me acercó de un tirón y se volvió de nuevo hacia mi amiga—. Ha sido un placer conocerte, Sasha.

Ella puso cara de «está como un tren» cuando le dio la espalda y yo hice como que no me daba cuenta.

Él siguió cogido de mi mano mientras íbamos hacia el ascensor, mientras estábamos en el ascensor, cuando salimos a la calle. Y seguía cogido de mi mano cuando yo dejé de andar.

—Estoy asustada —dije.

Me salió así. O me paraba y le decía la verdad o le daba un golpe en la parte posterior de las rodillas para que se le doblaran y salía corriendo.

Él se me acercó y puso cara seria.

—¿Sí? ¿Quieres que te suelte la mano?

Porque aún no lo había hecho.

Negué con la cabeza, asentí, volví a negar.

—No lo sé. No sé qué está pasando. Tengo miedo. No sé explicarlo mejor. Yo no buscaba nada. Estaba tranquila. Y ahora estás aquí y lo de anoche pasó y ahora ya no sé si estoy bien.

Edward no dijo nada, pero me soltó la mano y miró a su alrededor. Había una cafetería al otro lado de la calle.

—Entremos allí y hablemos, ¿vale? Podemos tomar un batido.

No sé cómo podía estar al corriente de mi pasión por los batidos, pero lo cierto era que, aunque estuviera al borde de la muerte, si alguien me ofrecía un batido me recuperaba lo bastante para tomármelo.

Cruzamos la calle y, evidentemente, me hubiera gustado que siguiera cogiéndome de la mano.

Nos sentamos frente a frente a la mesa y esperamos en silencio a que trajeran los batidos. Y los dos soplamos el envoltorio de las pajitas sobre el otro, cosa que alivió un poco la tensión.

—¿Puedo hablar primero? —preguntó, y entonces habló—. Yo tampoco buscaba nada. Estaba tranquilo. Pero desde el momento en que te vi, supe que quería conocerte, saber cosas de ti. Eres muy guapa, eso ya lo sabes, pero también tienes… algo. —Se ruborizó—. Algo que por lo visto me deja sin habla. —Respiró hondo—. Pero sé que en tu situación es difícil. Tienes hijas. Eres viuda. Lo de anoche fue… muy perturbador. Pero soy un adulto, no un adolescente. Puedo esperar hasta que estés preparada.

Se apoyó en el respaldo del asiento y dio un largo trago al batido.

Yo le miré, debatiéndome conmigo misma.

Edward sonrió.

—¿Por qué no me dices lo que piensas y ya está, Lilian?

—Es un poco confuso.

Él se encogió de hombros.

—Dímelo de todos modos.

—Quiero acostarme contigo.

Edward se echó a reír.

—Pero también quiero salir huyendo —seguí diciendo— y no volver a verte nunca. Te deseo mucho, de verdad. Y yo tampoco soy ninguna adolescente, sé cómo sería. —A esas alturas, los dos estábamos colorados. Él estiró el brazo y volvió a cogerme la mano, y se puso a acariciarme la palma con el pulgar—. Pero cuando estoy pensando que es tan sencillo como eso, empiezo a sentir pánico ante la idea de lo que implica estar con otra persona. —De pronto tuve otro pensamiento y me ruboricé todavía más—. A menos que no estés buscando… a lo mejor tú solo querías… —Tachad eso que he dicho antes de que no soy una adolescente.

Edward me sonrió.

—Eres una persona muy curiosa. No, no estoy buscando solo un «rollete»… Creo que se dice así ¿no? Evidentemente, podemos dejarlo ahí si es lo que tú quieres. —Me miró con los ojos muy brillantes—. Pero creo que para mí eso no sería suficiente. —Se inclinó hacia mí por encima de la mesa y bajó la voz—. Quiero llevarte a la cama y arrancarte toda esa tristeza que tienes. Quiero hacerte feliz, Lilian. —Apartó la mano y levantó las dos palmas—. Para mí esto tampoco es normal. Normalmente te pediría que saliéramos a cenar con mucha corrección, y quizá comeríamos juntos una o dos veces más antes de decidir si me ibas a dejar besarte o no, y entonces a lo mejor nos hacíamos amantes, o a lo mejor no. Esta vez las cosas no han ido así, lo siento.

Bajé la vista a la mesa y traté de decidir qué sentía. Y entonces me di cuenta de lo que era.

—Tengo hambre. ¿Podemos pedir ya?

Cuando empecé a comer me sentí mucho mejor, cosa para nada sorprendente. Los dos habíamos pedido hamburguesas y nos estaban haciendo efecto. Entre los dos hubo una especie de acuerdo tácito y nos pusimos a hablar de otras cosas. Edward me estaba hablando de su familia.

—Es duro. En mi familia casi todos trabajan en el negocio, y ahora mi hermana mayor dirige la Bloem Company, en parte por eso acepté este trabajo por un año, para tener un poco de espacio. Ámsterdam es una ciudad muy pequeña y nos veíamos demasiado. Todos se mostraron muy críticos cuando mi matrimonio se rompió.

Pensé en esto último.

—¿Fue un divorcio difícil?

Él puso mala cara.

—¿Hay alguno que no lo sea? Fue civilizado. Me siento mal por mi hijo, claro. Me he perdido muchas cosas de su vida desde que su madre y yo nos separamos.

—¿Cuántos años tenía cuando os divorciasteis?

—Seis. Pero ya hacía un año que no vivíamos juntos, y yo ya trabajaba fuera del país mucho antes. —Parecía triste—. Dudo que el hecho de que me divorciara de su madre le haya afectado especialmente. —Se echó hacia atrás en el asiento con intención de cambiar de tema—. ¿Qué pasará ahora con tu trabajo? —Me dedicó una pequeña sonrisa—. ¿Quién va a dibujar nuestras verduras?

—La verdad, no sé qué pasará con el libro. Solo hace un par de días que nos dijeron que estamos despedidos y hay muchas cosas que aún no están claras. —Le di un sorbo al batido mientras reflexionaba—. En parte, puede que la razón de que me estrese tanto lo… ya sabes, lo nuestro, es que parece que todo está pasando a la vez.

Él asintió.

—Lo entiendo. Pero a veces estas cosas pasan ¿no? Como cuando estás en invierno y todo está gris y apagado y de pronto dos días después ya es primavera y todo florece y se llena de vida. Una vez que a la naturaleza se le mete una idea en la cabeza, tiende a seguir adelante con ella.

Le sonreí.

—¿Me estás diciendo que somos como la primavera? ¿Un mero fenómeno de la naturaleza?

Pidió la cuenta y volvió a sonreírme.

—No, solo digo que quizá no está tan mal dejar que la naturaleza tome las riendas de vez en cuando.

En honor a este pensamiento, dejé que me llevara cogida de la mano hasta la oficina. Aún no sabía muy bien cómo acabaría todo aquello. Pero decidí aceptarlo y ver qué pasaba. Algo tenía que pasar. Siempre pasaba.

HACER LAS PACES
CON LOS INSECTOS

Intenta coexistir pacíficamente con las hormigas de tu jardín porque *a)* son insectos beneficiosos y *b)* te superan en número: hay como un billón. Utiliza piel de melón para atraerlas y alejarlas de tus parterres de verduras.

- En un huerto, los pulgones pueden eliminarse con fuertes y frecuentes chorros de agua de la manguera. Pruébalo, es divertido.

- Si ves algún escarabajo de la patata o un escarabajo japonés por tus plantas, coloca una red de recolección y, a primera hora de la mañana, cuando están más activos, sacúdelos y échalos en un cubo con agua jabonosa.

- Las hierbas pueden utilizarse para el control de plagas. Ajenjo, milenrama, santolina, hierba lombriguera, menta y lavanda son repelentes tradicionales de mariposas nocturnas. El aceite de romero también puede ser muy efectivo.

CAPÍTULO 12

E sa noche, cuando hacía horas que las niñas hubieran tenido que estar dormidas, oí llorar a Annabel y fui a investigar. Estaba sentada en la cama, mirando algo que tenía en la falda. Por la luz de la lamparita de la mesita de noche se veía que estaba muy alterada, por eso la cogí y me la llevé a mi cuarto. Y se trajo lo que estaba mirando, que resultó ser un álbum de fotos que yo nunca había visto. Le aparté el pelo mojado de lágrimas de las mejillas y se lo puse detrás de las orejas.

—¿Qué te pasa, cariño? ¿Qué ocurre?

Ella no dijo nada, se limitó a hundir la cara en mi hombro y darme el álbum. Lo abrí y fruncí el ceño.

—¿Quién te ha ayudado a hacer esto?

—Leah, hace siglos. Un día estuvimos mirando en la caja del bebé y elegí las fotos que quería y ella me ayudó a pegarlas. Clare también tiene uno, pero es todo de *Frank*.

La miré.

—¿Como un álbum de bodas?

Ella sonrió un momento, pero su expresión aún se veía desencajada.

Pasé las páginas de su álbum algo confundida. La mayoría eran fotos de ella, de más pequeña, en un columpio, caminando por la calle, volando después de que alguien la lanzara al aire, riendo, sobre un poni, ese tipo de cosas. Había una o dos de Clare, muy pequeña, incluyendo una en la que la estaban acunando y ella miraba. Pero ella salía en todas.

Dije algo a la desesperada.

—¿Te pone triste ver esto porque ya no eres tan pequeña?

Ella me miró y, como siempre, tuve la sensación de que estaba conteniendo un suspiro. Negó con la cabeza y las lágrimas volvieron a aflorar.

—No, no lo miras bien.

Volví a mirar, pero no lo entendía. Negué con la cabeza y la miré.

—¿Puedes contármelo? ¿Qué es lo que te pone triste?

—Me pone contenta y me pone triste.

Se echó sobre la almohada, con el pelo pillado bajo la mejilla, tan adorable y pequeña, tan ensimismada que casi me pongo a llorar yo también. Ella siempre había estado muy unida a Dan y era muy duro que él no estuviera allí para aliviarle aquella tristeza, aunque claro, si Dan hubiera estado allí, seguramente Annabel no habría estado tan triste.

De pronto, la niña se volvió a sentar, señaló las fotografías y adoptó un tono furioso.

—Son fotos de mí y de papá. ¿Es que no lo ves? Todas las fotos son de mí y de papá.

Y entonces volvió a dejarse caer contra la almohada y empezó a llorar en serio. Volví a mirar.

Y entonces lo vi. En todas las fotografías Dan la estaba cogiendo de la mano, o era quien empujaba el columpio, o guiando al poni. Solo sus manos. O una parte de su brazo. Annabel miraba por encima de su hombro, estaba acurrucada contra su cuello. Eran sus manos las que acababan de soltarla al arrojarla al aire. Yo había tomado las fotografías, desde luego, y la había enfocado a ella, no a él. Pero él estaba allí, en todas, pequeños fragmentos de papá.

—No hay nada más. Se ha ido. —Un susurro.

Le acaricié el pelo y dejé que llorara.

—¿Por qué no hay fotos de él en casa? ¿No le echas de menos? —Annabel estaba enfadada conmigo, pero era complicado. Ella sabía que yo no tenía la culpa de que su padre ya no estuviera, pero necesitaba que alguien fuera responsable, alguien que no fuera ella. Volvió la cabeza para mirarme—. ¡No me acuerdo de su cara! Yo era muy pequeña y mi cabeza no funcionaba tan bien y ya no me acuerdo de él.

Sollozó.

Oh, mierda. Tenía razón, no había fotografías de Dan en la casa. En realidad sí había algunas instantáneas familiares, pero estaban colocadas en lugares altos en los estantes, a mi altura. Yo no había querido convertir la casa en un altar, no quería recordar a cada paso lo que había perdido, y me di cuenta de que, sin querer, le había arrebatado algo a Annabel, había permitido que el recuerdo del rostro de su padre se desvaneciera de un modo que la hacía sentirse culpable. Después de todo, parece que Rachel tenía razón. Yo era una jodida egoísta.

Miré el reloj: las once. Otra noche de aprendizaje. Me levanté.

—Espera aquí un momento, cariño.

Fui a por mi portátil y preparé un chocolate caliente para Annabel. Estuvimos sentadas juntas durante una hora, mirando todas las fotos que tenía de Dan y, gracias a la tecnología digital, había cientos. Le enseñé fotografías de nosotros juntos cuando estaba embarazada, fotos de su cara pegada contra mi ridícula barriga, con ella dentro, fotos de Dan con ella en brazos cuando era un bebé, en las que se veía su expresión de amor y asombro. Annabel eligió las que quiso, docenas de fotos, y yo le hice un álbum. Y hablamos de Dan, de lo mucho que yo le quería, y lo mucho que él la quería a ella y lo mucho que las dos le echábamos de menos.

—Clare no se acuerda.

Ahora estaba más tranquila, se sentía mejor.

Me encogí de hombros.

—¿Cómo iba a acordarse? Ella era muy pequeña cuando tu padre murió, por eso no le conoció. No es culpa suya.

Me sonrió.

—Lo sé. Yo quiero a Clare. Pero me da pena que ella no conociera a papá.

Le sonreí.

—Pero nosotras sí, y eso es bueno.

Ella asintió y vi que por fin se le empezaban a cerrar los párpados.

—¿Puedo dormir aquí?

Cerré el ordenador y la acosté, tapándola con la sábana y acariciándole la espalda. Vi cómo su rostro se relajaba conforme se dormía, con las cejas de Dan, las mejillas de Rachel, la boca totalmente suya, sin ningún precedente que ninguno de nosotros pudiera recordar. Y, durante un rato, mientras Annabel dormía, roncando con suavidad, y una expresión totalmente relajada, me quedé mirándola, tratando de perdonarme a mí misma por haber sido tan burra.

Luego me levanté con cuidado y pasé por la cocina para servirme una copa de vino de camino a la habitación delantera, donde iba a dejar el ordenador. Y entonces me senté y estuve mirando las fotos yo sola, las de nosotros solos, antes de que naciera Annabel. Mi marido había sido tan guapo. Lo había olvidado. Tenía veinticuatro años cuando nos conocimos, solo treinta y nueve cuando murió, tan sano y lleno de vida. Cuando me recuperé de la conmoción que me provocó su muerte, me concentré en avanzar, quería demostrarle a todo el mundo que lo tenía controlado, que podían dejar de preocuparse. No pasa nada, lo tengo todo bajo control, pasad, por favor. La emoción que tenía más presente cuando salí del hospital había sido el bochorno.

Yo siempre había sido la pragmática, la persona en quien se podía confiar en momentos de crisis. Pero el día del accidente perdí por completo la cabeza. Me puse a gritar en la calle, corrí hacia el coche, me subí a su regazo destrozado, abofeteé su cara ensangrentada y le supliqué que despertara. Los del equipo de emergencias trataron de apartarme con delicadeza, pero no podían. Era evidente que estaba muerto. Un fragmento del coche lo había clavado al asiento, una pieza pequeña pero mortalmente afilada de metal que lo había matado en el acto. No ha sufrido, no ha sufrido, ha sido rápido, dijeron, muy rápido. No habrá tenido tiempo ni de darse cuenta, decían. Ella ha chocado con él, grité yo abalanzándome sobre la adolescente llorosa que conducía el otro coche, ella ha chocado contra él, la tiré al suelo, ella ha chocado contra él, empecé a darle patadas.

Y entonces me sacaron de allí y me sedaron. Conseguí aguantar el funeral, más o menos, pero después de eso me vine abajo y entonces me empaquetaron y me mandaron fuera un par de meses. No recuerdo casi nada de aquello, y supongo que eso es bueno. La adolescente del otro coche se acordará de mi cara manchada de sangre para el resto de su vida, y no me importa una mierda.

Y en ese momento, mientras miraba el rostro adorable de Dan, intacto, vivo pero atrapado en las fotografías, sentí que le añoraba tanto que casi no podía respirar. Cuando me vine abajo le había fallado a Annabel. Un día estás pintando con los dedos y comiendo carpa dorada y luego llegas a casa de preescolar y resulta que papá está muerto y mamá no puede verte ahora, cariño. Y no puede verte durante casi tres meses, y el bebé está llorando porque mamá está demasiado sedada para darle de mamar, y están la abuela y la tía Rachel, y también están llorando y ¿por qué, ella qué diantre había hecho? ¿Cómo debió de sentirse cuando de pronto se vio envuelta en todo aquello con solo tres años, los suficientes para saber lo que es la culpa? Dan y yo le estábamos enseñando a compartir, a responsabilizarse un poco de sus juguetes, su perro, a ser consciente de que las cosas que hacía tenían consecuencias. Lloré, y miré fotografías, y bebí vino sintiendo vergüenza y lástima de mí misma, sintiéndome como si hubiera estado planeando engañar a mi marido y mis hijas por el hecho de haberme sentido atraída por Edward. En el transcurso de una hora, la atracción había quedado aniquilada bajo el peso del remordimiento y la responsabilidad, y haría falta mucho más que una primavera para revivirla.

Al final me dormí, y cuando desperté por la mañana me sentía como una auténtica mierda. Fue horrible.

Llamé a Rachel desde el trabajo y le conté lo de Annabel. Noté que la voz se le quebraba, pero como siempre, me sorprendió mostrándose más preocupada por mí que por ninguna otra cosa.

—¿Significa eso que no vas a seguir viendo a Edward? —Ella misma contestó la pregunta—. No lo harás ¿verdad? Vas a volver a esconderte en tu caparazón.

Yo estaba garabateando sobre un pedazo de papel. Cuadrados dentro de cuadrados.

—Las niñas son lo primero, Rachel, y siempre lo serán. Necesito concentrarme en Annabel, en conseguir un nuevo trabajo, en estabilizarme, ¿vale? Edward lo entenderá.

—¿Y qué pasa contigo? ¿Por qué no te permites ser feliz?

Fruncí el ceño.

—Soy feliz, todo va bien. Siempre podemos salir más adelante.

—¿Se lo vas a decir?

Asentí.

—Le he mandado un correo esta mañana. Ya está hecho.

—Hablas como Clare.

—Hay cosas peores.

—Cierto —dijo ella, y suspiró—. Vale, te veo en clase mañana. Lo siento, Lili.

Fui algo brusca.

—No hay nada que sentir, Rach. Las cosas son así.

Y entonces colgué y seguí con mis cosas. Aquí no ha pasado nada. Hay que seguir adelante.

CÓMO PLANTAR LECHUGAS

Antes de plantearte siquiera plantar lechugas, asegúrate de que la tierra está preparada. Tiene que estar suelta y bien drenada y, aproximadamente una semana antes de plantar, tendrías que tratarla con un poco de materia orgánica.

- Las semillas de lechuga son muy, muy pequeñas, así que asegúrate de que la tierra está bien suelta porque los terrones podrían frustrar los esfuerzos de las lechugas. Si eres miope, no olvides ponerte las gafas. Lo digo en serio, las semillas son realmente pequeñas.

- Una vez empiecen a brotar, clarea dejándoles el espacio adecuado:
  Lechuga de hoja: planta con una separación de 10 cm
  Romana y mantecosa: planta con una separación de 20 cm
  Redonda: planta con una separación de 40 cm

- Puedes plantar más semillas cada dos semanas para tener una cosecha continuada. Suponiendo que recuerdes dónde has dejado el paquete de semillas, en cuyo caso es que eres más organizado que yo.

- Se puede saber si la lechuga necesita más agua solo con mirarla. Si se ve decaída y agotada, dale un poco de agua, se recuperará enseguida. Si la ves realmente deprimida, no la pierdas de vista hasta que se sienta mejor.

- Recoge las lechugas de hoja retirando las hojas externas primero para que las de dentro puedan seguir creciendo.

CAPÍTULO 13

LA TERCERA CLASE

Sorprendentemente, y a pesar de mi ánimo sombrío, la siguiente clase de jardinería fue un éxito clamoroso. Todos nos alegramos de ver nuestras pequeñas parcelas y nos sentimos encantados cuando descubrimos que había pequeños brotes por todas partes. He llevado a mis hijas a Disneylandia y os aseguro que los gritos de entusiasmo que dieron en el jardín botánico cuando vieron los brotes de verdad superan al lugar más feliz de la tierra por goleada. Aunque, si he de ser sincera, no fue tan escandaloso como cuando Clare vio a Ariel al otro lado de la calle en Disneylandia. Se puso a gritar tan fuerte que tuvieron que llamar a seguridad, pero aquello fue un caso extremo. (Nota: si de verdad quieres ver algo imponente, no te pierdas cómo Disneylandia se convierte en una película de Jerry Bruckheimer cuando creen que un niño ha desaparecido. Aparecen tipos con pistolas que bajan de los árboles, enanos esgrimiendo kalashnikovs, y Cenicienta adopta la postura de combate de un jedi. Vale, estoy exagerando, pero se lo toman muy en serio).

Mis tomateras estaban creciendo, el maíz tenía hojas nuevas y la lavanda de Rachel se estaba poniendo muy bonita. Gene y Mike no dejaban de felicitarse por sus lechugas, y Eloise y Frances estaban totalmente relajadas porque todas las semillas que habían plantado habían brotado.

Edward nos pidió que nos pusiéramos en círculo. Yo me puse a mirarme los pies y me di cuenta de que las botas que llevaba puestas las tenía desde que Dan vivía, y decidí mirar a los árboles. Edward me había mandado un correo respondiendo al mío. Decía: «Te esperaré. Soy un hombre paciente y tú eres muy especial». Imbécil. Escuché su voz mientras hablaba y traté de no sentir lástima de mí misma.

—Hoy es un día muy especial, porque vamos a contar con la ayuda del equipo más asombroso de la madre naturaleza.

Clare se volvió hacia mí y me susurró con la peor y la más fuerte voz utilizada en la historia para hacer un aparte:

—Gusanos, mami, está hablando de gusanos.

Edward rió.

—Clare tiene razón. Estoy hablando de gusanos. Las lombrices de tierra son uno de los mejores aliados de un jardinero. No solo airean la tierra al desplazarse, además, mientras digieren materia orgánica (como los desechos vegetales o los restos de la cocina), producen té de lombriz, que es uno de los fertilizantes más potentes que existen.

Gene, el banquero retirado, estaba claramente fuera de onda.

—¿Té de lombriz? ¿Y cómo lo hacen sin manos?

En nuestra cabeza, todos vimos la misma imagen de las lombrices intentando manipular el tarro con el té, por no hablar de la tetera caliente. Creo que fue un momento desconcertante para todos.

A Dios gracias, Clare iba a la escuela pública.

—Es pis de gusano. No sé por qué lo llaman té. Es pis.

Edward sonrió y asintió.

—Las lombrices exudan unos desechos líquidos, o sea, orina, y es muy rica en nutrientes. Es tan fuerte que hay que diluirla mucho. De lo contrario, quemaría las raíces de la planta.

—¿Y cómo conseguimos ese pis? —Angie se mostraba tan práctica como siempre y no perdía de vista a Bash, que andaba haciendo circuitos de velocidad por el huerto. Era como sacar a correr a un pequeño galgo con una camiseta de los Transformers—. Imagino que utilizaremos un catéter.

—Demasiado complicado —comentó Rachel.

—No les gustaría —añadió Eloise—. Son criaturas muy reservadas.

Edward conservó la calma.

—No hay que sacarles nada. Ellas nos lo dan. Lo único que tenemos que hacer es construirles casas y darles comida.

Y con esto, señaló al montón de cajas que había apiladas a un lado del huerto.

—O sea, que ahora toca construir.

Mientras que yo sueño con una casita en el campo o un apartamento con vistas a Central Park, por lo visto las lombrices sueñan con bidones negros de plástico colocados sobre pilares. Pesaban bastante, por eso reclutamos a Bob el Guapo. Y él las repartió por aquí y por allá como si fueran cajas de huevos.

Gene y Mike ya estaban desempaquetando sus granjas de lombrices y seguían fomentando su extraña relación padre/hijo-banquero/surfista. Nadie los hubiera emparejado nunca, y de no ser por aquella clase seguramente nunca se habrían conocido, pero de alguna forma encajaban a la perfección. Además, Gene había traído noticias de su nueva nieta y magdalenas.

—El glaseado es rosa en honor a la pequeña Emily, que es el bebé más perfecto del mundo.

Nos enseñó las típicas fotos a las que todos reaccionamos con las debidas exclamaciones y comentarios tipo: «es clavadita a…» o «tiene la nariz de…». Hasta nos explicó detalles escabrosos del parto e incluso conocía el peso y las medidas del bebé al nacer, cosa que tenía su mérito. Ni siquiera mi difunto marido, que estuvo en la sala de partos conmigo las dos veces, recordó nunca el peso de las niñas ni ese tipo de detalles. Se quejaba y decía que era como pedir a un soldado que recordara el calibre del arma con la que le habían disparado, porque la impresión del nacimiento le había dejado la mente en blanco, y entonces yo le recordaba que era a mí a quien habían disparado. El caso es que no se le daba bien recordar cifras. Pero Gene lo tenía todo muy por la mano y repartió las magdalenas con generosidad.

También nos pidió un favor.

—Quiero crear un jardín aromático para mi mujer para… um… para mi mujer. —Se había puesto rojo—. Mientras está fuera, como sorpresa. Ya tengo todas las plantas y demás. Edward me ayudó. Me preguntaba si alguno de vosotros querría venir a casa y ayudarme a organizarlo. Pediré pizza, y hay juegos para los niños.

—Yo me apunto —dijo Mike, aunque no hacía falta que lo dijera.

—Yo también, y Bash —añadió Angie.

Yo dije que iba también y al final todos nos apuntamos. Al final la clase se había convertido en un equipo de horticultura asombroso. Y entonces todos volvimos a la tarea que nos ocupaba: construir casas para las lombrices.

Ensamblar los bidones para las lombrices fue divertido. Encajaban con facilidad y consistían, básicamente, en dos bandejas profundas, una dentro de la otra. Entre tanto, los niños ayudaron a Lisa a empapar bloques de una especie de materia fibrosa como sustrato para las lombrices, y todos nos dedicamos a mirar con curiosidad los pequeños sacos de lino donde, presumiblemente, estaban nuestras pequeñas colaboradoras.

Una vez estuvieron todas montadas, con su base empapada en su sitio, abrimos las bolsitas y vertimos una masa movediza de diminutas lombrices rojas. Me sentí un poco decepcionada, porque esperaba la típica lombriz de tierra, larga y gorda, con esas extrañas bandas o lo que sean.

—Lombriz roja —nos informó Lisa—, son las lombrices más populares para este trabajo.

—¿Sabíais que en realidad no se pueden partir en dos y conseguir dos lombrices? —terció Annabel, ansiosa por compartir sus conocimientos sobre lombrices con los demás.

—No —concedió Clare—, es una mentira muy gorda.

Por un momento estuve a punto de regañarla, pero decidí que no valía la pena y no dije nada.

Era evidente que Lisa tenía más paciencia con mis hijas que yo.

—Tenéis razón, aunque una lombriz puede sobrevivir partida en dos si se dan las circunstancias adecuadas. Básicamente, una lombriz tiene un cerebro y dos corazones, uno mayor y el otro menor. Si la partes por la mitad y una de esas mitades tiene el cerebro y el corazón grande, esa parte sobrevivirá. Si la cortas por la mitad y una parte tiene el cerebro y el corazón menor y la otra solo el corazón mayor, las dos partes morirán.

A lo que no había nada que objetar, aunque siempre estaba bien saber que, si algún día tenía que practicar una bisección de emergencia a una lombriz, necesitaría una máquina de rayos x en miniatura.

Una vez los bidones estuvieron colocados unos junto a los otros bajo una cubierta que Bob colocó, todos nos retiramos a nuestras pequeñas parcelas para quitar malas hierbas, examinar el estado general del huerto, arreglar lo que fuera necesario y, sobre todo, charlar.

Edward se acercó para hablar conmigo sobre mi huerto de las Tres Hermanas. Fue una pena, pero estaba claro que mi cuerpo no había recibido el aviso de mi cerebro para que no se interesara por él, porque en cuanto se acercó, percibí el olor de su piel y me descubrí mirándole la boca y las manos. Me fustigué mentalmente y me llamé al orden. No funcionó, pero al menos eso hizo que me sintiera peor, así que, en fin, algo es algo.

—Bueno, la semana pasada plantaste la primera hermana, la que tarda más en crecer y proporciona sombra a las otras dos, el maíz.

Asentí. Estaba muy orgullosa de mis pequeños brotes de maíz, aunque me resultaba difícil imaginar que pudieran convertirse en los tallos gigantes que veía mecerse en las latas del Gigante Verde.

—Ahora vamos a plantar las judías. Cuando crezcan usarán los tallos del maíz como soporte. Es muy ingenioso.

Me enseñó cómo hacer un pequeño agujerito en la tierra y dejar caer en él una semilla de judía. Muy sencillo, la verdad, y de alguna forma parecía algo natural. Lo que no era tan natural era tenerle tan cerca y no poder tocarle. A él tampoco le gustaba; cuando los dos nos levantamos, me dedicó una sonrisa escueta y triste. Y entonces se fue hacia donde estaba Gene, y si yo me moría por correr tras él, mala suerte.

Me concentré en las tomateras, y me agaché para buscar malas hierbas. Estaba que rabiaba y alguien tenía que pagarlo.

—¿Sientes la necesidad de arrancar malas hierbas? —Me sobresalté y me di la vuelta. Eloise me estaba mirando. Tenía el sol detrás y su cara se veía en sombras—. A veces es muy satisfactorio arrancar cosas de raíz y lanzarlas por ahí. Ayuda a despejar la mente.

Sonreí.

—¿Has comprobado si había orugas? —Se puso a inspeccionar mis tomateras—. Oh, mira ahí hay una. —Cogió una pequeña oruga verde, diminuta, de una hoja y la tiró por encima del borde del cantero—. Adiós, pequeña trepadora. —Siguió buscando—. Se comen las hojas y hacen daño a la planta. Y cuando aparecen los tomates, también los atacan.

Fruncí el ceño.

—Pues eso no puede ser. —Yo también encontré una y la saqué de la hoja—. Suelta, mal bicho. —La oruga se aferró a mi dedo con sus diminutos piececitos verdes y por un momento me dio pena. Y entonces vi el agujero que había hecho al masticar una de mis preciosas hojas y me puse dura—. Fuera de aquí, maldita.

Juraría que escuché un pequeño ¡ay! cuando voló por encima del borde, pero quizás es que tengo un oído muy fino.

Eloise se sentó en el otro lado del cantero de las tomateras y se puso cómoda. Era una mujer rechoncha, de líneas suaves, y se movía con seguridad. No desprendía esa inseguridad que veía en mujeres que habían sido delgadas y al ganar peso se movían por el mundo como si tuvieran que esconderse. Eloise parecía que llevara la frase «que te jodan» escrita en la cara, y eso me gustaba.

—Está claro que eres la favorita del profesor.

Me miró entre las hojas, un poco como una oruga gigante.

—¿Cómo dices?

Sentí que me ruborizaba y me concentré en estudiar a fondo una hoja.

—Bueno, primero lleva plantas a tu casa en un tráiler y luego deja que seas tú quien se ocupe de los tomates. Ya sabes, antes los llamaban manzanas del amor.

Le puse mala cara.

—Estás pirada. En el buen sentido de la palabra.

Ella se encogió de hombros.

—Solo digo que le gustas. Todos nos hemos dado cuenta.

Yo me limité a mirarla con una sonrisa tensa, y de pronto vi que fruncía el ceño. Abrió la boca para hacer una pregunta, pero apareció Frances y su sombra cayó sobre las dos.

—Ya me había parecido que oía acercarse tus pies de plomo, querida. —Eloise terminó de decapitar a un pobre bicho indefenso y se puso de pie—. Solo estaba animando a Lilian a que persiguiera al profesor.

Levanté la vista, protegiéndome los ojos del sol con la mano. Frances me estaba sonriendo.

—Seguro que puede arreglarse ella sola, El. Tendrías que dejar de entrometerte.

—Oh, piérdete, Frances. Tú eres tan romántica como yo. Quién de las dos se ha tatuado el nombre de la otra ¿eh? Tú.

Sonreí.

—¿Dónde?

—No pienso decirlo —repuso Frances sin darle importancia, y se dio la vuelta.

Eloise señaló en silencio el culo de su compañera y la siguió. Sonreí para mis adentros y retomé la batalla contra el ejército de insectos. Podía escuchar diminutos caballos pisando con fuerza la tierra y me dieron ganas de levantar unas almenas en la zona del compost. Los iba a aniquilar y ni siquiera sabrían qué había pasado. Un poco como yo.

Una vez terminó la clase, nos preparamos para ir a casa de Gene, que estaba en Beverly Hills. Gene se había adelantado para prepararlo todo. Rachel miró la dirección y arqueó las cejas.

—Guau, parece que trabajar en banca es más lucrativos de lo que pensaba.

Eloise y Frances resoplaron, porque las dos habían sido miembros del sindicato toda su vida.

—Bromeas —dijo Eloise—. ¿No me digas que pensabas que los bancos son obras de beneficencia? Se trata de hacer dinero, por el amor de Dios.

—Es verdad —concedió Rachel—. Pero pensaba que no era más que el director retirado de una sucursal bancaria.

Mike se había acercado.

—No, Gene dirigía la sucursal de la Costa Oeste de un importante banco de inversiones. Ya sabéis, acciones en los mercados asiáticos y cosas por el estilo. —Se rió—. De hecho, hemos estado hablando mucho de bonos, porque tengo una cartera de acciones muy variada, sobre todo teniendo en cuenta la situación actual, y en su opinión he hecho elecciones bastante inteligentes.

Se hizo una pausa mientras todas tratábamos de reconciliar esta información con lo que habíamos asumido sobre Mike. Al final, Angela dijo lo que todas estábamos pensando.

—Perdona ¿tienes una cartera de acciones? Pensaba que eras surfista, y que los surfistas viven para el agua, cabalgan olas y viven el momento.

A pesar del corte de pelo, Mike era un tipo serio. Igual que su amigo del alma, Gene.

—Mira, Angela, si uno no siembra pensando en el futuro, no puede permitirse vivir el momento, eso es lo que mi viejo me ha enseñado. Era profesor de economía, pero tuvo mucho cuidado cuando era joven, y se retiró a los sesenta con dinero a espuertas. Y a mí me parece genial.

—Pues sí, es genial. Mi viejo aún sigue trabajando como un burro, y casi tiene setenta, pero nunca ha ganado lo suficiente para ahorrar. Cuando todos los gastos están cubiertos, es fácil ahorrar, pero si no ganas lo suficiente ni para cubrir eso, entonces ahorrar no es tan fácil.

Se hizo un silencio incómodo, aunque en realidad Angela no parecía molesta. Solo había constatado un hecho. Tampoco Mike parecía enfadado. Asintió.

—Creo que la suerte tiene mucho que ver en esto. Somos más o menos de la misma edad y, seguramente, nuestros padres tienen una edad parecida, y han tenido diferente suerte, nada más. —Los dos se miraron y sonrieron, encogiéndose de hombros—. Y sin embargo, aquí estamos, reunidos por una clase de horticultura.

Mike parecía divertido.

—Y nuestros padres seguramente nunca se conocerán —dijo Angela.

—Si no es que os casáis, claro —dijo Rachel con una risa.

Se hizo una pausa y, para sorpresa de todos, Mike y Angela se sonrojaron. Miré a Rachel, luego a Eloise. Las dos me miraron arqueando las cejas.

Mike masculló algo y se alejó. Bash llamó a Angela, y eso le proporcionó también una vía de escape.

—Vaya —dijo Rachel—, eso ha sido interesante.

Los niños llegaron corriendo, seguidos de Angela.

—Bash se ha comido una lombriz —nos informó Clare—. Pero dice que ya no se mueve.

Angela le abrió la boca a su hijo y miró dentro.

—¿De verdad te la has tragado?

Bash asintió.

—¿Estás preocupada por Bash o por la lombriz? —pregunté.

—Por los dos —dijo Annabel—. Aunque seguro que la lombriz se ha muerto. Bash la ha masticado.

Todos miramos a Bash con más respeto que antes.

Lisa apareció detrás de ellos.

—Vale, ¿estáis todos listos para la comida?

Al final resultó que se refería a la pizza que Gene había prometido, pero por un momento todos nos sentimos confusos.

Salimos hacia la casa de Gene. Yo estaba preocupada por si habría que pagar para aparcar, pero por suerte Gene tenía un camino de acceso más grande que mi calle y había sitio de sobra para los coches de todos. Era el tipo de casa que se veía en un programa de viajes sobre la campiña francesa. Piedra amarilla, tejado de terracota, parecía que llevaba siglos ahí.

—Es de mil novecientos setenta y dos —me dijo Gene cuando le pregunté—. La construyó un escenógrafo, para que él y su compañero la compartieran el resto de sus vidas, que al final fue más corta de lo que esperaban, por cortesía del sida. Vivo aquí desde mediados de los noventa, y espero morir aquí.

La casa estaba decorada con sencillez y se veía muy espaciosa. Había grandes ramos de flores por todas partes, y a medida que nos íbamos desplazando, íbamos cruzando nubes de perfume.

Clare y Annabel corrían por delante, siguiendo a Gene. Los demás parecíamos una especie de grupo de turistas. Tenía la sensación de que en cualquier momento nos íbamos a encontrar una tienda de regalos.

Angela no dejaba que Bash se alejara; supongo que temía que rompiera algo, aunque la verdad, no había nada que romper. La casa no estaba nada saturada. En realidad, era el polo opuesto a la casa de mi madre, donde cada superficie estaba atestada de fotos, libros, revistas y manualidades de las niñas. Solo ella sabe qué es cada cosa, y nunca lo dice.

En la parte posterior, al fondo de una enorme sala de estar, había tres pares de puertas francesas que daban al jardín. Lisa Vellinga se quedó de piedra en la entrada, y yo misma estuve tentada de no pasar de ahí. Era como Brigadoon, o el bosque de esa película, *Legend*, donde Tom Cruise va todo el tiempo arriba y abajo, poniéndose en evidencia, y hay hojas y flores flotando en el aire todo el tiempo. Yo suelo imaginar que los jardines de Beverly Hills son lugares formales y elegantes, con jardineros que visten como cartas de una baraja, pero aquel jardín no era nada de eso. Allí había setos altos y muros de ladrillos viejos cubiertos por enredaderas en los márgenes, que se extendían un buen trecho hasta formar una pared curva en el extremo más alejado. Ante estos muros crecían arbustos altos e irregulares llenos de flores fragantes, de modo que era como estar en el claro de un bosque. Los parterres de flores y el césped se alternaban, con grandes losas de piedra salpicadas de musgo. Aquí y allá había bancos, columpios, mosaicos hechos entre la hierba, estanques y otras cosas que llamaban la atención.

Gene se acercó a mí.

—Es asombroso ¿verdad? Como he dicho, el hombre era escenógrafo, y me dijo que había querido recrear el jardín con el que había soñado desde niño. Y lo hizo. Me confesó que esto era exactamente lo que quería, y por lo que tengo entendido la pareja pasaba la mayor parte del tiempo aquí fuera. —Señaló toda la casa—. Y aunque pueda parecer algo salvaje y orgánico, en realidad está planificado de forma brillante, cuenta con los sistemas más modernos de irrigación, y allí hay una cocina para exteriores. —Se encogió de hombros—. Mis hijas jugaban siempre aquí, y me alegra ver a otros niños en casa. —Sonrió—. Y dentro de unos años, la pequeña Emily y esperemos que algún nieto más andarán correteando por aquí. Soy un hombre afortunado, Lilian, sí que lo soy.

Y dicho esto, se frotó las manos y fue a abrirle la puerta al repartidor de pizzas.

Era cierto, los niños habían entrado en el jardín chillando y estaban locos de contentos. Bash se estaba columpiando en un columpio hecho con una cuerda. Annabel estaba mirando al interior de un estanque y no vi a Clare por ningún lado. Miré a mi alrededor. Ah, estaba charlando con Eloise sobre algo. Lombrices, seguramente. Me acerqué lo bastante como para escuchar qué decían pero no para interrumpirlas.

—Pero entonces mi papá se murió y ya no tengo papá.

Eloise asintió.

—Mi papá también se ha muerto.

Clare la miró con aire compasivo.

—¿Aún tienes mamá?

—Sí, pero no la veo mucho.

—Yo voy a quedarme siempre con mi mamá. Necesita ayuda.

La mirada de Eloise se cruzó con la mía. Le brillaban los ojos.

—¿De verdad? Parece muy organizada y segura.

Clare se encogió de hombros.

—Lo es, pero solo tiene dos manos y no puede hacerlo todo ella sola.

Por un momento pensé que Eloise se iba a reír y me sentí abochornada al escuchar mis quejas en boca de mi hija.

—Y —añadió Clare con gesto definitivo— no puede hacer magia. No es un mago, ni un pulpo.

Cosa que era verdad.

—La tía Rachel dice que necesita un novio, pero yo creo que no. Los novios son un problema.

Eloise asintió.

—Algunos chicos son buenos.

Clare no parecía convencida.

—¿De verdad? Yo no conozco chicos buenos.

—¿Qué me dices de Bash?

Clare resopló.

—Bash no cuenta. Es mi amigo. —Miró a su alrededor. Edward estaba ayudando a Bob a llevar semilleros de flores al jardín—. Edward es bueno. A lo mejor Edward puede ser su novio.

Genial. Es lo que más me fastidia de los niños. La mayor parte del tiempo parecen completamente sordos. Pídeles que recojan algo, que presten atención, pregúntales qué quieren de comer, y te encontrarás con el sonido de las olas rompiendo en la distancia. Habla en voz baja con alguien por teléfono y ya te puedes ir preparando para escuchar lo que has dicho anunciado por todo el vecindario. A una buena amiga mía le practicaron una histerectomía y su hija de cinco años dijo delante de todo el mundo en Baby Gap que su mamá no podía tener más hijos por culpa del recto. Por lo visto, en los almacenes todos se mostraron muy comprensivos.

Eloise ya no me estaba mirando, así que me di la vuelta y me alejé. Gene había sacado las pizzas al jardín y estaba ocupado abriendo las cajas y blandiendo un cortador de pizzas como un auténtico experto. Yo estaba hambrienta y me alegré mucho de que Gene hubiera comprado, literalmente, una docena de pizzas.

—¿Has traído una para cada uno, Gene?

Él se encogió de hombros.

—Isabel aún estará fuera otro día, y necesito algo de comer.

Ah, un hombre previsor, no derrochador. Mientras estábamos en pie comiéndonos la pizza, examinamos al lugar que Gene había elegido para emplazar su jardín de flores. Estaba entre los dos árboles más grandes y quedaba un poco oculto si mirabas desde la casa. Había encontrado un banco adorable en alguna parte y dos mesas pequeñas con encimera de azulejos para cada extremo. Las copas de los árboles se unían por arriba y tamizaban la luz del sol del sur de California. Me imaginé que la mujer de Gene se sentaría allí a bordar cojines para los pobres de la ciudad, pero solo era envidia. Yo quería un banco. Gene ya había limpiado la tierra, o alguien lo había hecho por él, quién sabe, y había traído un cargamento de plantas y flores, que estaban por todas partes en sus tiestos. Se veía color por todas partes, aunque no parecía haber ningún patrón concreto, aunque sí se había trabajado el tema del olor. Yo solo reconocí algunas de las flores, pero todas olían maravillosamente. Lisa les puso nombre por mí con la boca llena de *pepperoni*.

—Jazmín, fresia, lavanda, guisante de olor, aliso, alhelí crepuscular, flox, clemátides, por supuesto, y alguna azucena peculiar. —Miró a Gene—. Has elegido bien. Tu mujer tendrá fragancias todo el año, por turnos. Y también podrá disfrutar de algunos olores muy agradables por las noches.

Gene parecía satisfecho.

—Isabel dice que se crió con montones de lilas, pero el hombre del centro de jardinería me ha dicho que aquí no crecerán, porque hace demasiado calor.

Lisa se encogió de hombros.

—Hay variedades que podrían funcionar. Puedo informarme si quieres. Pero recuerda, puedes añadir o eliminar plantas todo el año. Es lo bueno que tiene la jardinería, nunca está del todo terminado.

Rachel se volvió hacia mí.

—O es lo malo, frustrante y enloquecedor de la jardinería, que nunca se acaba. Depende de cómo se mire.

Parecía cansada y pensé que quizá tendría que pasar de aquello e irse a casa a echar una siesta. Estaba a punto de decirlo cuando se escuchó el timbre de un teléfono antiguo desde el interior de la casa. Gene fue a contestar.

Empezamos a mover los tiestos, probando diferentes combinaciones. Edward se puso a explicarnos que uno de los problemas de tener demasiadas plantas de olor era que atraían montones de abejas, y es lo que estábamos discutiendo cuando Gene volvió, con expresión entusiasmada.

—¡Ya viene! ¡Vuelve a casa! La pequeña Emily está bien, por eso Isabel ha decidido volver a casa uno o dos días para hacer algo en la ciudad (no tengo ni idea de qué) y luego se volverá para allá. Era ella la que llamaba, desde el aeropuerto de Santa Bárbara. Tenemos un par de horas como mucho. ¿Qué hacemos?

Mike se metió en la boca su último trozo de pizza y se sacudió las manos.

—Tranquilo, hay tiempo. Vamos a plantar estas bellas damiselas y así estará todo listo cuando llegue.

Eloise asintió.

—Ya casi hemos acabado de decidir dónde va cada una. No tardaremos nada en plantarlas en la tierra.

—Ni siquiera sabrá que hemos estado aquí —añadió Angela.

Gene aún parecía un poco desorientado por este giro de los acontecimientos, de modo que lo dejamos a cargo de los niños, que lo siguieron al imponente conjunto de columpios del otro lado del césped. Sinceramente, mi primer apartamento era más pequeño que el espacio que ocupaban aquellos columpios.

No tardamos más que una hora, porque éramos siete los que estábamos plantando, y lo más difícil fue no pisar el trabajo de los otros. Pero Lisa nos organizó y fuimos plantando desde el fondo hasta la parte de delante, y en un abrir y cerrar de ojos ya estábamos todos en pie admirando nuestro trabajo. Quedaba muy bonito y el olor era increíble. Me senté en el banco y cerré los ojos. Lo único que se oía era el sonido de los niños jugando, el zumbido de unas cincuenta mil abejitas entusiasmadas que acababan de descubrir que las Navidades se habían adelantado y una conversación aleatoria entre Frances y Mike sobre Sex Wax, que, aunque era una marca de cera para tablas de surf, parecía un malentendido del que ninguno de los dos era consciente. Era el paraíso, me refiero a lo de estar sentada y escuchar, no a la conversación sicodélica. El aroma de las flores se me colaba por la nariz, notaba la calidez del sol… Isabel era una mujer afortunada.

Gene habló y yo abrí los ojos.

—¿Qué tal va?

Sonreí.

—Solo estaba pensando en la suerte que tiene tu mujer. Es un sitio increíble, y tú eres un marido muy considerado.

Volvió a sonrojarse.

—Bueno, ella lo merece.

Entonces escuchamos el sonido de ruedas sobre la grava y Gene se puso en pie de un brinco.

—Mierda, Isabel ya está aquí.

Todos nos pusimos a reír tontamente, como niños traviesos.

—¿Quieres que nos escondamos? —preguntó Rachel.

Gene le dedicó una mirada burlona.

—No, claro que no. No hay necesidad.

Pareció que estaba a punto de decir algo, pero en vez de eso salió disparado hacia la casa. Los demás nos quedamos por allí, esperando, excepto los niños, que seguían columpiándose y columpiándose y columpiándose, como es normal en los niños.

Al cabo de un momento, volvió a aparecer en la terraza. Fruncí el ceño, ¿aquella era su hija? ¿No acababa de tener un bebé? La mujer no dejaba de hablar con un marcado acento londinense.

—De verdad, Gene, es un tesoro, es la criatura más pequeña y bonita que he visto. No podía soltarla. Pensé que Jane iba a pelearse conmigo para quitármela.

Se rió con el rostro iluminado. Era guapa, y tenía una de esas expresiones tan vivaces que podrías mirar y mirar. Pero, sinceramente, no debía de ser mayor que yo.

De pronto nos vio y gritó.

—Gene, chico malo, no me habías dicho que teníamos compañía. —Bajó corriendo los escalones y nos tendió la mano a todos—. Hola, soy Izzy. Voy a arriesgarme y diré que sois de la clase de horticultura. Qué detalle que hayáis venido todos a vernos. ¿Sabíais que soy abuela?

Rió, con una risa fuerte y maravillosa, y se puso a estrechar manos y a abrazar a los niños. Vista de cerca era aún más guapa, tenía la piel tersa y el pelo rubio y sedoso recogido en lo alto de la cabeza. Sus ojos azules brillaban llenos de buen humor. Miré a Gene, pero él la estaba mirando a ella y sonreía como el gato que ha cazado al ratón.

De pronto Isabel volvió a chillar.

—Gene, chico malo, ¿qué es todo esto? —Había descubierto el banco, y se tiró sobre él—. Oh, huele maravillosamente. —Lo miró como si Gene fuera una estrella de cine y no un banquero retirado de sesenta años—. ¿Has puesto todo esto aquí para mí?

Todos nos dimos la vuelta para mirarle y tuvimos el privilegio de ver que se sonrojaba como una guindilla. Mike se echó a reír y le dio una palmada en el hombro. Y entonces todos nos pusimos a reír.

En realidad fue Isabel quien nos aclaró el misterio.

Rachel, Frances, Angela y yo estábamos sentadas en la hierba, cerca de los columpios, mirando a los niños y comiendo pizza, cuando se acercó y se unió al grupo.

Cogió una porción de la caja que teníamos delante y habló.

—Bueno ¿cuál de vosotras tiene las narices de hacerme la pregunta evidente?

Rachel nunca necesitaba que le dijeran nada dos veces.

—¿Cómo es que eres tan joven y ya tienes hijos mayores?

Isabel se rió.

—Bueno, esa es una de las preguntas evidentes, aunque yo pensaba más bien que ibais a preguntar cómo es que una guarra descerebrada como yo había atrapado a este pez gordo.

La miré con atención, pero no, no lo decía en broma. Pensaba que Gene era un buen partido y, oye, a lo mejor lo era. Pero nos lo estaba explicando.

—Conocí a Gene hace diez años, cuando él tenía cincuenta y yo veintiocho. Su primera mujer le abandonó, ¿lo sabíais? —Negamos con la cabeza. Ella dio otro bocado a su pizza y siguió hablando con la boca llena—. Sí, le dejó cuando sus dos hijas eran pequeñas, de la edad de las tuyas. —Y dijo esto mirándome a mí—. Y él las crió solo. La muy bruja se fue, desapareció una noche y no volvió. Él pasó meses buscándola. Hasta participaron la policía y el FBI. Pensaban que la habían secuestrado o algo así. Gene tenía mucho dinero, un trabajo importante, pero nunca recibió ninguna nota pidiendo un rescate. Fue terrible, una auténtica pesadilla. Y entonces, de pronto, sin más, un día lo llamó y le dijo que estaba cansada de ser madre y esposa y necesitaba encontrarse a sí misma. Había pasado los meses previos viajando por la India, sin dedicar ni un pensamiento a los que había dejado atrás, y ahora quería el divorcio para poder casarse con un hombre al que había conocido en un ashram o una chorrada así. —A Isabel le ardían los ojos—. Cuando yo le conocí sus hijas estaban cursando bachillerato y él había hecho un trabajo increíble con ellas, pero estaba tan solo que se notaba desde la otra punta de la habitación.

Se sacudió las manos.

—Así que me lo agencié sin pensármelo y le hago muy feliz, si se me permite decirlo. Y bendigo mi buena estrella todos los días. —Miró a Gene, que estaba sentado en la hierba con Mike, dibujando en un pedazo de papel y explicando algo—. Ese chico le gusta mucho. Tendríamos que invitarle a cenar.

Se levantó de un brinco y fue hacia ellos, seguramente para invitar a Mike. Me tragué la pizza que tenía en la boca y encontré mi voz.

—Bueno, tengo que decir que estoy enamorada de ella, no sé qué pensaréis las demás.

—Es alucinante —concedió Rachel—. Me esperaba una mujer con pantalones anchísimos, no una mamá rubia y despampanante con vaqueros apretados y camiseta, pero la vida está llena de sorpresas.

—Yo me la tiraría —confirmó Frances con despreocupación.

CÓMO PLANTAR CALABACINES

A los calabacines les gusta la tierra cálida, por eso es mejor esperar al menos hasta que empiece el verano. Pero es mejor esperar a mediados de verano, porque eso os permitirá evitar a los minadores de hojas y otras plagas con nombres de villano de dibujos animados.

- Los calabacines necesitan la luz directa del sol, un suelo húmedo y bien drenado y muchas palabras de ánimo.

- Pon mantillo para proteger las raíces poco profundas de la planta y retener la humedad.

- Riega en abundancia una vez a la semana, al menos 2,5 cm de agua. Asegúrate de que la tierra está húmeda al menos a 10 cm de profundidad.

- Si tus plantas dan flores pero nunca llegas a ver los calabacines, o si los tienen pero dejan de crecer cuando son muy pequeños, es un problema de polinización. Para que la planta dé fruto, el polen de las flores masculinas debe ser físicamente transferido a las flores femeninas por abejas. Si no tienes bastantes abejas, puedes polinizar a mano con un bastoncillo para las orejas. Igual te sientes un poco incómodo.

CAPÍTULO 14

tro lunes. Siempre volvían con una regularidad irritante, y ninguno era más fácil que el anterior. ¿Y si por una vez empezamos la semana por el martes? ¿No? Vale.

Yo no había recurrido nunca a los servicios de un cazatalentos porque parecía que mi trabajo iba a durar para siempre, pero una de mis antiguas amigas de la universidad, Melanie, estaba en el negocio y la llamé el día que Roberta nos despidió. Por lo visto, había salido algo, porque mi teléfono sonó y era ella. La cazatalentos, no Roberta. Roberta le tenía demasiado miedo a Rose para asomar la jeta.

—¡Lilian! ¡Gracias por *contactar*!

Mel habla así, con signos de exclamación y cursivas por todas partes.

—Hola, Melanie, ¿cómo estás?

—Estoy *fantásticamente*, pero vamos a lo que importa: ¿cómo estás tú? Se ha corrido la voz sobre lo de Poplar y ¡estoy entusiasmada!

—No sabía que hubiera nada por lo que entusiasmarse.

Ella se rió.

—Bromeas, ¿no? No hay nada, *nada*, que pase en el mundo editorial en Los Ángeles sin que yo me entere. Esto no es como en Nueva York, que tienen editoriales por todas partes.

—¿De veras?

—*Na-da.* —Casi estaba gritando. ¿Quién iba a decir que los entresijos del mundo editorial despertaban tantas pasiones?—. En estos momentos eres un producto caliente, y eso es una suerte tremenda en esta economía, ¿sí? —Siempre sube el tono al final de las frases también, como una adolescente, pero está bien. Supongo que el optimismo es un requisito imprescindible para su trabajo—. Ya hay dos empresas interesadas en hablar contigo, ¡y eso es fabuloso! ¿Tienes tu agenda delante?

De hecho, lo que tenía delante era un pedazo de papel en blanco, pero teniendo en cuenta que no tenía nada planeado para el resto de mi vida... Sí, podía entrevistarme con una de aquellas empresas esa tarde, y con la otra la semana siguiente.

—La de hoy es otra editorial especializada, pero no trabajan con libros de texto. Se dedican a otra cosa. —Hizo una pausa—. No entiendo lo que ha escrito mi ayudante aquí. Parece «esotérico» o algo así, y eso no tiene mucho sentido. Da igual, publican libros. Necesitan un ilustrador. ¿Tienes el currículo a mano?

—No, pero puedo ir corriendo a casa y cogerlo antes de la entrevista. Hace bastante que no lo desempolvo.

Ella chasqueó la lengua.

—Bueno, entonces después de la reunión de esta tarde tendrías que dedicarte a revisarlo y actualizarlo. Necesitarás un currículo actualizado y quizás una foto de carné. ¿Sigues teniendo el mismo aspecto que en la universidad?

—¿Flaca, pálida y con una camiseta de Duran Duran? No.

—¿Estás gorda?

Dios, qué directa.

—No. Solo he tenido dos hijas y he perdido a mi marido.

Ella suspiró.

—Sí, lo recuerdo. Muy triste. Pero supongo que has perdido peso ¿no?

Esta vez fui yo quien suspiró. Mel estaba concentrada en su producto, y puesto que el producto era yo, supuse que tenía que esforzarme un poco y colaborar.

—Mel, en conjunto sigo estando igual, pero mayor. Pero ¿por qué iba a querer nadie ver una foto de una ilustradora o una diseñadora gráfica?

—No sé —replicó ella con aire despreocupado—. Pero si hubieras ganado el Premio Nobel también lo habría mencionado. Y por lo que recuerdo parecías una modelo, o sea que usaremos todo lo que tengas para que destaques entre los demás ¿vale?

Vale.

—No tengo ninguna foto de carné, así que tendremos que arreglarnos sin ella.

Ella no pareció desanimarse.

—Y si no te encontramos un trabajo enseguida, siempre podemos coger uno prestado. No te preocupes, Lili, vamos a conseguirte un *gran* trabajo, *muy, muy* pronto, ¿de acuerdo?

Chupi.

El lugar de la entrevista de aquella tarde no estaba muy lejos de mi oficina, cosa que hubiera sido muy conveniente, de nos ser porque tenía que ir corriendo a casa a buscar mi currículo y cambiarme de ropa. Tenía un traje bonito que, milagrosamente, aún me iba bien, y debajo me puse una camiseta de la peli *El gato*, porque soy moderna y soy una artista, y porque estaba limpia. Ahora que me veía obligada a cambiar de trabajo, me descubrí preguntándome qué clase de trabajo me gustaría hacer realmente, y decidí que estaría bien hacer algo menos aburrido que los libros de texto. Estaba hasta entusiasmada y todo; y solo pensaba en Edward cada tres minutos. Cada dos minutos o así me sentía culpable por Annabel, y eso solo me dejaba uno de cada tres minutos para sentirme entusiasmada.

La empresa estaba en un edificio algo más antiguo que el mío, y eso era bueno. Más ventanas, menos cubículos. Grandes espacios abiertos con mesas repartidas por todas partes, una bonita máquina de café e imágenes relajantes en las paredes.

La entrevista tenía que hacérmela James Peach —mi nuevo nombre favorito—, que era el director creativo. James resultó ser un hombre joven y atractivo, no era culpa suya, y me dedicó una mirada de admiración cuando me recibió en la sala de recepción. De momento, bien.

Me llevó a su despacho, y por el camino traté de prestar atención a lo que decía y examinar el espacio de trabajo al mismo tiempo. No parecían muy atareados. Nadie corría hablando a voces y todas las personas que se cruzaron conmigo me sonrieron.

El despacho de James era sencillo pero elegante y, en conjunto, el lugar me producía buenas vibraciones. Empezaba a pensar que, fuera cual fuese el trabajo, lo quería.

James se sentó y sonrió.

—Entonces ¿tienes mucha experiencia con el porno?

—¿Cómo?

Él siguió sonriendo.

—Erótica. ¿Has trabajado antes con libros para adultos?

Erotismo, no esoterismo.

Carraspeé tratando de mantener la calma y no ruborizarme.

—No sé si entiendo a qué tipo de libros te refieres. Durante los pasados diez años he trabajado para una editorial de libros de texto. Trabajábamos con gran variedad de títulos, principalmente para el mercado escolar y universitario.

Él cogió varios libros de tapa dura de la estantería que tenía detrás.

—Nosotros también tenemos títulos para el mercado universitario, pero no son exactamente libros de texto. Aunque tienen valor didáctico.

Se rió, pero no fue una risa de sucio pornógrafo. Quizá yo no estaba entendiendo bien lo que me decía. Miré los libros que me había pasado. Él seguía hablando.

—La mayoría son de ficción erótica, aunque algunos son más fuertes que otros. Nuestro ámbito, que tiene mucho éxito, son los libros ilustrados. De alguna forma, la pornografía se convierte en erotismo cuando se muestra en ilustraciones y no en fotografía. Y eso nos permite captar también al público que consume novela gráfica.

Yo había abierto una página al azar de *Cuentos de seis churris* y en ese momento estaba mirando un dibujo de tres mujeres que se lamían entre ellas. Con pluma y tinta, y ejecutado con una gran atención al detalle. Abrí *Lo que el viento se corrió* y descubrí que mientras Atlanta ardía, algunas personas se habían dedicado a hacer marranadas. No sabía qué decir.

El señor Peach había dejado de hablar. Le miré. Parecía que estaba a punto de echarse a reír.

—Me parece que no tenías ni idea del tipo de trabajo que era, ¿verdad?

Asentí.

—Y, la verdad, pareces un poco sorprendida.

Recuperé la voz.

—No estoy sorprendida porque piense que hay nada malo en esto. Es solo que no lo esperaba. —Levanté *El vello pubis de oro*—. No sabía que este tipo de libro existía. Ni siquiera sabía que a nadie pudiera interesarle ver a una marmota haciendo estas cosas.

Él levantó la mano.

—En realidad no hay ninguna marmota. Es lo bueno de este tipo de libros. —Suspiró—. Creé esta empresa porque la pornografía mueve mucho dinero y por tanto es un campo que se puede explotar. Pensé que tenía que haber otra forma, y la hay. Nosotros creamos fantasía, nada más. No te creerías las cosas que inventan nuestros escritores, y una buena parte de ello se nutre de lo que nuestros lectores nos dicen que quieren ver. Por ejemplo, hay todo un subgénero sobre alienígenas que resultaría ridículo en fotografía, pero que con ilustraciones adquiere una dimensión mágica. —Parecía decepcionado—. ¿Debo entender que no te interesa el trabajo?

Me había pasado un libro de alienígenas y yo estaba mirando una bonita ilustración de una criatura con tres apéndices multifunción. Técnicamente, era un trabajo adorable, pero no era para mí.

—No creo que sea lo mío, lo siento.

Él negó con la cabeza.

—No lo sientas. Para los que trabajamos aquí es un sueño hecho realidad. Quiero que todo el que esté aquí sienta lo mismo.

No tenía ninguna respuesta adecuada a eso.

Nos pusimos en pie y nos estrechamos la mano, y yo volví a salir mirándolo todo con nuevos ojos. Con razón todo el mundo me sonreía. Estaban todos calientes.

Llamé a Melanie. Esa chica tenía que cambiar de ayudante.

Pero al menos sabía que, si todo lo demás fallaba, podía conseguir un trabajo donde mi experiencia previa con penes de ballena me sería útil.

A la mañana siguiente, Angela me llamó temprano. Fue una agradable sorpresa.

—¿Hoy tus hijas tienen el día libre en la escuela?

—Sí, hay no sé qué fiesta, ¿no?

—A saber. El caso es que estaba pensando en tomarte la palabra con lo de salir juntas, si la oferta aún sigue en pie.

Yo estaba en la cocina, disfrutando de la pequeña pausa que se extiende entre el momento de vaciar el lavavajillas y volver a cargarlo. Tengo una vida muy glamurosa.

—Claro, sería genial. En realidad, Rachel pensaba pasarse después del trabajo, y habíamos hablado de salir a cenar. ¿Por qué no te vienes por la tarde, dejamos a los niños con mi canguro y cenamos pronto en algún sitio? Será divertido.

Colgué contenta por tener un plan.

Las niñas estuvieron encantadas de poder enseñarle a Bash la casa de las hadas. Aunque se habían criado en entornos diferentes, los tres se llevaban la mar de bien, lo que demuestra una vez más que los niños son nuestro futuro. Angie, Rachel y yo les dejamos a su aire y nos sentamos en la cocina a tomar un café mientras ellos jugaban en el jardín.

Angie trató de sacarle a Rachel alguna información sobre Bob, pero la había subestimado.

—No tengo nada que decir —insistía Rachel—. No hay nada entre nosotros. Solo hemos salido a cenar una vez, y yo he tenido como siete sueños húmedos con él, pero ya está. Durante la cena, no hizo más que hablar de rotación de cultivos. Ni siquiera sé lo que es eso, aunque supongo que implica algún tipo de rotación. —Levantó las palmas en el aire—. Perdón, pero no sé si le gustaría que habléis de él como si fuera un objeto solo por su apariencia.

Angie resopló.

—Eso es verdad, a los hombres no les gusta que los miren como objetos sexuales. Les hace sentirse nerviosos y vulnerables.

—Anula su lado espiritual —añadí yo— y destroza sus sueños.

Rachel me miró arqueando las cejas.

—¿He topado con alguna clase de aquelarre wiccano contra los hombres?

Me encogí de hombros.

—Ni se te ocurra cambiar de tema. No nos estamos burlando de los hombres. Nos gustan los hombres. Nos estamos burlando de ti.

Angie asintió.

—Tú eres la única aquí que tiene vida amorosa. —Se volvió hacia mí—. Aunque a lo mejor me equivoco. Perdona si he hecho ciertas suposiciones, Lili, y necesitamos que nos des detalles.

—No son suposiciones. Es un hecho. —Señalé por la ventana—. ¿Has conocido a mi método anticonceptivo?

Rachel sabía que yo no quería hablar con nadie sobre lo de Edward, y menos con gente que le conocía, y por eso no dijo nada. Cada día que pasaba se me hacía más fácil fingir que lo del beso en la cocina no había pasado.

Angie rió.

—Te entiendo perfectamente. A mí me habría gustado tener alguna historia de vez en cuando, o incluso solo sexo. Pero las posibilidades de que me interese un hombre en el momento oportuno y, lo más importante, que en ese momento tenga la energía física para ello son muy remotas.

Rachel frunció el ceño.

—Chicas, realmente nos lo ponéis muy difícil a las solteras para que queramos tener hijos.

Angie y yo contestamos a la vez.

—Bien.

Maggie apareció de pronto. Había entrado sin llamar. *Frank* se levantó para saludarla, moviendo la cola a una velocidad de un kilómetro por minuto.

—Tienes un estupendo perro guardián, Lili. —Miró a Angie y saludó tendiendo la mano—. Hola, soy Maggie, la cuñada de Lili, recién llegada de Italia, donde mi marido tiene una aventura.

Angie se quedó parada un momento y se lanzó.

—Hola, yo soy Angie, una amiga del curso de horticultura, recién llegada de la zona centro-sur de Los Ángeles, donde ni sé qué estará haciendo mi marido ni me interesa.

—Encantada de conocerte.

—Igualmente.

Maggie se sentó y se levantó enseguida para servirse un café.

—¿Sabéis? —dijo—, cuando me fui a Italia el único café que los americanos conocían era el Folgers, y ahora el café que tomáis es mejor que el que toman los italianos. ¿Qué ha pasado?

Los niños entraron de estampida en la cocina.

—¡Le he roto las alas a mi hada!

Clare estaba muy alterada.

—Se puede arreglar —dijo Bash tranquilo y seguro—. Mi mamá es enfermera.

Angie le cogió la diminuta figura a Clare y la examinó.

—Um. Creo que está bien. Un poco de pegamento bastará.

Fui a por el pegamento y Angie realizó el arreglo como una auténtica experta.

—Podéis salir a jugar otra vez. El pegamento tardará unos minutos en secarse. Cuando esté os aviso.

Bash cogió a Clare de la mano y se la llevó fuera.

—Puedes jugar con mi hada, Clare.

Todos los miramos. Maggie suspiró.

—Al menos Clare ha encontrado a un buen hombre.

Angie suspiró.

—Todo irá bien hasta que se dé cuenta de que Clare no se va a transformar en un robot de combate con visión láser. Entonces Bash perderá interés. —Me miró y encogió los hombros—. Tengo que ser sincera.

—No, tienes razón. De todos modos están abocados al fracaso. El porcentaje de divorcios en la franja de edad de educación primaria es brutal. La mayoría de matrimonios no llegan ni a la hora del patio.

Sin embargo, Clare, Bash y Annabel estuvieron jugando pacíficamente hasta la hora de comer y entonces, cuando Leah llegó, se sentaron en el sofá a ver una peli. Habíamos decidido que se quedarían a dormir, y así nosotras podríamos salir hasta tarde, y los niños estaban entusiasmados.

Sintiéndonos como si estuviéramos en un programa de televisión, las cuatro nos arreglamos un poco y fuimos hacia la puerta.

—Nada de locales de estriptis esta vez, ¿vale, Rachel?

Maggie lo dijo con firmeza.

Angie arqueó las cejas.

—¿Me he perdido el club de estriptis? No es justo.

—No te perdiste nada. ¿Qué os apetece comer?

—Italiano.

—Sushi.

—Francés.

—Hamburguesas.

Estábamos en la calle y nos miramos.

—Vamos, chicas, pongámonos de acuerdo. —Puse mi mejor voz de mamá—. Estoy segura de que habrá algo que podamos elegir y que nos guste a las cuatro.

—Yo estoy que me muero de hambre —advirtió Rachel, que había dicho hamburguesas—. Y necesito comer pronto o me pondré de mal humor.

Levanté la mano.

—A ver qué os parece esto. ¿Qué tal si bajamos al Grove? Allí hay muchas opciones para comer, y luego podemos ver una peli o pasear por la librería o lo que sea.

El Grove es un gran centro comercial al aire libre. Hay una fuente, cine y cosas por el estilo, y es una forma inofensiva de pasar el tiempo. Y gastar el dinero.

—Buena idea —respondió Angie—. Nunca he estado allí.

—Aunque —terció Rachel, que no parecía tan convencida— a veces hay demasiada gente.

Consulté mi reloj.

—¿A las seis de la tarde de un día laborable? ¿Tú crees?

Maggie ya había echado a andar.

—Vamos a comprobarlo. La verdad, lo peor de una noche de chicas es toda la parte de ponerse de acuerdo. ¡Venga!

*   *   *

Resultó que el Grove se había vestido de gala para los turistas. Había una banda tocando en la zona con césped, y la fuente estaba ofreciendo su espectáculo (chorros de agua que saltaban por el aire, luces de colores, ese tipo de cosas). Estaba agradablemente lleno, pero no abarrotado, y enseguida encontramos mesa en un local francés con una carta larguísima. Rachel pidió una hamburguesa, yo pedí espaguetis, Maggie pidió un sándwich de beicon, lechuga y tomate y Angie pidió una sopa francesa de cebolla. Todas contentas. ¿Lo veis? Mami tenía razón.

—Bueno, Angie, ¿tú qué problema tienes? Dices que tienes un exmarido y conozco a tu hijo, pero ¿tienes novio o algo?

Angie negó con la cabeza. Maggie insistió.

—¿Novia?

Angie meneó la cabeza.

Rachel se inclinó hacia delante.

—¿Estás interesada en Mike?

Angie sonrió.

—Me gusta Mike, no me malinterpretéis, pero no podríamos ser más diferentes.

Maggie estaba confundida.

—¿Quién es Mike? ¿Tendría que saberlo?

Yo negué com la cabeza.

—No, es un chico de la clase de horticultura.

Levanté la mano para llamar al camarero y pedir café, mientras Rachel insistía.

—Sí, sois diferentes, pero a veces eso es interesante. ¿Te resulta atractivo?

Angie se rió.

—Por supuesto. ¿A ti no? Es monísimo.

Se hizo una pausa. Rachel y yo nos miramos. Mike no estaba mal, pero en mi humilde opinión no era monísimo. Rachel contestó por las dos.

—No está mal, pero no es Bob el Guapo.

—¿En serio? —Angie parecía realmente sorprendida—. A mí me parece que está como un tren.

Dejamos el tema mientras mirábamos la carta de postres. Cuatro porciones de tarta de chocolate después, salimos del restaurante y fuimos a sentarnos un rato en el césped. A digerirlo.

Era agradable estar sentadas allí. Yo me estaba quedando roque cuando me di cuenta de que un hombre estaba mirando a Rachel con la misma cara que pondría un un cachorrito mirando a un niño comerse un helado. Le di un codazo.

—Hay un hombre que no deja de mirarte.

Ella miró.

—Me suena.

Sus miradas se cruzaron y él habló.

—Perdona que me haya quedado mirando, pero ¿no eres Rachel Anderby?

Ella sonrió, aunque era evidente que no se acordaba de él.

—Sí, ¿nos conocemos?

Todas nos quedamos mirando, por supuesto. El chico era muy mono, y nosotras éramos unas románticas empedernidas. Una viuda reprimida, una joven divorciada y una profesora con el corazón roto. No podía pedirse un público mejor.

Él se sonrojó cuando se levantó y se acercó para venir a sentarse con nosotras. Era alto, y eso a Rachel le gustaría, y de pelo oscuro, cosa que también le gustaría. Vestía con ropa informal, un punto más; pómulos altos, punto; parecía aseado, punto, punto, punto. Me eché hacia atrás y me recosté sobre los codos para mirar. Parecía un poco nervioso.

—Sí, nos hemos conocido, más o menos, pero hace tiempo. Diste una charla sobre la legislación en el ámbito de las importaciones para mi empresa, y te vi allí. En la charla. Vaya, que quiero decir que yo asistí a la charla.

Rachel pareció divertida.

—¿En la charla?

—Sí.

—Entonces, tú estabas allí.

—Sí.

—¿Qué empresa era?

—Bugler, Arthur y Barnes.

Ella arqueó las cejas y lo miró algo desconcertada.

—Es un bufete de abogados. Soy abogado. Somos abogados.

La expresión de Rachel se relajó.

—¡Ah, sí! Ya me acuerdo. —Hizo una pausa—. Guau, debió de ser una buena charla, fue hace más de un año.

Él sonrió y pareció recuperar un poco la compostura.

—Lo fue. Fue una charla muy buena.

Miré a Rachel tratando de evaluar su reacción. Parecía muy tranquila y, por suerte, estaba monísima. El sol del atardecer hacía brillar su pelo, su cara se veía tan adorable como era y, en conjunto, no había nada por lo que una hermana mayor tuviera que preocuparse. Sin embargo, no habría sabido decir si el hombre le parecía guapo o no, y eso no era habitual. Normalmente, cuando le interesa un hombre, se pone a reír como una tonta.

—¿Te has especializado en derecho internacional?

Él negó con la cabeza.

—No, en realidad yo me dedico al aburridísimo derecho empresarial, pero te vi antes de la charla y te seguí a la sala.

Ella lo miró frunciendo el ceño.

—¿Me estás diciendo que no te interesaban los entresijos de la jurisdicción interfronteriza?

Él sonrió.

—En cuanto empezaste a hablar, mi interés aumentó exponencialmente.

Angie, Maggie y yo tratamos en vano de fingir que no estábamos escuchando, pero lo hacíamos. A ellos no parecía importarles. Rachel seguramente era consciente de que la observábamos, pero estaba más fresca que un ajo.

—Así, ¿te gusta ser abogado?

Él se encogió de hombros.

—Claro. Preferiría ser actor, ¿pero no nos pasa igual a todos?

Ella negó con la cabeza.

—A mí no. Entonces, ¿encarnas el clásico binomio abogado-actor de Los Ángeles?

Él pareció desolado.

—Me temo que sí. Qué tópico ¿no?

—Bueno, podías haber sido camarero. Eso habría sido más tradicional.

Él puso mala cara.

—Todos los buenos trabajos de camarero estaban cogidos y tenía el título de derecho… Sé que no es lo habitual pero, oye, es que soy un rebelde.

—¿Un rebelde sin causa?

—Rebelde a secas, sin subcláusulas.

—Um. O sea, ¿abogado de empresa de día, actor de noche?

—Sí. La abogacía es lo que hago por dinero, y tratar de labrarme una carrera de actor es mi pasatiempo inútil y autodestructivo.

Rachel sonrió.

—Vaya, y ¿te va bien?

Él le devolvió la sonrisa.

—Genial. No dejo de conocer montones de personas que me dicen todo lo que tengo de malo y me echan. En comparación, ser rechazado por las mujeres parece muy agradable.

—No creo que te rechacen tan a menudo.

—Te sorprendería.

—Eres muy guapo.

—Aquí todo el mundo es guapo.

—Cierto.

Tras este primer intercambio, los dos callaron.

Angie ya había tenido suficiente.

—Me voy a la librería. ¿Alguien se apunta?

Maggie se levantó también. Rachel se dio una palmada en la frente.

—Dios, qué desconsiderada soy. No te he presentado a mis amigas.

—No sabes mi nombre.

—Pues es verdad. ¿Cómo te llamas?

—Richard.

—Richard, esta es mi amiga Angie, mi hermana Lilian y esta es su cuñada, Maggie.

—¿No la convierte eso también en tu cuñada?

Negué con la cabeza.

—Ella es mi cuñada y Rachel es mi hermana, pero ellas no son cuñadas porque Rachel no está casada. —Hice una pausa—. No en este momento.

Aquello sonó un poco mal. Pero Maggie estaba a punto de empeorarlo.

—Y tú, Richard, ¿estás casado?

Él sonrió.

—En estos momentos no.

—¿Tienes novia?

Él hizo que no con la cabeza.

Maggie suspiró.

—Entonces puedes seguir hablando con Rachel. —Levantó la mano—. Estoy segura de que eres un tipo adorable, y recto y honesto, pero por ahí hay muchos hombres sueltos que son una escoria y unas máquinas de poner cuernos, y no quiero que le hagan daño a Rachel.

Se hizo una pausa. Angie carraspeó.

—Vale, ¿vamos a la librería?

Las tres nos fuimos y dejamos a Rachel charlando con Richard. Suponiendo que Rachel consiguiera enmendar lo de la máquina de poner cuernos. Miré atrás: parecía que iba bien. Y entonces me paré y pedí a las otras que esperaran. Volví atrás y saqué el móvil por el camino. Le di unos toquecitos en la espalda a Richard.

—¿Nombre completo?

—Richard Byrnes.

Lo introduje en mi teléfono.

—¿Dirección?

—También la puse.

—¿Número de la seguridad social? —Y también me lo dijo, el muy burro.

Tecleado.

—¿No has oído hablar del robo de identidad?

Él me sonrió.

—¿Cómo sabes que no me lo he inventado? No lo he hecho, porque creo que estás protegiendo a tu hermana. —La miró—. Pero ya es una mujer adulta. Y la he visto en acción.

Lo miré entornando los ojos, pero asentí.

—Sí, es una adulta, y tiene cinturón negro de judo. A mí me enseñaron que no hay que desconfiar de la gente, pero que nunca está de más asegurarse. Si vuelvo y no la encuentro aquí, contactaré con las autoridades y colgaré tus datos en la red.

Richard dio un silbido.

—Guau, qué dura.

Rachel le tocó el brazo.

—Lo del cinturón negro es mentira.

Me puse bien derecha para que me viera todo lo alta que era, lo cual no era mucho.

—Escúcheme bien, señor, yo soy la hermana mayor, y en mis tiempos eso significaba algo.

Él me sonrió.

—Yo también tengo una hermana mayor, y ella se mostraría tan protectora como tú.

—Probablemente. Que os divirtáis. Nos vemos en una o dos horas.

Y los dejé solos.

Diez minutos después, recibí un mensaje de texto: «Vamos a cenar. Te llamo mañana».

Yo contesté: «Ya has cenado. ¿Cómo sé que eres tú realmente y no él, que te ha robado el móvil y te ha secuestrado?».

Ella: «Comeré más. Cuando tenías doce años besaste al perro del vecino, con lengua, después de aceptar un desafío».

Eso era verdad. No era de extrañar que Clare fuera tan liberal con sus afectos. Lo llevaba en la sangre.

Le mandé otro mensaje: «Vale, pero no te metas en líos».

Ella se despidió: «Piérdete».

Definitivamente, era ella.

CÓMO PLANTAR APIO

Muchos jardineros creen que el apio es la verdura más difícil de cultivar. Para mejorar tus posibilidades, siembra en interior, entre 8 y 10 semanas antes de la última helada, y ofrece sacrificios regulares a los dioses del apio.

- Pon fertilizante orgánico o compost en la tierra antes de plantar.

- Endurece las plántulas sacándolas al exterior un par de horas al día y hablándoles con rudeza.

- Trasplanta las plántulas dejando una separación de entre 25 y 30 cm, introduce las semillas a una profundidad de 0,6 cm. Tendrás que clarear para que quede una separación de 30 cm cuando alcancen unos 15 cm de altura.

- Coloca mantillo y riega justo después de plantar.

- Si el apio no tiene suficiente agua, los tallos se verán secos y pequeños, y la culpa solo será tuya.

CAPÍTULO 15

Evidentemente, estaba contando los minutos que faltaban hasta que pudiera llamar a mi hermana para preguntarle cómo había ido. A la mañana siguiente, tres segundos después de las nueve, llamé:

—¿Y bien?

—¿Y bien qué?

Solté un bufido exasperado.

—Rachel. No te hagas la tonta conmigo. Acordamos mutuamente que airearíamos los trapos sucios lo antes posible.

—¿Está por escrito?

—Está escrito en sangre. Escupe. ¿Qué pasó? ¿Llegasteis a ir a cenar?

—Sí. Aunque resulta que él también había comido, y al final solo pedimos más postre.

—¿Él qué pidió?

—Tienes una fijación rara con eso, ¿lo sabías? Pedimos un sundae de caramelo caliente y lo compartimos.

—Muy del instituto. Vale. ¿Y luego?

Ella suspiró.

—Luego le pedí que me trajera a casa y ni siquiera le besé. Pero tengo que decir que la temperatura en el coche era muy, muy alta, y que tuve que emplear hasta el último gramo de mi voluntad para no invitarle a entrar.

Por lo visto, me había perdido algo.

—¿Por qué no le invitaste a entrar? ¿No te encontrabas bien?

Ella volvió a suspirar.

—No. No estoy segura. Creo que es porque me gusta de verdad, y no quiero estropearlo acostándome con él enseguida.

Los ojos se me salían de las órbitas. No, en serio, como lo oís.

—¿Quién eres y qué has hecho con mi hermana? —exigí.

—Muy graciosa. No, de verdad, en cuanto le vi me di cuenta de que estaba metida en un lío. Me gusta, o a lo mejor no me gusta pero creo que sí, o a lo mejor me gusta pero creo que no...

Rachel no dejaba de parlotear como una tonta.

—Vale, tranquila. ¿Estás libre a la hora de comer?

Antes de que mi marido muriera, Rachel y yo siempre habíamos seguido por caminos diferentes en lo relativo a las relaciones. Yo me casé y tuve hijos y ella nunca demostró ningún interés ni por lo uno ni por lo otro. Quizá después de que mi madre le repitiera hasta la saciedad que los hombres solo la querrían por su aspecto, había acabado por creérselo. Y su breve matrimonio (escupo en el suelo) no cuenta. Solía mantener relaciones superficiales con hombres raros e interesantes, y las rompía cuando ellos decidían que la querían en exclusiva. Pero siempre de forma amistosa, cosa que dice mucho de ella. Nunca había dudado —repito, nunca— en acostarse con alguien a quien considerara atractivo. Hasta ahora. O se estaba haciendo vieja, o es que estaba pasando algo raro.

Cuando entré, la vi al otro lado del restaurante e, incluso de lejos, vi que tenía la bragas hechas un lío, metafóricamente hablando. Parecía alterada, y ella nunca lo está, y se había puesto pintalabios, aunque nunca se pone. Me senté.

—He pedido hamburguesa y batido para las dos. ¿Te va bien?

Su voz era un poco alta, y más aguda de lo normal. Por favor, no hay que olvidar que estábamos en un restaurante italiano.

—¿Tenían eso en la carta?

Rachel miró a su alrededor.

—Creo que sí. Se lo dije al camarero cuando me senté. Ahora entiendo por qué pareció tan sorprendido, pero dijo que sí y se fue.

—Supongo que habrán mandado a alguien a McDonald's a buscarlos.

—Seguramente.

Miré a nuestro alrededor. El camarero estaba en el fondo, mirando con nerviosismo en nuestra dirección. Seguramente tenía miedo de que le fuéramos a pedir sushi.

—Bueno ¿qué diantre está pasando? ¿Te ha llamado Richard esta mañana?

Ella se encogió de hombros.

—Sí. Dejó un mensaje. No quise contestar. No sé. Me siento muy rara. Cuando Dan murió y se te fue la chaveta, ¿eras consciente de lo que te estaba pasando?

Esta vez fui yo quien se encogió.

—No me acuerdo. ¿Me estás diciendo que cenar con ese hombre te ha resultado tan traumático como ver morir a un marido? Porque si es así, no te recomiendo una segunda cita.

Rachel me miró y de pronto vi que volvía a ser la de siempre. Me cogió la mano y la apretó.

—Mierda, lo siento, Lili. No he querido decir eso. De verdad, la cabeza se me va. Esta mañana he confundido dos envíos, y un cliente que espera un jarrón etrusco se va a quedar un poco sorprendido cuando abra su paquete y se encuentre una tortuga de las Galápagos disecada.

—Por no hablar de lo que le va a costar poner las flores dentro.

Volvió a aspirar con fuerza por la nariz, y eso me hizo pensar si no tendría alguna infección respiratoria. No, de verdad, ¿cuánto oxígeno necesita una mujer?

El camarero se acercó. Dejó dos platos en la mesa con mucho cuidado con lo que parecían unas hamburguesas normales. También es verdad que venían acompañadas de unos cuantos espaguetis, pero eran hamburguesas al fin. También nos dio nuestros batidos y se retiró.

Dimos un bocado. Nos miramos.

—Es la mejor hamburguesa que he probado en mi vida —dijo Rachel.

Asentí.

—Bueno, ya sabes lo que dicen. Los traumas son la mejor salsa.

Rachel se dedicó a masticar la hamburguesa a conciencia y parece que le sentó bien.

—No me había dado cuenta de que tenía tanta hambre. Esta mañana no me entraba nada.

Vaya. Aquello era muy serio. Si Rachel quedara atrapada bajo una nevera, trataría de abrir la puerta para ver si podía picar algo mientras esperaba que llegara la ayuda. A Rachel le encanta comer.

—Estoy confundida —dije confundida—. Si el chico te gusta, ¿cuál es el problema? Ya has salido otras veces con hombres que te gustaban ¿no? Y a este le acabas de conocer. Para el fin de semana podría haberse convertido en un imbécil.

—Claro. Pero, aunque te parecerá raro, en cada relación que he tenido me he sentido un poco segura, ¿entiendes lo que quiero decir?

Negué con la cabeza.

—No. ¿Qué quieres decir?

Se removió inquieta en su asiento.

—Como si pudiera irme sin más. Porque a ellos les gustaba más yo que ellos a mí. Como si fuera yo la que tenía el control. Por alguna razón, Richard me pone nerviosa. No me da miedo, pero me pone nerviosa. Me siento como si pudiera ver dentro de mí o algo así.

Di un trago a mi batido, que también era excelente, y pensé en lo que había dicho.

—¿Estás segura de que no es la pequeña sensación de vértigo que le da a una al principio de una relación? —Estiré el brazo y le puse la mano en la frente—. A lo mejor has pillado algo.

—No lo sé. Nunca me había pasado esto. He estado totalmente volcada con otros hombres antes, y me gustaba verles y acostarme con ellos y todo, pero siempre era como un juego. —Me miró—. La verdad, pensaba que yo tenía algo raro. Veía cómo estabas con Dan, cómo podíais discutir y no estar de acuerdo y seguir adelante, y cómo os volvíais el uno al otro buscando apoyo. Pensaba que a lo mejor me faltaba algo. Siempre he sido muy independiente. —Dio otro bocado a su hamburguesa y por un momento se dedicó a masticar en silencio—. Mira, no te ofendas, pero cuando Dan murió, pensé que a lo mejor era la voluntad de Dios, o del universo, o lo que sea. Que yo hubiera seguido soltera para poder ayudarte a superarlo. Si hubiera tenido un marido y una familia, no habría podido estar a tu lado como lo he hecho.

Jesús. Le cogí la mano.

—Rach, nunca olvidaré lo que has hecho por mí, por las niñas. Pero si no hubieras estado ahí, no sé qué habría pasado. Seguramente me habrían quitado a las niñas. Nos salvaste a todas. Eres mi heroína.

Rachel sonrió.

—¿Soy el viento bajo tus alas?

Yo le devolví la sonrisa.

—Lo eres. Pero ahora puedes relajarte. Si quieres enamorarte de alguien y casarte y tener hijos, está bien. A lo mejor por eso estoy sola, para poder ayudarte.

Ella lanzó una risa entrecortada.

—Yo no he dicho que quiera casarme y tener hijos.

La miré.

—Pero a lo mejor sí quieres enamorarte.

Ella no dijo nada, se limitó a mirar su plato. Se le escapó una lágrima. Estiré la mano y le revolví el pelo, como he hecho toda mi vida.

—Mira, está muy bien sentirse hechizada por un hombre. —Se me ocurrió otra cosa—. ¿Tienes miedo de que él no sienta lo mismo por ti?

Rachel se encogió de hombros, aún con la mirada gacha.

—No lo sé. De verdad, no sé qué sentir. Hablamos y hablamos y hablamos durante horas, de todo tipo de cosas. Sobre lo que pasó cuando Dan murió, sobre sus padres, sobre nuestros padres, sobre todo. Es divertido, inteligente, amable, y me asusta porque es sincero sobre lo que siente. Creo que yo le gusto también, pero ¿y si me equivoco?

—Pues claro que le gustas. Al principio casi no podía ni hablar.

Me sentía mal por ella. Como he dicho, siempre ha sido un hueso duro de roer. Creo que solo la he visto llorar por un hombre una vez, y fue porque él la puso tan furiosa que le dio una patada a una pared y se rompió un dedo del pie. Esto era muy distinto.

Hice una seña al camarero para que nos trajeran la cuenta.

—Mira, cielo, seguramente estás muy cansada. No has dormido. Por lo que dices, debiste de tener una velada muy intensa, y no puedes pensar con claridad si no descansas. ¿Por qué no pasas del trabajo esta tarde y te vas a casa?

Ella asintió.

—Creo que tienes razón. A lo mejor estoy incubando algo y cuando despierte estaré bien otra vez.

—Es posible.

Firmé la cuenta y nos levantamos para irnos. Cuando salíamos, la cogí del brazo y noté que se apoyaba en mí.

Mi turno.

Cuando llegué a casa, las fotos de Dan y las niñas habían llegado. En el álbum, había incluido fotografías de nuestra boda, del nacimiento de Annabel y Clare, de todo y sobre todo. Y por alguna razón, mientras las miraba, no sentí que se me partía el corazón. Estaba feliz por haber podido compartir aquellos momentos con Dan. Con unas pocas me dieron ganas de llorar: una foto de su cara cuando cogió a Annabel por primera vez, una foto de él en la calle con los brazos extendidos mientras Annabel corría hacia él y, lo más curioso, una de él con mi hermana. Era de cuando Maggie y Berto se casaron, en Italia, y se les veía en el lado de una colina, sonriendo a la cámara. Los dos se veían tan jóvenes y felices y me miraban con tanto afecto que de pronto me di cuenta de que todos habíamos perdido cuando Dan murió. No solo yo, no solo las niñas, sino todas las personas que formaban parte de nuestra vida en común. Rachel me había dicho eso mismo la otra noche, en Pink's, pero fue mientras miraba aquellas fotografías cuando finalmente pude sentirlo por mí misma.

Había una de grupo enorme, de la familia reunida para Acción de Gracias tal vez, o algo por el estilo. Su familia, mi familia, Annabel en el regazo de mi madre, la pequeñísima Clare contra el hombro de la madre de Dan, era la celebración de Acción de Gracias anterior a su muerte. Clare solo tenía un mes de edad y me parece que era mi padre quien hacía la foto. Berto estaba allí con Maggie, con su aspecto ridículamente italiano, con un jersey rosa como solo un hombre europeo podría llevarlo. Dan estaba sentado en el extremo de la mesa, con un sombrero de papel, haciendo el payaso. No había dejado de hacer el tonto, igual que yo. No dejábamos de bromear sobre todo, tratando de mantener el ánimo festivo. Eso fue lo que nos acabó uniendo al principio, que nos hacíamos reír. Cuando murió, pasó un tiempo antes de que yo volviera a reír, puede que meses, y la primera vez que lo hice me puse a llorar al momento, como esos vídeos de personas sordas cuando oyen su voz por primera vez. Alegría seguida por lágrimas. Y sin embargo, después de aquello cada risa me resultó más fácil, y ahora era la risa lo que me ayudaba a mantenerme entera, los comentarios sarcásticos, los chistes tontos.

Hice algo atrevido. Llamé a mi madre, encogiéndome inconscientemente en el sofá mientras marcaba el familiar número. Por si acaso.

—Eh, mama.

—Hola, cariño, ¿estás en la cárcel?

Por una vez parecía sobria. A lo mejor en la tienda de licores le habían cortado el crédito definitivamente.

—No, pero quería decirte que te quiero.

Se hizo un largo silencio. Y quiero decir largo de verdad.

—¿Sigues ahí?

—Sí, estoy aquí. Pero me preocupa que puedas estar muriéndote de cáncer.

—¿Porque he dicho que te quiero?

—Sí, ya no me lo dices nunca. Lo dijiste cuando murió tu padre. Y por Navidad.

—¿Recuerdas exactamente la última vez que lo dije? Uf, qué mal.

—Sí. —Su tono era más seco que nunca—. Nunca fuiste una niña muy afectuosa. En comparación, tu hermana era un encanto.

Estaba empezando a enfadarme y cogí aire.

—Bueno, es que me acabo de dar cuenta de que todos perdimos a Dan cuando murió, aunque sé que es obvio, pero es así. Y de que tú también perdiste a papá y nunca he hablado contigo sobre eso, sobre el hecho de que las dos somos viudas.

Ella respiró hondo.

—Oh, Dios, te estás muriendo de cáncer. Siempre me ha parecido que tenías unos pechos raros.

Cerré los ojos y luché contra el impulso de enrollarme el cable del teléfono alrededor del cuello y apretar hasta perder la conciencia. Ella seguía hablando.

—Por favor, dime que eres tú y no una de las niñas.

Por alguna razón esto me pareció divertido y me puse a reír.

—¡Mamá! Ya basta. Nadie se está muriendo de cáncer, por Dios. Estoy tratando de decirte que te quiero, que lamento tu pérdida, que quiero compartir mis sentimientos contigo y tú, como siempre, me lo estás poniendo totalmente imposible —dije, pero seguía sonriendo—. Siempre hacemos lo mismo, nos burlamos de los sentimientos y no hablamos las cosas, y ya somos demasiado mayores. Tenemos que solucionar ciertas cosas.

Otra pausa para pensar.

—Y tú prométeme que no me vas a dar noticias terribles. No seré yo quien se está muriendo, ¿verdad?

Tentador. Suspiré con exasperación.

—Mamá, vale ya. Tú eres tan mala como yo.

—Bueno, a lo mejor es de ahí de donde lo has sacado.

—Sin duda.

—Echo de menos a tu padre. Se le daba muy bien hablar con vosotras. Él podía deciros cosas que yo también quería decir pero no podía. Desde que murió, siento que cada vez que abro la boca, meto la pata. Menos mal que estaba con nosotros cuando Dan murió, aunque sé que me las arreglé para liar las cosas de todos modos. Lo siento.

—Ya sé que lo sientes. Hicimos las paces por lo del funeral, ¿lo recuerdas? Yo también echo de menos a papá. ¿Por qué no vienes más a casa?

—¿Y por qué no vienes tú más aquí? Estoy sola en esta casa enorme, y resueno como una semilla solitaria en un tarro. Me encantaría tener a las niñas aquí.

—Oh, venga. Cada vez que vamos las niñas rompen algo y tú dices algo inapropiado. No quiero que se pongan nerviosas cuando están contigo.

—¿Como tú y tu hermana quieres decir?

Callé un momento. En realidad lo estábamos llevando mejor de lo que esperaba, y no quería que ella volviera a cerrarse en banda. Y aun así contraataqué.

—Claro, como Rachel y yo. Te queremos mucho, pero a veces dices cosas que hacen daño.

—Ya sabes que no lo hago queriendo.

—Pues no sé si no lo haces queriendo, la verdad. Sé que no puedes evitarlo, pero eso es diferente. Mira, ¿por qué no lo intentamos con un poco más de empeño? No sé si se puede deshacer una vida entera de malentendidos, pero sí sé que no quiero seguir así. Ahora puedo pensar en Dan sin ponerme hecha una furia. Tú puedes decirme que me quieres si te apetece. Yo puedo dejar de reaccionar ante todo lo que me dices como si tuviera quince años. Rachel puede enamorarse.

Ella se rió.

—No nos volvamos majaretas.

Le di la razón. Ya habría tiempo para todo aquello. No sabía muy bien por qué habían cambiado mis sentimientos, pero cuando colgué me sentía mucho mejor de lo que me había sentido en mucho tiempo.

Las niñas llegaron de la escuela con Leah detrás. Entraron como un terremoto y saltaron sobre mí, parloteando como siempre. Me di cuenta de que seguramente yo también había sido así de parlanchina con mi madre, y me pregunté cuántos años había tardado aquel flujo en convertirse en un chorrito. Vas sumando una piedrecita y otra, hasta que un día, sin darte cuenta, tienes una presa. Las niñas dejaron las mochilas y los papeles en el suelo y corrieron al jardín, seguramente para jugar con la casa de las hadas. Cogí un dibujo que habían dejado caer y lo miré. Clare había representado el jardín, y me sorprendió ver que habíamos incorporado un manzano, un estanque con patos y un tigre con un vestido. Bonito. Pero seguía sin haber ningún banco para mí. Se me ocurrió una cosa y fui a buscar el cuaderno de bocetos que le había dado a Annabel. Pasé las hojas hasta que llegué a mi boceto del jardín. ¡Ajá! Un banco. Ya sabía que yo sí había puesto un banco. Y ahí estaba Dan, sentado en mi banco, pasando el rato.

Suspiré y fui a preparar la cena.

Las niñas se pusieron como locas cuando encontraron las fotos. Oh, cómo se reían… ¡Mamá tenía una pinta muy divertida! ¡Y papá era tan gracioso! ¡Y la tía Rachel era muy guapa! ¡La abuela llevaba un bikini! Fue como una gran revelación, y me sentí espantosamente mal por haberles ocultado todo aquello durante cuatro años. Yo había sido tan fría y egocéntrica como mi madre. Y lo entiendo, a ella la educaron así, y a sus padres antes que a ella y bla, bla, bla, pero se acabó. El hecho de ver llorar a mi hermana no tendría que haber sido una revelación, pero lo fue. Gran notición. Los demás también tenían sentimientos. Podía haberme fustigado por esto, pero decidí que eso también se había acabado. Al menos yo no les decía a mis hijas que tenían unos pechos raros.

Mientras pegábamos las fotos en el álbum, fui a buscar la cámara. Hice fotos y más fotos, y luego cogí mi cuaderno y dibujé. Aquello era un nuevo comienzo, y no pensaba perderme nada.

Le había pedido a Leah que se quedara por la noche, de modo que decidí liarme la manta a la cabeza y bajar yo sola a Target. Necesitaba encontrar algo, y qué mejor lugar para eso que Target. Recuerdo que una vez leí un estudio sobre niños de un año, o de tres, o un grupo en una franja de edad igual de imprevisible, en el que se mostraban diagramas de los patrones de movimiento que seguían cuando se encontraban entre otros niños y había mesas donde podían realizar diferentes actividades y cosas por el estilo. Básicamente, la conclusión fue que se movían por la sala formando una especie de tela de araña. Si hubiera hecho lo mismo con mi vida, habría salido un cuadrado: la casa, la escuela, la oficina y Target. Y ahora que la oficina iba a desaparecer, pronto quedaría en un triángulo. Quizá podía empezar a frecuentar la gasolinera, para mantener el cuadrilátero.

El caso es que solo el olor de Target me hacía sentirme feliz. Cuando salí del hospital, pasaba mucho tiempo allí, deambulando mientras esperaba a que las niñas salieran del cole. Durante un tiempo no pude trabajar, no podía mantenerme centrada lo bastante para recordar lo que estaba dibujando, de modo que no tenía nada que hacer mientras las niñas estaban en el colegio. Target estaba cerca, había aparcamiento de sobras a las nueve de la mañana y nadie prestaba atención a una mujer excéntrica apoyada en la barra de su carrito, tarareando la canción de Barrio Sésamo, y pasaba por cuarta vez por la sección de artículos para el vehículo.

Con frecuencia no compraba nada, pero otras veces arrojaba las cosas en mi carrito con un entusiasmo compulsivo y llenaba los armarios de mi cocina con máquinas para hacer dónuts o granizados, y con pequeños arbolitos falsos de Navidad que olían como árboles de Navidad auténticos. Compraba ropa para las niñas, ropa para Rachel y ropa para *Frank*. Me compraba calcetines para mí, porque mis pies seguían teniendo el mismo número a pesar de que yo no dejaba de perder peso. Cuando Dan murió, perdí casi veinte kilos y se me interrumpió el periodo. Al final, mi psicóloga me amenazó con volver a ingresarme si no empezaba a cuidarme otra vez. Empecé a comerme cuatro Snickers al día y recuperé algo de peso. No solo comía barritas, claro, fue el efecto de la barritas sumadas a la comida normal. Ahora ya no las puedo comer, me recuerdan demasiado aquel primer año. Las barritas energéticas, el suelo de mi cocina, el olor de la lluvia, unas Converse de bota alta, cristales rotos, frotar un algodón empapado en alcohol, aquella canción de Sheryl Crow donde dice que quiere divertirse, la espuma de afeitar de mi marido, el sabor de la sangre en mi boca. Ninguna de esas cosas me hace disfrutar como antes.

Mi teléfono sonó mientras recorría la sección de mascotas tratando de decidir si le llevaba a *Frank* un pato relleno para que mascara. Él prefería la ropa sucia, pero a lo mejor apreciaría el detalle. Era Rachel.

—Oficialmente le gusto.

—¿Ni hola ni nada?

—Estoy siendo eficiente. Hola.

Pasé de la sección de mascotas a los deuvedés y los libros. No conocía a ninguno de los autores y muy pocas de las nuevas publicaciones me sonaban. Tenía que salir más.

—¿Cómo sabes que le gustas?

—Me lo ha dicho. ¿No me dices tú hola?

—Hola. ¿Y cuándo ha sido?

—Por teléfono, ahora. ¿Dónde estás?

—En Target. Y tú ¿le has dicho que él te gusta?

—Sí. Se lo he dicho. ¿Puedes comprarme un paquete de rotuladores Sharpies?

Empujé mi carrito hacia la sección de papelería y regalos. Había otra gente que empujaba sus carritos sin rumbo fijo mientras hablaba por el móvil. De alguna forma, conseguimos no provocar un embotellamiento en mitad de la sección de pequeños electrodomésticos, aunque muchos nos miramos con las cejas arqueadas, nos dedicamos medias sonrisas, articulamos disculpas mudas y estuvimos a punto de chocar en varias ocasiones.

—Bueno, eso está bien. Hace un día y medio que os conocéis y los dos os gustáis. Chachi.

—¿Te burlas de mí?

—Para nada. Imagino que cuando salga del centro comercial habrá aviones que formen en el cielo la frase «A Rachel le gusta Richard» en grandes nubes de algodón. Y supongo que ya habrás cambiado tu estado en Facebook.

—Yo no tengo Facebook.

—Lo sé. Solo me estaba burlando. ¿Y ahora qué?

—Ni idea.

—Tengo tus rotuladores. Negros, ¿no?

—Sí.

También le cogí una caja completa de colores, qué diantre. Nunca podía resistirme a comprar una caja nueva de rotuladores. Mis hijas tenían a montones. Rachel colgó y me dirigí a la sección de lencería. Me detuve, pensando si comprar o no. ¿Necesitaba comprarme unas bragas? El hecho de que me las comprara no significaba que tuviera que enseñárselas a nadie, ¿no? Me pasé veinte minutos escogiendo bonitas prendas con blonda en colores claros y colores oscuros, en negro y beige... y cuando acabé se las entregué a la cajera.

—He cambiado de opinión sobre esto —le dije y, por la cara que puso, me di cuenta de que le daba exactamente igual.

Vi cómo pasaba por caja los Sharpies, el papel de impresora, la camiseta con el gato, la camiseta con la ballena, los tres pares de calcetines de estar por casa, el pato para el perro y el tarro gigante de mantequilla de cacahuete, y traté de reunir el valor para volver a cambiar de opinión. Era ridículo. Antes siempre me preguntaba qué pensarían los demás de mí, luego empecé a pensar en lo que pensaban de mis hijas, y ahora me conformo con rezar para que alguien se fije en mí si salgo ardiendo.

La cajera terminó por fin y entonces, milagrosamente, me sonrió y dijo:

—¿Está segura sobre la ropa interior?

—En realidad no —contesté—. Creo que al final me la llevaré. Gracias por preguntar.

Ella sonrió y la sacó de debajo del mostrador.

—Bien hecho —dijo mientras escaneaba las etiquetas—. Está bien hacerse algún regalo de vez en cuando.

Tenía razón, por supuesto. Y ahora esa ropa interior está al fondo del cajón y es probable que nunca vuelva a ver la luz del día, pero, eh, pasito a pasito, ¿vale?

CÓMO PLANTAR FRESAS

Podrás plantar fresas en cuanto sea fácil trabajar la tierra.

- Son plantas rastreras, y extienden sus zarcillos para cubrir el suelo.

- Plántalas a la suficiente profundidad y con el suficiente espacio para acomodar todo el sistema radicular sin forzarlo. Sin embargo, el tallo debe sobresalir justo por encima de la superficie. A veces la horticultura es una ciencia de precisión.

- Dales mucho espacio y mucho sol. Los canteros elevados son especialmente adecuados para las fresas.

- No las plantes en ningún lugar donde hayas cultivado recientemente tomates, pimientos o berenjenas. Les dan pánico, y no me preguntes por qué.

CAPÍTULO 16

Hablando de nuevos comienzos, al día siguiente tenía otra entrevista de trabajo. Esta vez pregunté a Melanie los detalles.

—Es una editorial que publica libros infantiles, de modo que tienes la experiencia que necesitas. Quieren a alguien que pueda trabajar con distintos estilos, cosa que tú haces, y es un trabajo con contrato.

—¿Lo que significa?

—Significa que tienen una plantilla estable de artistas e ilustradores y quieren ampliarla. No sé si quieren que te incorpores y hagas el trabajo en la oficina o si serías autónoma.

Fruncí el ceño. Yo quería un seguro de salud. Vaya, y también una casa de veraneo en Aruba, pero dudo que nadie ofreciera eso. Volví a enfundarme en mi traje (con una camiseta Vintage de los Thompson Twins esta vez) y llegué con veinte minutos de adelanto.

Las vibraciones en Rubber Ball fueron un pelín diferentes a las del trabajo de erotismo. Para empezar, en recepción había dos personas discutiendo acaloradamente.

—Te equivocas del todo. Es un pulpo.

—Calamar. Lo dice el mismo nombre.

—¡Pero cuenta las patas!

—Es un tebeo, no un libro de texto. No importan las patas que tenga.

Estaban hablando de Bob Esponja, por supuesto. El debate sobre si Calamardo Tentáculos era un calamar o un pulpo es fascinante y, en última instancia, incontestable. Intervine.

—Detesto interrumpir, pero creo que en la serie se le ha descrito como ambas cosas.

Se volvieron hacia mí y, en lugar de extrañarse porque una completa desconocida hubiera interrumpido la discusión, parecieron abiertos a nuevas ideas.

—Pero solo tiene seis tentáculos.

Me encogí de hombros.

—Aunque me resulta embarazoso admitirlo, escuché al tipo que creó la serie hablando en la radio y dijo que el personaje quedaba mejor solo con seis tentáculos. Con diez daba la sensación de que iba a tropezar en cualquier momento. Demasiados tentáculos.

Ellos asintieron. Estaba casi convencida de que también eran ilustradores, porque todos somos muy raros.

La recepcionista me estaba sonriendo. Le dije quién era y ella me indicó que me sentara. Miré a mi alrededor. No había desnudos, sino montones de colores brillantes y juguetes. Se parecía un poco a mi casa, pero más ordenada, claro.

Poco después apareció una mujer de mi edad más o menos, con expresión azorada, me miró y dijo mi nombre con tono interrogativo.

Su despacho no era muy grande, y el parecido con mi casa era mayor. Había fotos, juguetes y pedazos de papel por todas partes. Su ordenador estaba cubierto de post-its y conté tres tazas de café sobre su mesa. Era evidente que éramos almas gemelas. Se llamaba Betty. Como Betty Boop, dijo. Le dije que yo me llamaba Lilian. Como Lilian… No se me ocurrió nada.

—Mel me ha dicho que dejas Poplar porque van a cerrar el departamento.

Asentí.

—Van a externalizar las ilustraciones, a partir de ahora las harán en el extranjero.

Ella torció el gesto.

—Bueno, nosotros también lo intentamos, y la parte buena es que descubrimos algunos ilustradores autónomos muy buenos que aún trabajan con nosotros, pero al final resultó que siempre necesitábamos gente en la empresa para los trabajos que corrían más prisa o para revisar el trabajo que se hacía en el extranjero, y por eso acabamos volviendo al punto de partida. Es posible que en Poplar pase lo mismo.

Levanté las manos.

—Me encantaría hacer algún trabajo como autónoma para ellos, pero tengo hijas y necesito un trabajo de verdad.

—No buscamos alguien a jornada completa. ¿No te lo ha dicho Mel?

Se me cayó el alma a los pies.

—No estaba segura.

Ella frunció un poco el ceño.

—No quiero hacerte perder el tiempo. Solo tenemos una o dos personas en plantilla a jornada completa, y el resto del trabajo lo hacen aproximadamente una docena de ilustradores que trabajan desde donde quieren. Sin embargo, la ventaja es que aquí te garantizamos una cantidad mínima de trabajo. —Señaló las estanterías, que estaban atestadas de libros—. Hemos tenido suerte. Nuestro personaje de la Ardilla Saltarina ha funcionado muy bien y cada mes sacamos un par de títulos. También nos encargamos de los libros de varias cadenas infantiles por cable. Ya sabes, esos libros irritantes que se basan en los diferentes episodios.

Asentí. Tenía razón. Eran irritantes, pero aun así el trabajo es trabajo. Había sacado un par y me los pasó.

—La verdad, me pongo mala cuando se los leo a mis hijas, pero ellas los devoran.

—¿Cuántos hijos tienes?

Miré buscando fotos, pero no vi ninguna entre el revoltijo de cosas que tenía en su mesa.

Ella sonrió.

—Solo dos, pero me tienen muy ocupada. Ocho y seis. Niñas.

Yo le sonreí también.

—Yo también. Siete y cinco, también niñas.

—Bueno, entonces sabes exactamente de lo que estoy hablando, porque las niñas son el público objetivo en la mayoría de los casos.

Cogió mi currículo y se puso a hojearlo. Se hizo el silencio.

—Eres muy buena, pero creo que tú ya lo sabes.

Torcí el gesto.

—En realidad, no. Hace mucho tiempo que no hago nada de mi estilo, así que en realidad ya no sé cómo es.

Pasó algunas hojas. Lo tenía abierto por una página donde había unos dibujos de mis hijas hechos con pluma. Los había puesto ahí de relleno. Hacía esos pequeños esbozos continuamente, pero no los consideraba un trabajo.

—Son increíbles, peculiares y divertidos, pero siguen transmitiendo muchas cosas, ¿entiendes lo que quiero decir? Quiero decir que veo cómo son estas niñas físicamente, pero también me hago una idea de su carácter. Esa es la verdadera habilidad. Pero de todos modos, necesito artistas que sean flexibles y puedan trabajar con diferentes estilos. ¿Escribes?

Negué con la cabeza.

—No, no soy escritora.

Cerró el currículo y me lo devolvió.

—Bueno, también tenemos una plantilla de escritores, de modo que si surge algo que crea que puede encajar contigo, podemos probar. Hemos tenido mucha suerte con los títulos propios, y tus peculiares bocetos hechos con pluma no se parecen a nada de lo que tenemos en estos momentos. Lo pensaré.

¿Ya se había acabado la entrevista? De pronto me sentí confusa. Por suerte, Betty seguía al mando. Al parecer, su aire desorientado ocultaba una maestra de la organización. No me extraña que dirigiera aquello.

—Bueno, me encantaría incorporarte a nuestro equipo. La cosa va así: nos llega un trabajo, tú te pasas por la oficina para informarte y te reúnes con frecuencia con el escritor o el editor del libro o la serie. Si quieres puedes trabajar aquí, pero si lo prefieres puedes hacerlo desde casa. No pagamos por hora, tenemos una tarifa plana.

Me sentía un poco aturdida.

—Perdona, ¿me estás dando el trabajo?

Ella se rió.

—Sí, si lo quieres. Tengo dos proyectos para asignar mañana. ¿Puedes ocuparte? Uno es el libro del episodio de una serie, y el otro es de una serie nueva para nosotros con un estilo ya marcado que debemos copiar. Si te parece bien, hoy te mando unas muestras.

Se puso en pie y yo hice otro tanto.

—En teoría, sigo trabajando para Poplar hasta final de mes.

—Bueno, entonces coge uno de esos trabajos y asignaré el otro a otra persona. Cuando tengas más tiempo, te pasaré más cosas. —Entonces sonrió de oreja a oreja—. ¡Estoy alucinada! Tienes muchísimo talento, y creo que nos vamos a divertir. —Me acompañó hasta la puerta de su despacho—. Puedes traerte también a tus hijas. Abajo tenemos una zona de juegos.

Oh, Dios, aquello era el Paraíso. No podía ser mejor.

—Está junto a la máquina de café.

Suspiré.

Evidentemente, estaba que no cabía en mí de la emoción. ¡Un trabajo! ¡Y divertido! Un trabajo que podía hacer en casa, y eso significaba que podía ver a mis hijas. Y quizá realizar mis propias ilustraciones. Aún tenía que solucionar lo del seguro de salud, pero tenía suficiente dinero, podía permitirme apoyarme un tiempo en mi seguro privado y luego ver qué pasaba. Me sentía tranquila y optimista, lo cual era un cambio agradable comparado con la sensación que tenía siempre de ser un paracaidista cayendo por el cielo. Cuando las niñas llegaron a casa les sonreí, le sonreí a Leah. Hice unos estiramientos suaves y me examiné los pechos en la ducha (en realidad no son raros), y eso hizo que me sintiera fantástica y responsable a la vez, y me puse un pijama bonito para andar por casa.

Rachel estaba entusiasmada con lo de mi nuevo trabajo. Hasta se puso a bailar por mi cocina. Yo no bailé, estaba demasiado ocupada vaciando el lavavajillas.

—¿Lo ves? Ya sabía que se arreglaría. Te convertirás en una ilustradora famosa y rica de libros infantiles y podré conocer a George Clooney.

Arqueé las cejas.

—¿Tanto le interesan a George los libros infantiles? Si ni siquiera tiene hijos ¿no?

—Eso son minucias.

Rachel estaba mejor, porque finalmente se había rendido y se había acostado con Richard. Yo sabía que había sido genial, porque no me quiso explicar nada. Normalmente me hacía diagramas.

—¿Verás a Richard después?

—No, tiene una cena de trabajo.

—Entonces ¿cenarás con nosotras?

—Pensaba que no me lo ibas a decir nunca.

—No pensaba que tuviera que decirlo.

Terminé de vaciar y empecé a cargar de nuevo, cosa que, evidentemente, es la razón de que el trabajo de casa sea tan deprimente. Lo haces, lo deshaces, y lo vuelves a hacer todo el tiempo. Recoges el cuarto de las niñas y las muy cabronas lo vuelven a sacar todo buscando la pequeña figurilla de la princesa que acabas de tirar en secreto. Te bebes una taza de café y la dejas vacía en la mesita de noche pensando que la cogerás cuando vuelvas para la cocina, pero no lo haces. La siguiente vez que te preparas café, coges una taza nueva y la dejas en el baño porque te lo estás tomando mientras te preparas para ir al trabajo, pero el perro vomita en el pasillo y te distraes y la taza se queda ahí. Antes de que te des cuenta, la casa entera es un cementerio de tazas de café y te sientes mal por ello, pero no lo bastante para recordar que debes llevarte la taza contigo a la cocina. Aun así, mejor una casa llena de cosas que una cabeza vacía, es lo que solía decir mi padre, y él no limpió en su vida.

Después de cenar, mientras Rachel jugaba con las niñas, fui a mirar si podría convertir el garaje en una posible área de trabajo. Abrí las puertas y me quedé allí, contemplando los trastos acumulados. La bici de Dan. Los esquís de Dan. La maleta de Dan. Una gran casa de muñecas con la que las niñas podrían jugar. Un caballo sobre muelles que mis padres me habían regalado antes de que las niñas tuvieran edad para subirse y que había olvidado por completo. Varias cajas de contenido desconocido. Un colgador con abrigos de invierno que nunca puedes usar en el sur de California. Ropa de esquí que no necesito porque no sé esquiar. Dios, si casi no puedo caminar por la calle sin tropezarme, lo último que me interesa es irme a un sitio que resbale, y sujetarme unas piezas de polímero de alta tecnología a los pies. Prefiero romperme los tobillos con un palo de billar y ahorrarme el billete de avión.

Pero mientras miraba a mi alrededor, vi potencial. El garaje se había construido al mismo tiempo que la casa y tenía algunos detalles bonitos. Por ejemplo, había vigas en el techo. Y dos ventanas bonitas. El suelo estaba seco, las paredes estaban secas, y ya había electricidad. Notaba una extraña sensación en la barriga... ¿qué era? Oh, Dios, era entusiasmo.

—¿Qué te parece?

Por lo visto, Rachel había completado su entrenamiento ninja y apareció detrás de mí con el sigilo de un gatito. Pegué un bote del susto.

—La madre que te trajo, no vuelvas a hacer eso. He tenido hijas, mi suelo pélvico no puede soportar este tipo de sorpresas. Pensaba que estabas jugando con ellas.

—Me han echado. ¿Puedo quedarme esos esquís?

—Claro. Había olvidado que tú esquías. Estaba pensando en convertir esto en un estudio.

Ella puso cara de estar pensando.

—Podría funcionar. Me gustan las ventanas.

—A mí también. Podría poner mi mesa ahí.

—En realidad es muy grande.

Entró y empezó a tocar cosas.

—Sí, es más grande que mi despacho del trabajo.

—Y podrías alquilarlo.

Sacó una lámpara que, sinceramente, no había visto en mi vida. Quizá unos desconocidos habían estado colándose y guardando sus cosas en mi garaje.

—Es verdad. A lo mejor le pregunto a Sasha si quiere compartirlo.

Pero mientras lo decía, decidí que no estaba tan segura de querer compartir. Sería agradable tener mi propio espacio.

—Necesitarás ayuda para limpiar esto.

—¿Te estás ofreciendo voluntaria?

Ella se encogió de hombros.

—Pues claro, ya sabes que me encanta tirar cosas. ¿Puedo quedarme esta lámpara?

Asentí.

—Espero que podamos ceder la mayor parte de estas cosas a beneficencia.

Su voz me llegó desde detrás de un montón de cajas.

—Sí, mejor así, porque si no me llevaría la mitad de las cosas a mi casa, y no tengo sitio. ¿Dónde vas a poner el caballito de los muelles? Si lo tiras cuando estén en el cole no se enterarán.

—Es una gran idea, porque no tengo ni idea de dónde ponerlo.

—Puedes ponerlo en nuestro cuarto —apuntó una vocecita. Cerré los ojos.

—Y la casa de muñecas puede estar en la sala —añadió otra vocecita.

Rachel y yo nos volvimos y vimos a las niñas y a *Frank* allí, puestos en fila, de mayor a menor.

Bueno, adiós a mis planes.

Al día siguiente volvía a tener hora con la doctora Graver. Dios, me daba la sensación de que volvía a tocarme enseguida, y así se lo dije.

—Pues no hemos cambiado la frecuencia, Lili. Quizá es solo que tienes muchas más cosas que contar.

—O que no contar.

—¿Qué no me estás contando?

—¿No te gustaría saberlo?

Ella se rió. Esa era una de las cosas que me gustaban de ella. No me tomaba del todo en serio.

—Pues en realidad, sí, me gustaría. Me pagas por mi pericia en el análisis y por comentar tus experiencias vitales. Y si las compartieras conmigo ayudaría mucho.

Me sentía animada pero un poco irritable.

—¿Y por qué no intentas adivinarlo?

Ella me miró.

—Creo que te sientes expuesta y vulnerable porque el hecho de sentirte atraída sexualmente por alguien te ha recordado a Dan. Te sientes culpable por querer avanzar en tu vida y, de forma inconsciente, te sientes culpable porque tu sentimiento de culpa sobredimensionado no te permite hacerlo.

Me fastidiaba mucho que tuviera razón.

—No creo que mi sentimiento de culpa esté sobredimensionado. Es solo que aún no estoy lista.

—Yo creo que sí lo estás. Pero no estás lista para aceptar que estás lista.

—Otra vez, pero en cristiano, por favor.

—La vida que has creado en torno a tu persona te resulta muy cómoda, aunque aún estás muy triste y muy sola. Es una rutina, pero es tu rutina, no sé si me entiendes. Además, estás pasando por importantes cambios en estos momentos. Vas a dejar el trabajo que tenías cuando Dan vivía. Tu hermana tiene una relación. Tu cuñada se va a divorciar, y su matrimonio era anterior al tuyo. Tu hija mayor se está reconciliando ahora con la muerte de su padre, y parte de ese proceso implica hablar de él con mayor frecuencia. Ella y su hermana se están haciendo mayores, como es normal en los niños, y conforme ellas cambian, tu relación con ellas también evoluciona. Estás tratando de hablar con tu madre sin que ninguna de las dos cuelgue enfadada. Te sientes profundamente atraída por alguien e intentas fingir que no existe. Son muchas cosas a la vez.

—Guau. Eso es mucho, sí. —Me estiré, sintiéndome grande y alta—. Me impresiona la habilidad que tengo para conservar la calma ante todos estos cambios, ¿tú no?

—Sí, estoy impresionada.

—¿Te das cuenta de que podría desmoronarme en cualquier momento, como un libro sin lomo expuesto a una ráfaga de viento?

—Sí, por supuesto.

—Estoy colgando de un hilo.

—Me doy cuenta.

—Por dentro estoy destrozada.

—Totalmente.

Me hice un ovillo en el sofá y lloré durante el resto de la sesión. Por suerte la doctora sabía que soy un poco excéntrica, o de lo contrario habría pensado que estaba totalmente loca.

CÓMO PLANTAR GUISANTES

Los guisantes son fáciles de plantar, pero tienen una temporada muy corta y solo se conservan frescos uno o dos días después de recogerlos. Si todo lo demás falla, no olvides que puedes encontrarlos fácilmente en la sección de congelados.

- Lo creas o no, salpicar la tierra con ceniza de madera antes de plantar guisantes es útil. Para los guisantes.

- Los guisantes son muy exigentes con las temperaturas. No les importa la nieve, pero sí les preocupan las temperaturas bajas. Sin embargo, si la temperatura sube por encima de los 21 grados tampoco les gusta. La verdad, son pequeños pero quejicas.

- Planta a 2,5 cm de profundidad (más abajo si la tierra está seca) y con 5 cm de separación.

CAPÍTULO 17

LA CUARTA CLASE

El día siguiente era sábado. Clase de horticultura. Edward se mostró amable pero algo distante. Quizá finalmente estaba perdiendo la fe en mí, a la vista de mi aparente falta de interés por él. Y mi falta de interés daba asco, porque en realidad sí que estaba interesada en él, pero no en…, oh, da igual. Era demasiado complicado.

Debo decir que nuestro huerto se veía muy frondoso. Ese día tocaba plantar la calabaza en mi huerto de las Tres Hermanas, y lo hice, sintiéndome muy en sintonía con la naturaleza. Y luego pasé un rato persiguiendo orugas. Mike y Gene se encargaban del cantero con las lechugas, y tenía un aspecto asombroso. Se veía un espeso manto de hojas con los bordes rizados, todas en miniatura aún, pero verdes, prometedoras, y sanas. Angie y Rachel habían plantado bayas, y Eloise y Frances, judías y guisantes. Todo crecía con energía, e incluso Bob el Guapo parecía impresionado. No sabría deciros por qué, pero sentarme a mirar aquel huerto me llenaba de paz y felicidad. Me habría sentido como una idiota de no ser porque en el grupo todos estábamos igual. Después de dedicarnos un rato a quitar malas hierbas y toquetearlo todo, todos nos pusimos a dar vueltas admirando el trabajo de los otros, y aunque parezca que tuviéramos que ensuciarnos un montón, no fue así.

El cantero con lavanda de Rachel no se veía tan impresionante como lo demás, en el sentido de que ella había partido ya de plantas y no de semillas, pero sus plantas habían crecido y se veía bonito, y desde luego olía muy bien.

—¿Te sientes mejor? —le pregunté en voz baja, porque sabía que tenía muy callado todo el asunto con Richard.

Tampoco estaba muy segura de cómo encajaba Bob el Guapo en todo aquello.

—La verdad es que sí. La otra noche me sentó muy bien poder salir contigo y estar con las niñas. Me tranquilizó. Pase lo que pase con Richard, sigo teniendo a mi familia, ¿sabes? —Su voz adoptó un tono más áspero—. Pero si vuelves a arrancar un trozo de mi lavanda te voy a dar un manotazo.

Detuve mi mano a medio camino.

—Caramba, menos mal que me estabas diciendo lo agradecida que estás por tener una familia.

—Y lo estoy, pero mantén tus sucias manos lejos de mis flores.

—Vale, chiflada.

Fui hasta donde estaba Angela, que estaba a punto de liberar unas cuantas mantis en el jardín.

—Soy Shiva la Destructora —entonó en voz alta—. Soy la gran exterminadora. —Sacudió la bolsita de muselina y varios insectos alargados y de aspecto atemorizador cayeron o salieron torpemente—. ¡Soy la mantis vengativa!

La miré arqueando las cejas. Ella se encogió de hombros.

—Lo aprendí de él —dijo, y señaló a Bash, que en realidad parecía el santo San Francisco y en ese momento estaba sosteniendo una mariquita con delicadeza sobre la yema de un dedo—. Es sorprendente lo temible que puede parecer incluso una pieza de Lego si le pones el nombre adecuado y la acompañas de una buena banda sonora.

—¿Después de clase iremos todos a tu casa?

Ella negó con la cabeza.

—No, lo he pensado mucho, y he decidido que prefiero mudarme y reservaros a todos para que me ayudéis con un jardín de verdad si tengo la suerte de encontrar un sitio con jardín. Cruzaré los dedos.

—¿El padre de Bash ha estado de acuerdo?

Angie se acuclilló, imagino que para ver mejor los estragos que causaban sus mantis.

—Puede. Hablé con él el otro día. Tiene una novia nueva, una persona real, y adulta. Pareció más abierto a la idea de que pueda mudarme. —Miró hacia Bash, que estaba arrancando hierbas en su tramo de jardín, junto a mis hijas. Estaba muy concentrado, y los tres parloteaban. Angie se puso derecha y se estiró—. Parece que la naturaleza le tranquiliza. Quizá me vaya fuera de la ciudad y busque algo que sea más barato, y donde pueda tener algo de espacio. Y seguiría sin estar demasiado lejos de la escuela para mí. —Dio un suspiro, pero enseguida sonrió—. Es agradable verlo tan relajado, es todo un cambio comparado con el terremoto que es normalmente.

Eloise se acercó.

—Los niños parecen felices. —Las tres los observamos durante un minuto—. Eh, la semana después de la siguiente es la última clase, y Frances y yo hemos pensado en celebrar la comida de despedida en casa. Creo que muchas cosas ya estarán listas. Las lechugas seguro, algunos de vuestros tomates y el maíz, las bayas... ¿qué decís?

—Estaría muy bien —dije yo—. ¿Tenemos que llevar algo?

Ella negó con la cabeza.

—No, creo que Frances quiere lucirse. Cuando empezó en la enseñanza impartía clases de economía doméstica. Y, lamentablemente, las escuelas públicas ya no enseñan economía doméstica. Pero por Dios, no se os ocurra mencionar el tema. Os soltaría un discurso sobre lo absurdo que le parece licenciar a gente joven que no sabe ni cocer un huevo.

Edward nos llamó a todos.

—Como podréis ver si miráis a vuestro alrededor, la Madre Naturaleza ha sido benévola con nosotros. El brillo del sol, una tierra saludable y la cantidad de agua adecuada han hecho brotar todas vuestras plantas. Aún nos quedan otras dos semanas de clase y podréis observar lo mucho que habrán crecido. El jardín botánico ha accedido a dejar que conservemos la zona de los huertos abierta durante el verano, de modo que vuestras plantas puedan crecer lo suficiente para que las trasplantéis a vuestros propios jardines si queréis.

El curso volverá a repetirse en otoño, y si queréis volver seréis bienvenidos. Podréis profundizar y disfrutar de vuestros conocimientos en horticultura.

La verdad era que tenía un acento absurdo, aunque mi holandés tampoco era para tirar cohetes. Lo miré, recordando aquel beso y preguntándome si querría besarme otra vez. ¿Nos acostaríamos algún día? ¿Volveríamos a comer juntos? Y entonces me pregunté por qué todos me estaban mirando.

Annabel acudió en mi ayuda.

—Edward nos ha preguntado si vamos a volver a hacer el curso.

—Oh. —Me sonrojé—. Puede. ¿Puedo contestar más adelante?

—Lo haremos. —Esta era Clare. Sus contactos lo harían posible.

—Ya hablaremos.

Edward me sonrió y noté cómo se me encogía el estómago. Me sentía como una adolescente, completamente vulnerable y observada, y de pronto se me ocurrió que debía de estar pasando por una menopausia superprecoz. Quizá todo aquella alternancia entre frío y calor fuera hormonal. Podía estar sufriendo aquello además de los sofocos, pérdidas de memoria y sequedad vaginal. Era jodidamente fantástico.

Cuando la clase acabó, todos nos quedamos un rato tratando de convencer a Angela para que nos dejara ir a su casa a plantar algunas cosas. Tuvo que ponerse seria.

—No, aún no está lista para que vengáis, y tampoco tengo plantas que poner. —Nos miró a todos—. ¿Qué tal si vamos a casa de Mike? Tampoco hemos estado allí.

Tenía razón. Todos nos giramos para mirarle. Él se rió y levantó las manos.

—Amigos, bajad las armas, por favor. En realidad yo aún no tengo casa.

Gene no pareció sorprendido, así que supongo que no era ninguna novedad para él, pero los demás nos quedamos muy parados. Rachel habló.

—¿Qué quieres decir?

Él levantó las palmas en alto.

—Que soy un alma libre, colega. Vivo en un remolque engancha-do a mi coche y me muevo mucho. Uno de los motivos por los que he querido hacer este curso era que podría hacer algo que de otro modo me sería imposible, tener un jardín.

Se hizo una pausa. Por suerte para todos, Annabel tiene cierto sentido de la cortesía.

—Entonces ¿por qué no viene todo el mundo a nuestra casa para comer pizza? Bash quiere ver la casa de las hadas otra vez, y podéis ayudar a limpiar el garaje para que sea el estudio de mamá. Tiene un trabajo nuevo.

—¿Cómo no lo habías dicho antes? —Angela parecía indigna-da—. Menudo notición. Supongo que estarás contenta.

Yo asentí, mirando alrededor. Un banquero retirado, dos maes-tras, un surfista, una madre soltera y trabajadora, una importadora de objetos raros de arte y tres niños. Un grupo muy variopinto, desde luego, pero todos estábamos muy contentos de estar juntos, y de al-gún modo nos habíamos hecho amigos. Entonces miré a Edward, que me sonrió con amabilidad. Yo le devolví la sonrisa.

—Sí, estoy muy contenta. Por favor, venid todos a casa si queréis. Aunque no hace falta que me ayudéis a despejar el garaje.

—Suena bien —dijo Frances—. Y mientras estamos allí, Mike puede contarnos cómo ha acabado viviendo en un remolque.

Él gimió.

—No es muy interesante.

Frances chasqueó la lengua.

—Eso lo decidiremos nosotras, jovencito.

Al final, Mike hizo lo más sencillo y vino con su remolque a mi casa. Angela parecía un poco sarcástica.

—Muy bien, colega, tengo que reconocer que tu idea de lo que es vivir al límite es muy distinta de la mía. Tu remolque es más grande que el apartamento de mis padres, y hay dos familias vi-viendo allí.

El chico parecía apabullado.

—Vale, sí, pero lo que quería decir es que no tengo un domicilio fijo. Voy a donde me apetece, o mejor, a donde hay surf.

El remolque resultó ser una de aquellas caravanas plateadas tan monas, con forma de hogaza de pan, de unos seis metros de largo. Estaba enganchado a un jeep muy viejo, y el conjunto decía a gritos: «aquí vive un soñador californiano». Quizá eran las largas tablas de surf que llevaba en lo alto, o el soporte para bicicletas de detrás, o los esquís que llevaba sujetos a los lados. Era una tienda de deportes sobre ruedas.

Ni que decir tiene que los niños estaban maravillados. Clare no dejaba de entrar y salir, y de reírse por los muebles tan pequeños, y Annabel se instaló en la mesa de dentro y se puso a colorear. Fue bonito durante unos diez minutos o así, luego se convirtió en un engorro, porque significaba que tenía que haber alguien allí para vigilarlas en todo momento. De modo que las sacamos del remolque y las distrajimos con la casita de las hadas.

Edward y yo nos encontramos solos en la cocina.

—¿Cómo estás, Lilian? He pensado mucho en ti.

Lo miré y me di cuenta de que le estaba haciendo sufrir.

—Estoy bien. —Puse la cafetera en marcha y hablé con voz calmada—. Siento que las cosas no hayan salido bien. Tendrías que olvidarte de mí.

—¿Como has hecho tú?

Fruncí el ceño y me volví a mirarle, pero él ya estaba saliendo por la puerta trasera al jardín. Terminé de preparar el café y vi que me temblaban las manos. Lo preparé todo y salí al jardín con la bandeja, deseando distraerme con el relato de Mike sobre su remolque.

Sorprendentemente, la historia del remolque en sí era bastante aburrida. Había pertenecido a sus padres cuando eran jóvenes y hippies, y se la habían cedido como regalo. Sin embargo, después de eso, la cosa se animó.

—¿Has ido a la universidad?

Frances estaba decidida a encontrar una historia.

Él negó con la cabeza. Llevaba unos tejanos rotos y una vieja camiseta de los Bee Gees, supongo que era una ironía, por lo de las abejas.

—No mucho. Bueno, sí. Más o menos.

Frances chasqueó la lengua.

—¿Has ido o no has ido?

Él pareció abochornado.

—Sí, bueno. Pero fui pronto, y no estuve los cuatro años.

—¿Lo dejaste?

—No, terminé antes.

Miró sus deportivas Vans, seguramente porque ellas no le estaban azuzando para sacarle detalles de su historia personal.

Aquello había despertado el interés de Rachel.

—Michael.

—Sí, Rachel.

—¿Fuiste a una institución de enseñanza superior?

—Sí.

—¿Dónde?

—En Cambridge, Massachusetts.

—¿Harvard?

—El Instituto Tecnológico, el MIT.

—Ahora nos entendemos. ¿Eres un empollón?

Él carraspeó.

—Soy un superdotado. No es lo mismo.

—Perdona.

—No pasa nada. Es un error muy común.

Me di cuenta de que su rollo surfista se estaba diluyendo. No le había oído decir colega en varios minutos.

—¿Y cuántos años tenías cuando entraste en el MIT?

—Quince.

—Ya veo. ¿Y te graduaste después de acabar la carrera?

—Sí, ciencias informáticas.

—¿Y eso cuándo fue?

—Cuando tenía diecisiete años.

—Vale. O sea que eres un genio hippie surfista y superdotado.

—No, un genio es alguien que…

—Michael.

Rachel dijo esto con tono de advertencia.

—Sí, vale. Si quieres ponerle una etiqueta...

Todos nos sentamos y le miramos de un modo distinto, como hace uno cuando alguien le revela algo que no espera. El sonido de los engranajes de nuestras cabezas rechinando se apoderó del ambiente. Mike suspiró.

—Ahora todos me vais a mirar diferente.

Todos negamos con la cabeza. Excepto Angela, que por alguna razón parecía molesta. Se apoyó contra las manos y ladeó la cabeza.

—Yo sí, desde luego. Pensaba que eras un hippie marginado y ahora creo que eres un hippie muy quemado. Esto es lo que pienso: tienes un nivel educativo más alto del que te corresponde porque eras superinteligente, te enviaron a la universidad antes de que estuvieras preparado, la acabaste muy deprisa porque podías y porque te abrumaba ver a todos esos chicos mayores que eran tan listos como tú, pasaste dos años escondido en casa de tus padres, tratando de rehacerte, para acabar rindiéndote y dedicarte a ir de playa en playa. Y haces cursos como este porque tu cerebro no soporta estar inactivo mucho tiempo. —Lo miró con frialdad—. ¿Me equivoco?

Todos mirábamos a Mike, y creo que todos vimos lo mismo. Su reacción inicial ante aquel relato malicioso fue la ira. Una reacción razonable, puesto que a nadie le gusta que le juzguen. Y entonces sonrió.

—No podías estar más equivocada, señorita Conclusiones Precipitadas. Mira, te voy a decir lo que pasó de verdad, y te aseguro que me vas a mirar de un modo distinto, y luego yo te contaré tu historia.

Ella asintió. Miré a Edward, que resultó que me estaba mirando a mí, y eso era raro, y luego miré a Rachel, que se encogió de hombros. Empezaba a inquietarme que las cosas se complicaran, pero ¿qué podía hacer? En un momento todos están en el jardín, felices, disfrutando de la pizza, y al momento siguiente la situación se convierte en *El señor de las moscas,* en ese juego en el que hay que hacer girar la botella y al que le toca le toca. Pero y qué, aquellos dos siempre habían tenido una relación picajosa.

Mike se tumbó en la hierba y se cruzó de brazos. Miré a mi alrededor. Todos estaban pendientes de él excepto los niños, que estaban jugando, y Gene, que estaba con *Frank*. Volví a mirar a Mike, que por lo visto estaba leyendo algo grabado en el cielo.

—Sí, era un niño superinteligente y por eso fui antes a la universidad. Sin embargo, me gradué pronto porque descubrí un sistema para cambiar la forma en que los militares procesaban la información de las tropas de tierra y el gobierno me pidió que fuera y la implementara sobre el terreno. Mis padres son pacifistas de la vieja escuela de Berkeley y no quisieron dejarme ir hasta que me graduara, así es que me saqué mi título pronto y me fui a implementar mi sistema a Oriente Medio, donde muchos soldados no tendrían muchos más años que yo, y con eso logré que todo fuera más seguro para nuestras tropas. Fue genial. Y entonces estalló una bomba en un camión, donde viajaba con cinco soldados, tres de los cuales murieron, y eso fue menos genial.

»Me mandaron a casa con una pierna herida, y pasé un año en rehabilitación en San Diego. Allí fue donde me aficioné al surf. Mis padres me dieron el remolque para que pudiera viajar, surfear y trabajar en mi tesis, que trata sobre el procesamiento en tiempo real de la inteligencia militar. —Se apoyó sobre un codo y miró a Angie con una expresión un poco defensiva—. Pero tenías razón en una cosa. Me apunté a este curso porque a mi cerebro le gusta aprender cosas nuevas. Y porque mientras estuve tumbado en el hospital me di cuenta de que la vida es muy corta para vivirla solo en tu cabeza.

Vaya, ahí lo tenéis. No era solo un hippie súper superdotado, sino un superdotado superinteligente y un héroe de guerra. Yo estaba carraspeando para ofrecer un refresco a las perplejas tropas de tierra, por así decirlo, cuando Mike siguió hablando.

—Esto es lo que pienso yo de ti, Angela. También eres superinteligente, pero tienes pocos estudios por culpa del podrido sistema de educación pública de tu barrio, y sabes que podías dar mucho más aunque nunca encontraste la forma. Quizá algún profesor vio el potencial que tenías, pero la mayoría ni te miraron, porque estaban demasiado quemados para que les importara. Conociste a un tipo seguro con un plan de escape y te quedaste embarazada por accidente. Rompiste con el padre porque —miró a Bash y vio que el niño

podía oírle, aunque estaba jugando, y bajó la voz— porque, afronté-
moslo, no era tan inteligente como tú, y luego tuviste que ocuparte
del bebé y estudiar se hacía muy duro y por eso lo dejaste. Cuando
Bash ya no era tan pequeño, lo llevaste a la guardería, o lo dejabas con
tu madre, buscaste un trabajo, te sacaste el título de bachillerato y te
matriculaste en la escuela de enfermería porque no podías pagar la
facultad de medicina. Y ahora estás tratando de conseguir la cualifi-
cación necesaria para salir del agujero y empezar a labrarte una vida
mejor. Eres valiente y decidida, y creo que eres asombrosa y guapa,
pero las probabilidades de que salgas con alguien como yo son como
de unos catorce millones contra uno. En contra. —Le dedicó una
sonrisa traviesa—. ¿Me equivoco?

Lo juro, todos estábamos conteniendo la respiración.

La expresión de Angela no había cambiado, pero esperó casi un
minuto antes de contestar.

—Sí y no. Me asusta lo acertado que es todo lo que has dicho
sobre mi vida, aunque supongo que es lógico, porque todo era muy
previsible, pero te equivocas de medio a medio con lo otro. Me encantaría salir contigo.

Todos nos pusimos a aplaudir, porque, la verdad, ¿cuántas veces
puede una ver una historia de amor como esta desarrollarse ante sus
ojos? Era como estar entre el público en un rodaje de estudio. Los
niños no tenían ni idea de lo que estaba pasando, pero también se
pusieron a vitorear, que es una de las cosas buenas que tienen los niños. Siempre se apuntan a una fiesta.

Cuando todos se fueron, Rachel me ayudó a acostar a las niñas. Aún
estaban obsesionadas con la casa de hadas, como les pasa a los niños
a veces. Se llevaron a todas las hadas adentro y las bañaron con ellas,
y las secaron con cuidado con una toalla de mano y algodoncillos. Las
dejaron a todas en fila en la alfombra de su cuarto y les pusieron nombre unas cinco veces. Lo escribieron todo con mucho cuidado. Hubo
mucho debate sobre relaciones y árboles genealógicos. Era como una
clase de antropología.

Una vez solucionaron aquello, se conformaron por fin con irse a dormir. Annabel me miró con la cabeza apoyada en la almohada y una expresión relajada en su rostro rosado.

—¿La mamá de Bash va a salir con Mike?

¿Os acordáis de cuando dije que los niños se fijan en muchas cosas sin que te des cuenta? Aquel era un ejemplo clásico. Juro que no estaban lo bastante cerca para escuchar bien lo que estábamos hablando, pero por lo visto Annabel había estado revisando las transcripciones. Quité media docena de peluches de la cabecera de la cama y los coloqué a los pies. Si querían asfixiarla, tendrían que currárselo.

—A lo mejor —dije—. Es pronto para saberlo. A veces la gente se gusta pero no acaban juntos, y también está bien.

—¿Como tú y Edward?

—Eso es totalmente distinto.

—¿Por qué?

—Porque en realidad yo no estoy preparada para salir con nadie, pero Mike y Angela sí.

Annabel me miró con expresión pensativa y aún serena. Por una vez, aquella conversación no parecía estar poniéndola nerviosa, y eso ya era un avance. En cambio a mí me preocupaba muchísimo, pero, eh, como ya he dicho, pasito a pasito.

—Puedes tener un novio si quieres. A papá no le importará.

Remetí las sábanas a su alrededor. Rachel estaba leyéndole un cuento a Clare, pero yo sabía que estaba escuchando. Clare también podía oírme, y de pronto dio unos golpecitos en el libro.

—Oye. Eso lo has leído mal.

Rachel se defendió.

—¿Cómo lo sabes? Si tú ni siquiera sabes leer.

—Yo casi leo. Y conozco este libro. —Recitó el párrafo entero de memoria—. Has dicho «oso marrón», y ahí dice «oso de color marrón miel».

Rachel frunció el ceño.

—Es un detalle sin importancia.

—Para el oso no.

Me volví de nuevo hacia Annabel, con la esperanza de que aquello la hubiera distraído. Pero no, seguía mirándome fíjamente. ¿Desde cuándo se había convertido mi hija en la Inquisición española? Quién lo iba a pensar.

—Vale. Hora de dormir.

Me incliné y la besé.

—¿Podemos hablar de esto mañana?

Me levanté.

—No, en realidad no hay nada que hablar.

Sin esperar respuesta, fui hasta Clare, le di un beso y dejé a Rachel para que acabara su relato y apagara ella la luz.

Me puse a preparar más café, aunque casi eran las nueve. A algunas personas el estrés las empuja a beber, o a recitar el rosario o a meditar. Para mí, el ritual consiste en sacar un filtro de papel y llenarlo de café molido. A cada uno lo suyo, y al menos estaría despierta si se producía alguna catástrofe.

Rachel entró y suspiró ruidosamente.

—Si alguna vez me vuelvo lo bastante loca para tener hijos, recuérdame que los aísle de cualquier posible interacción con humanos. Que los meta en un armario, quizá. En un convento.

—Los conventos están llenos de humanos.

—Humanos que se visten como pingüinos. No es lo mismo.

—Eso solo son detalles ejecutivos. Aún no me has dicho por qué.

Se sentó en una silla de la cocina y volvió a levantarse al momento para coger un vaso de agua.

—Me he quedado alucinada cuando he escuchado cómo Annabel te interrogaba. No sabía que esas pequeñas bolas que cagan y lloran se convertían en personas con opiniones y que se mueren por expresarlas.

—Pues lo hacen. Además de seguir cagando y llorando.

Serví un café.

—Da miedo.

—Y entonces, cuando ya te han desgastado y te tienen pendiente de cada palabra que dicen, se largan a la universidad y ya no vuelven.

—Me senté frente a ella—. ¿Qué está pasando con Richard?

—Nada. Está bien. Todo está bien. Y hay partes que son geniales.

—¿Se lo vas a presentar a mamá?

Ella se rió.

—He dicho que iba bien. ¿Por qué iba a arriesgarme a arruinarlo? Además, acabamos de empezar. Con el tiempo, la experiencia destruirá la ilusión de que soy un adulto funcional, pero ¿por qué precipitar el desenlace?

Se estiró las mangas del jersey para cubrirse las manos y se estremeció.

Suspiré.

—Mamá y yo tuvimos una conversación casi normal el otro día.

—¿Seguro que no te equivocaste de número?

—Segurísimo. Conocía demasiados detalles para ser una impostora.

—Vale. Bueno, no le voy a presentar a nadie de momento. Aún cabe la posibilidad de que se convierta en un sicópata.

—Tú siempre tan optimista.

Fuimos al salón y yo inicié el ritual que ya he descrito antes de agrupar juguetes.

—¿Te aburre tu vida?

Levanté la vista del cubo de Little People de Fisher Prize y miré a mi hermana.

—¿Qué parte? —Encesté un caballo en el cubo—. ¿La parte de encestar juguetes, la de preparar interminables comidas a las que nadie hace caso o la de los continuos lloriqueos? —Me senté sobre los talones, pensativa—. Aunque antes de que digas nada, ninguna de ellas es más aburrida ni más interesante que las demás. Mientras no tienes hijos, trabajas para ti misma, así que puedes minimizar las cosas que te aburren, y luego, cuando los tienes, trabajas para ellos. Es más aburrido, pero es aburrido con un propósito, no sé si me entiendes.

—Creo que sí.

Se puso a ayudarme a recoger, pero enseguida se distrajo con la casa de muñecas que había traído del garaje. Fui a gatas y me senté junto a ella. Después de sacar la casa del garaje, había encontrado un inmenso tubo de plástico lleno de muebles en miniatura. A las niñas les encantó. En ese momento, Rachel y yo nos sentamos juntas a arreglar la casa. Y no me avergüenza reconocer que sus habitaciones eran más eclécticas que las mías. Por ejemplo, ella fabricó una mesa con dos caballos de Playmobil y una regla.

—Eres muy creativa —dije.

—Solo en miniatura —dijo ella con alegría—. Oye ¿puedo preguntarte una cosa?

—Claro.

Empecé a colocar cojines diminutos. Con muy poco acierto.

—Cuando conociste a Dan ¿cómo supiste que era el hombre adecuado?

La pregunta me sorprendió. Ella había estado allí durante toda nuestra relación. Y las dos estábamos de acuerdo en que Dan era un hombre increíble. Rachel continuó, como si supiera lo que estaba pensando.

—Todos sabíamos que era genial, claro, pero hay montones de personas que lo son en el mundo. ¿Cómo supiste que él era el definitivo?

Me encogí de hombros.

—Bueno, para empezar, estás dando por sentado que solo hay uno, y no varios. No creo que haya solo una persona adecuada para cada uno.

Rachel me miró.

—Entonces ¿por qué no te interesa salir con nadie más? Yo creo que él era tu hombre, y tú no crees que nadie pueda compararse.

Pensé en lo que decía mientras colocaba una cubertería diminuta en un cajón muy pequeño.

—No, lo que pasa es que aún no estoy lista. Míralo de este modo: si te rompes una pierna, le das un tiempo para que se cure y no corres con ella enseguida ¿verdad? Bueno, pues yo aún me estoy curando, no estoy lista para correr, nada más. Eso no significa que no vaya a salir con otra gente en el futuro. —Me dolía la espalda y me senté en el sofá—. De todos modos, ¿por qué lo preguntas? ¿Es por Richard?

Ella asintió, ocupada aún con la casita.

—Sí, con él me siento diferente, nunca me he sentido así con nadie.

—Entonces, a lo mejor es que estás lista. A lo mejor no es él, eres tú.

Rachel se rió.

—¿No eres tú, soy yo?

Por lo visto acababa de cambiar de opinión sobre el emplazamiento del dormitorio, porque de pronto sacó todo lo que había metido en dos de las habitaciones y empezó de nuevo. Realmente lo estaba meditando en serio.

Me acurruqué en el sofá y me puse cómoda.

—Exacto. Esto es lo que pienso: no creo que haya solo una persona para cada uno. Creo que hay montones. Pero piensa en cuánta gente conoces, y cuánta no conoces. Cientos de personas pasan a tu lado por la calle cada día, y en algún lugar, entre ellas, quizá habrá alguien de quien podrías enamorarte, con quien podrías tener hijos o vivir en paz y armonía el resto de tu vida. Pero ¿y si vuelve la esquina antes que tú, o vuelve a buscar algo que ha olvidado, o tarda un minuto más en comprar su café en Starbucks? Podríais no conoceros nunca. O no, imagina que sí os conocéis, pero tú tienes un día libre, o él, o acaba de romper con alguien o se ha resfriado o lo que sea, y por el motivo que sea no conectáis enseguida. En realidad es increíble que la gente pueda conectar.

Rachel me estaba mirando.

—Te das cuenta de que eso no responde a mi pregunta ¿verdad?

Me sentí decepcionada.

—¿No la responde? A mí me ha parecido muy razonable mientras lo decía.

—Pues no, lo siento. Limítate a contestar la pregunta, por favor: ¿cómo supiste que Dan era la persona para ti, en aquel momento, en aquel punto en el espacio, a pesar de las posibilidades astronómicas de que nunca encuentres a tu verdadero amor?

Me encogí de hombros.

—No lo sé. Olía bien.

De pronto, Rachel sonrió.

—Bueno, eso sí que es útil.

—¿Ah, sí?

—Sí. —Contempló la casa de muñecas con aire satisfecho—. Para mí tiene sentido. Richard también huele bien. —Me miró con expresión traviesa—. ¿Edward no te huele bien?

Me reí.

—En realidad me huele genial. A lo mejor mi cerebro es más lento que mi nariz.

—¿Sabes?, si nos ceñimos a la metáfora que has usado, en realidad solo puedes fortalecer una pierna rota usándola, no al revés.

—Eres muy irritante, ¿lo sabías?

—Sí. Voy a desmontar todas las habitaciones que has hecho tú. ¿Te parece bien? No encajan con la visión de conjunto que tengo de esta casa.

Y con esto se puso a desmontar todo lo que yo había puesto. La dejé que lo hiciera. Siempre podía volver a cambiarlo todo cuando se fuera.

Pensé en lo que había dicho. Quizá tendría que darle a Edward una oportunidad, aunque solo de pensarlo me daba un sudor frío. Pero era el hecho de pensarlo lo que me asustaba, no la realidad de hacerlo, y quizá tendría que hacer caso de lo que me decía mi olfato cuando caminaba con mi pierna rota. Por Dios, la dichosa metáfora era agotadora. Me estiré en el sofá y me adormecí, oyendo cómo Rachel hablaba y hablaba del feng shui de la casa.

CÓMO PLANTAR UNA COL

Planta las semillas en interior, entre 6 y 8 semanas antes de la última helada de primavera, suponiendo que sepas cuándo es eso.

- Sácalas fuera una semana antes de plantarlas en la tierra para endurecerlas y que se entusiasmen al ver que hay un mundo mucho más amplio al que están a punto de incorporarse.

- Plántalas en la tierra 2 o 3 semanas antes de la última helada de la primavera, para que sean buenas y hayan tenido tiempo de asentarse antes de que llegue y les dé un susto.

- Plántalas en hileras con una separación de entre 30 y 60 cm, dependiendo del tamaño que quieras que tengan las coles. Cuanto más cerca las plantes, más pequeñas serán.

- Hay muchas formas de cocinar una col, y la mayoría son deliciosas. Si te parece que la col huele mal, es que la has cocinado en exceso. Si la cocinas demasiado, produce sulfuro de hidrógeno, que seguramente es su forma de quejarse por tus escasas dotes culinarias. Lo siento, pero las coles son así.

CAPÍTULO 18

En el trabajo seguí despejando mi mesa. Era sorprendente la cantidad de porquerías que se habían ido acumulando, realmente alucinante. Me gustaría ser una de esas personas que ordenan sobre la marcha, que son modelos de organización y claridad, pero no lo soy. Si me encuentro con un pedazo de papel en la mano y no tengo claro dónde asignarlo, lo dejo en la superficie más próxima y rezo para que se convierta por sí solo en un avión de papel y vuele al lugar que le corresponde. Y aunque sea un enfoque optimista, este enfoque tiene defectos evidentes y hacía enfadar mucho a la mujer que limpiaba la oficina. Cada noche apilaba los papeles que encontraba, cuadrando bien las esquinas, tirando cosas que era evidente que no servían para nada, haciendo lo que podía, y cada mañana yo lo volvía a desordenar todo cuando buscaba lo que necesitaba. Al final, empezamos a dejarnos notas la una a la otra.

Yo: «Muchas gracias por ordenar mi mesa. Aunque parece un caos, en realidad lo tengo todo controlado. Por favor, no te preocupes y déjala como está. Gracias».

Ella: «Mi trabajo es ordenar tu mesa».

Yo: «Muchas gracias por limpiar mi despacho. Por favor, no te preocupes por cómo está».

Ella: «Mi trabajo es limpiar tu mesa. Si no dejo todas las mesas ordenadas, tengo problemas».

Yo: «Tengo una caja grande de cartón debajo de la mesa. Por favor, tíralo todo ahí, y así las dos estaremos contentas».

Y eso funcionó. Ella lo tiraba todo en la caja, yo lo revolvía cuando tenía que buscar algo y mi mesa estaba despejada. Las dos salimos ganando.

Evidentemente, también es posible que estuviera siguiendo este paradigma en mi vida privada: esconderlo todo debajo de la mesa, mantener la superficie despejada para que nadie lo notara. En el trabajo me había funcionado durante mucho tiempo, pero en aquellos momentos me enfrentaba a años de papeleo acumulado y descubrí que la mayor parte de todo aquello ya no servía para nada. Suspiré e ignoré el simbolismo obvio.

Cuando estaba en mitad de la purga, sonó el teléfono. Era Edward.

—Sé que me dejaste muy claro que no te interesa salir, pero estoy cerca de tu oficina y me preguntaba si te apetecería comer conmigo. —Carraspeó. Estaba nervioso—. Solo comer. O tomar otro batido.

Mi primera reacción fue fruncir el ceño. Pero entonces recordé la conversación sobre la pierna y el olfato con Rachel y me di cuenta de que me moría de hambre.

Fuimos a la cafetería, pedimos unas hamburguesas y nos sentamos sonriéndonos ligeramente el uno al otro. Me sorprendió advertir que Edward vestía un traje y parecía un poco cansado.

—Mi hijo se ha roto el tobillo haciendo *skateboard* y esta mañana he tenido que levantarme temprano para hablar con su madre por Skype. No ha sido nada. Por lo visto se rompió el tobillo delante de un grupo enorme de amigos suyos mientras ejecutaba alguna gran gesta, y ahora se ha convertido en el héroe del recreo.

—¿Cuántos años tiene?

—Doce.

—Una buena edad para ser un héroe.

Edward asintió.

—Su madre está pensando en casarse.

Me detuve, con el tenedor suspendido en el aire.

—¿Lo esperabas?

—Sí, lleva varios años con el mismo hombre, es alguien a quien conocíamos desde hacía mucho tiempo. —Suspiró—. Supongo que tendría que haberse casado con él desde el principio. Se complementan mucho mejor. Él es un buen padre para mi hijo. Está bien.

No me explicó más. Y yo no insistí.

—¿Siempre te arreglas para hablar con tu mujer?

Por un momento él pareció confundido, así que le señalé el traje.

—No te había visto con traje antes.

Para ser sincera, tenía un aspecto increíble. Los hombres con traje se ven tan... apuestos.

Él puso mala cara.

—Casi nunca uso traje. Tenía una reunión del consejo esta mañana. En mi familia están un poco molestos porque estoy en Estados Unidos, pero eso no impide que mi hermana me pida que asista ocasionalmente a alguna reunión aburrida en su lugar.

Dio otro sorbo a su batido y me sonrió.

—Exmujer.

—¿Cómo?

—Has dicho «mujer». Es mi exmujer.

—Es verdad. Exmujer.

Por un momento comimos en silencio.

—¿Tienes algún otro familiar aquí? —pregunté—. ¿O están todos en Holanda?

Él negó con la cabeza.

—No, tengo una hermana menor que está aquí estudiando en la universidad, en la Costa Este. A ella la veo incluso menos que a mi familia en Ámsterdam.

—¿También está estudiando horticultura?

—No, chino mandarín e historia política. —Sonrió—. Cree que algún día llegará a dirigir las Naciones Unidas. Está en esa edad en la que todo parece posible.

Edward era realmente guapo. Tenía una sonrisa adorable y cálida, y de pronto me sentí inspirada, o poseída, o temporalmente trastocada, o lo que sea.

—¿Quieres venir a cenar a casa el viernes por la noche? Mi madre va a venir, y Rachel…

Dejé la frase a medias, porque de pronto perdí seguridad. En realidad aún no había invitado a nadie. Se me había ocurrido sin más. Él pareció sorprendido.

—Me encantaría. —Hizo una pausa—. No estaba seguro de si tú…, quiero decir que… sé que estás…

Yo le sonreí.

—No tengo ni idea de si yo… o si estoy… Pero he pensado que podría estar bien. Aunque te lo aviso, mi madre es un buen elemento. —Me escuché tragar saliva—. Y podrías echar un vistazo al jardín.

Edward sonrió.

—Sí, qué buena idea.

Los dos sabíamos que aquello no tenía nada que ver con el jardín. Pero si decir aquello hacía que todo fuera más fácil, pues venga.

Rachel hizo lo que pudo por evitar la cena, pero al final la amenacé con publicar fotos suyas de adolescente en Facebook y se rindió. También accedió a traer a Richard, porque le dije que vendría Maggie, y también Edward. Mamá tendría muchas víctimas entre las que escoger.

—Si invitas a un lobo a comer, nunca está de más invitar a varios corderos a la vez, para que al menos uno o dos sobrevivan. A lo mejor elige a Edward y Richard escapa solo con quemaduras superficiales.

—A lo mejor, o a lo mejor nos rebana a todos la garganta y se acabó.

Miré por el espejo retrovisor. Iba con las niñas de camino a casa y tenía a Rachel por el altavoz. Ninguna de las dos parecía estar escuchando. Lo que seguramente significaba que estaban tomando notas.

—¿Por qué no tratamos de ser un poco abiertas?

No sé por qué, pero de pronto era importante para mí hacer las paces con mi madre.

Rachel suspiró exasperada.

—Vale, pero tienes que prometerme que cocinarás algo delicioso y ligero, y así si tengo que caer de bruces sobre el plato para desviar la atención, habrá valido la pena.

—Voy a hacer lasaña.

Ella se exclamó contenta.

—Perfecto. Un aterrizaje suave y un millón de calorías por ración. Imposible equivocarse.

—Me encanta la lasaña.

Después de todo, parece que Annabel sí estaba escuchando.

—A mí también.

Y Clare.

—Y de postre pensaba preparar pastel de chocolate.

Rachel rió.

—Ya sabes que mamá no lo comerá. Ya te la estás jugando con lo de la lasaña. Espero que también sirvas una colección de palitos para que ella tenga algo que mordisquear.

—También voy a preparar ensaladas individuales de lechuga. —Giré para entrar en nuestra rampa de acceso—. Además, así tocaremos a más los otros.

Nuestra madre llevaba consigo dos cosas de su carrera de modelo: un férreo compromiso con la protección solar y la negativa a comer nada que contuviera más de diez calorías por libra. Había sido una de esas madres que rara vez cocinan, a menos que cuente la pasta con salsa de tomate sacada de un bote. Siempre nos llevaba a comer fuera de casa. Ella se pedía una ensalada; y luego nos animaba a pedir postre y miraba cómo nosotras comíamos. Yo sabía lo que era sentir que te estaban juzgando antes de aprender a deletrear la palabra.

Cuando llegó el viernes, me sentía extrañamente entusiasmada. Preparé la lasaña con tiempo para no tener que andar con prisas en el último minuto, y puse la mesa con una cubertería de plata. Compré flores, arreglé la casa, incluso limpié la cara de mis hijas con la esquina humedecida de una toalla, no reparé en esfuerzos. Maggie había venido antes para pasar el rato y me pareció que estaba mejor. Solo se había echado a llorar una vez y, con un poco de suerte, no lloraría durante la cena. Puse servilletas de papel de más para todos por si acaso.

Mi madre se presentó con tres botellas de vino y dos regalos enormes para las niñas. Caballos de peluche gigantes, uno rosa y el otro púrpura. Clare y Annabel estaban entusiasmadas, claro, y mamá no cabía en sí cuando las niñas la arrastraron con ellas a la habitación para poner sus nuevos juguetes con los otros. Edward llegó con Richard y Rachel, y todo parecía ir bien, aunque de pronto me entró pánico por la comida y acabé corriendo arriba y abajo de todos modos: había que servir el vino, remover la ensalada, calentar el pan, ese que se puede comprar y ya está precocido...

Saqué la lasaña del horno y tuve que reconocer que tenía un aspecto lo bastante bueno para que le dieran a uno ganas de hundir la cara en ella. Agucé el oído tratando de adivinar qué hacían las niñas y me di cuenta de que mamá y Edward estaban en la habitación con ellas. Edward estaba desprotegido. Dejé la lasaña y fui a comprobar si había heridos.

Pero cuando doblé la esquina, vi que nadie sangraba. Clare tenía a Maggie, Edward y mamá sentados en círculo sobre la moqueta, entre un montón de esos animalitos rellenos de bolitas o arena que ahora no recuerdo cómo se llaman, y les estaba hablando de algo. Mi madre miraba a Edward pensativa, pero no con expresión hostil ni flirteando, y él estaba inclinado hacia atrás, apoyándose en las manos, y escuchaba a Clare. Levantó la vista cuando yo entré.

—¿Sabías que la principal fuente de energía en Beanytown es el amor verdadero?

Negué con la cabeza.

—¿Amor verdadero?

Asintió señalando a Clare con el gesto.

—Clare nos lo acaba de explicar, y es exactamente lo que ha dicho.

Clare me sonrió con expresión radiante.

—Lo he visto en la tele —me explicó—. Me parece que significa que quieres a alguien y te aprietas en el corazón para que el amor salga.

Annabel resopló.

—No quiere decir eso, tonta. Quiere decir que quieres a alguien de verdad.

Clare frunció el ceño.

—No soy tonta, y este es mi juego, y puede significar lo que yo quiera, señora Tú.

Les dije que la cena ya estaba lista y fui a la sala de estar, donde Rachel y Richard se escondían.

—Supongo que sois conscientes de que el nombre de los dos empieza por la misma letra.

Les serví una copa de vino. A cada uno. Soy así de generosa. Richard sonrió.

—Sí, nos dimos cuenta desde el principio. También hemos visto que si tenemos un hijo o una hija y le ponemos un nombre que empiece también por erre, ya tendremos las tres erres cubiertas.

—Guau. Y hasta podríais llevar esas gorritas con una hélice en lo alto a juego.

Estaba tratando de disimular el entusiasmo que me provocaba la idea de que mi hermana tuviera hijos. Ya había aceptado que eso nunca iba a pasar, y me parecía bien, pero un bebé es un bebé, ¿no?

Rachel se encogió de hombros.

—¿Por qué no? ¿Qué tal Rapunzel o Réquiem o Rumplestiltskin?

—O Random, Rorschard o Ritalin.

A Richard le gustaba este juego.

—O podríais poneros en plan tecnológico y llamarle RAM o ROM.

—O en plan médico y llamarle Reumatismo, Rabia o Rubeola.

—Rubeola es bonito.

—En realidad —dijo mi madre, haciendo una de sus apariciones triunfales—, así es como tendríamos que haberte llamado, Rachel, porque cuando eras adolescente tenías la cara llena de marcas.

Se hizo una pausa, seguida por el sonido agudo del aire saliendo de un globo.

—Hola, mamá, gracias por recordármelo. —Rachel le dio un abrazo a mamá y se volvió hacia Richard—. Este es Richard. Richard, esta es mi madre, Karen.

Richard estrechó la mano de mi madre y dijo:

—Bueno, veo que a pesar de una juventud de posibles marcas, Rachel ha heredado la bonita piel que tiene usted, señora Anderby.

Rachel y yo cruzamos una mirada y pusimos los ojos en blanco a la vez. Pero había sido una buena manera de entrarle, y tuvo el efecto deseado. Mamá esbozó su sonrisa de veinte mil dólares, la que en su día le ayudó a conseguir la portada de *Cosmo,* y se notaba que Richard estaba agradeciendo su suerte por el perfil genético de Rachel. Cosa que era una de las ventajas de tener una madre tan guapa: la gente siempre comentaba lo bien que se conservaba, y eso nos tranquilizaba, aunque no compensaba una infancia de descuido. Ni el trauma de haber llevado a casa amigos adolescentes que se pasaban el rato en la cocina teniendo fantasías tipo *El graduado*. En su día yo también dudé sobre si llevar a Dan a casa, pero conoció a mamá, se sintió cautivado por ella y entonces me dijo que, aunque era muy guapa, no podía compararse conmigo.

—Cuando te miro a los ojos —fue su comentario memorable, antes de quitarme el sujetador por primera vez—, veo lo bonitos que son tus pensamientos. Pero con ella lo único que veo es que no piensa en nadie más que en sí misma.

Y, aunque supongo que suena un poco sentimental, y seguramente lo dijo movido por el interés por quitarme el susodicho sujetador, sus palabras se me quedaron grabadas.

Nos sentamos a comer.

—Qué bien —comentó mi madre—. Estamos un poco justos. Si conseguís retener a estos hombres más de lo habitual, vamos a necesitar una mesa más grande.

Yo lo dejé pasar, pero Rachel tiene más energía que yo.

—Vaya, mamá, a ti cualquier relación te parece una buena excusa para cambiar el mobiliario ¿no?

Mamá se encogió de hombros.

—Pues sí. Pero, claro, a ti nunca te duran lo bastante para que llegues a eso, ¿verdad? —Le sonrió a Richard, como si con eso compensara lo que acababa de decir—. A lo mejor tú eres de los que duran, Dick.

—O a lo mejor solo soy un fiasco —replicó él—, aunque espero durar.

Genial. Aún no había servido la comida en la mesa y ya se estaban peleando. Por favor, Dan, recé, si estás en el cielo, habla con alguien y no dejéis que esta comida degenere. Siempre se le había dado muy bien evitar los enfrentamientos, y cuando él y mi padre estaban aquí, hubo comidas familiares que transcurrieron en su totalidad sin ningún incidente. Acción de Gracias de 1997, por ejemplo.

Mi madre se volvió hacia Maggie.

—Al menos tú has perdido al tuyo, y eso nos deja más sitio.

De verdad, mi madre era tremenda. Por un momento, pareció que Maggie estaba a punto de echarse a llorar, pero hacía mucho tiempo que conocía a mi madre y sabía con quién estaba tratando, y por eso lo dejó pasar. Edward había estado ocupado ayudando a sentar a las niñas y trayéndoles algo de beber, y parecía concentrado en ellas. Ojalá no hubiera escuchado las barbaridades que decía mamá. Él se sentó, y yo traje la lasaña a la mesa. Las niñas lanzaron sus guaus de siempre, cosa que me encanta. Las comilonas grandes las impresionan y siempre las animan, así que, antes de dejar la bandeja sobre la mesa, me regodeé un poco.

—Cuidado, está caliente —advertí pasándole a Edward la cuchara de servir—. ¿Puedes servir tú a las niñas?

—Ten cuidado, Edward, ya te está dando trabajo.

Mi madre lanzó una risita atractiva. Esperé para ver si dejaba caer la otra espada, pero no dijo nada más.

—Estaré encantado de ayudar, sobre todo si eso significa que puedo servirme una ración más grande.

La voz de Edward era como la campana de una iglesia o algo que usarías para meditar. El contrapunto de las voces aflautadas de las niñas era bonito.

—Edward —dijo Annabel—, ¿te gusta la parte con salsa de queso o la de la salsa de carne?

Él se encogió de hombros.

—Me gusta combinar las dos partes, Annabel. ¿Y a ti?

Ella también se encogió de hombros, imitándole.

—A mí también, creo. Pero también me gusta la salsa de carne cuando está solo con los espaguetis.

Richard me miró.

—Sinceramente, esta es la mejor lasaña que he probado, Lilian. No sé cómo he conseguido llevar a Rachel a cenar a un restaurante pudiendo cenar siempre aquí.

Y le sonrió a Rachel, pero fue mi madre quien contestó.

—Es una suerte que hayan heredado mis genes buenos, ¿verdad, Richard? Mis chicas quizá no han heredado mi estructura ósea, pero las dos tienen mi metabolismo. Puedo comer como un caballo y seguir teniendo la misma talla de siempre. —Sonrió—. Aunque estoy un poco preocupada por Clare. Ha heredado la constitución un poco más robusta de su padre, ¿verdad, mi pequeño budín?

Rachel me miró con expresión horrorizada. Yo permanecí en silencio, pero solo fue porque estaba esperando a que empezara a salirme humo de la cabeza de la indignación. Justo cuando estaba a punto de ponerme en pie y ordenarle que saliera de mi vida para siempre, Clare habló.

—Yaya, no importa si eres grande o pequeño. —Dio otro bocado de lasaña y habló con la boca llena—. Importa que seas fuerte y sano. Tienes que comer bien, y correr mucho y beber montones de agua, irte pronto a dormir, eso es lo que dice mamá.

Se hizo una pausa. Miré a mi madre, que estaba observando a Clare con una mezcla sentimentaloide de amor y orgullo, y de pronto me di cuenta de que ella no podía evitar ser quien era. Mis hijas habían heredado algunos de sus genes, pero también habían heredado los de mi padre, y los de su padre, y los míos, y era evidente que sabían defenderse muy bien solitas.

—Eso es verdad, cielo —dijo mi madre, cogiendo la pequeña mano de Clare—. Y tienes una mamá maravillosa ¿a que sí?

Clare asintió.

—Es la bomba.

Rachel aprovechó la ocasión para cambiar de tema.

—Entonces ¿te criaste en Ámsterdam, Edward?

Él sonrió.

—¿Has estado allí?

—Claro. Por negocios y placer. Me gusta mucho.

—En los sesenta conocí a una Bloem. Arlette. También era modelo.

A mi madre le gusta que la conversación gire en torno a ella.

Edward asintió.

—Arlette es la hermana mayor de mi padre. Dejó el trabajo de modelo cuando yo era muy pequeño, pero era famosa en Holanda, así que aún veo fotografías suyas de vez en cuando.

Mi madre estaba encantada.

—Vaya, vaya, qué pequeño es el mundo.

El tono de Edward sonó un poco agrio.

—El mundo es muy grande, pero Holanda es muy pequeña.

Mi madre no le estaba escuchando.

—Oh, las historias que podría contaros de Arlette.

—Por favor, no, mamá —supliqué—. Estoy segura de que a Edward no le apetece oír hablar de la emocionante juventud de su tía.

Fue inútil.

—Era una joven muy guapa, la recuerdo muy bien. ¿Sabes?, un año, en la semana de la moda en Milán, se las arregló para acostarse con todos los mejores fotógrafos, *todos*. Tenía un ejemplar del *Vogue* italiano y fue tachándolos uno a uno. Ella era así, muy atrevida y aventurera. —Se rió y miró a Edward—. ¿Tú también eres así, Edward?

Edward se rió con ella.

—Me parece que no. Tengo que reconocer que hay muchos buenos fotógrafos a los que aún no he besado. —Todos nos reímos, incluso las niñas, que no tenían ni idea de lo que estaba pasando. Espero—. Y ahora mi tía no es más que una mujer mayor y elegante que mima a sus nietos y colabora en causas de beneficencia. Aunque seguro que le encantaría saber de ti. Puedo darle tu correo electrónico, si quieres. —Edward le sonrió a mi madre—. Espero que cuando sea viejo tenga recuerdos asombrosos sobre los que volver la vista. Debe de estar muy bien.

Mamá frunció un poco el ceño por el uso de las palabras «mayor» y «viejo», pero Edward era tan encantador que lo dejó pasar.

—Aún puedo crear muchos nuevos recuerdos, Edward. La semana que viene, sin ir más lejos, me iré de viaje con un ganadero venezolano millonario. A Caracas.

Richard carraspeó.

—No olvides las maracas.

Ella no le hizo caso. Era fácil ver a cuál de los dos hombres iba a elegir como favorito. Aunque, bueno, a Rachel tampoco le interesaba especialmente su aprobación. Miré a mi hermana, que estaba sentada con Richard, haciendo chistes discretos sobre Caracas. Estaba bien. Miré a mi madre y noté que le temblaba un poco la mano cuando levantaba la copa de vino. Ella también estaba nerviosa, seguramente más que ninguno de nosotros. Su rostro aún conservaba la firmeza, pero nada más. Nuestra casa siempre estuvo llena de fotografías suyas —portadas de revista, imágenes famosas—, retocadas todas ellas incluso a los veintidós años. Había luchado mucho para seguir teniendo ese aspecto, pero el tiempo es implacable y las cremas hidratantes no llegan tan adentro. Ya es bastante malo hacerse mayor sin tener que enfrentarte continuamente a imágenes que evidencian que antes estabas mejor. Cada vez que veo a alguna belleza que se está haciendo mayor, me imagino guirnaldas de fotografías del antes colgadas en torno a su cuello, como las cadenas de Bob Marley. Y… vaya, parece que hemos vuelto a la cara de Meg Ryan.

Todo transcurrió con tranquilidad durante un rato, y entonces mamá se volvió hacia mí.

—Y bien, Lilian, Rachel me ha dicho que lo vas a intentar en solitario por un tiempo, el trabajo.

Miré a Rachel y, por la cara que puso, supe que ella no le había dicho nada por el estilo, pero daba igual. Mi madre podía sacarle información a un parquímetro.

Asentí.

—Sí, espero poder encontrar suficiente trabajo como autónoma, y lo combinaré con algún trabajo convencional de ilustradora, para ir tirando. Quizá tenga que recortar un poco los gastos.

—Imagino que se acabó lo de Leah.

Mi madre siempre había estado un poco celosa de Leah.

Mierda. Miré a Clare, pero no se había enterado. Aunque Annabel sí.

—¿Qué? ¿Leah se va?

Vale. Eso también lo escuchó Clare.

—Leah no puede irse —afirmó—. Leah es nuestra familia y la familia no se va.

—Vale, podemos hablar de esto más tarde, chicas. De momento Leah no se va a ninguna parte.

—Pero ¿se va a ir? —Annabel era muy insistente.

Negué con la cabeza.

—Espero que no, cariño. Podemos hablar de esto en otro momento, ¿vale?

Maggie acudió al rescate.

—Clare, me han dicho que has plantado fresas.

Ella asintió con la boca llena de lasaña. Maggie se volvió hacia Annabel, que seguía mirándome pensativa. Si pensaba que la conversación sobre Leah se había acabado, me equivocaba.

—¿Tú también has plantado fruta, Bel?

Ella meneó su pequeña cabeza.

—No, yo he plantado flores con un dibujo. Aún se ven espacios vacíos, pero se llenará. —Sonrió—. ¿Has visto nuestra casa de hadas? —Le sonrió a Edward—. Edward nos trajo una casa de hadas con hadas y todo. Está en el jardín.

Mi madre se rió.

—Buen trabajo, Edward. De verdad, es una buena estrategia seducir a los niños cuando uno quiere acostarse con la madre.

No. No. Podía. Haberlo. Hecho. Pero sí, lo había hecho. Había dicho aquello. Edward pareció sorprendido, pero no levantó el tono.

—Bueno, es una forma de verlo, aunque en realidad la idea era construirles algo divertido para que pudieran jugar en el jardín y disfrutar ahí fuera. Estar en la naturaleza es bueno para los niños.

Mi madre se limitó a reírse, porque no se le ocurrió nada que decir. Rachel había dejado el tenedor en la mesa y la miraba con expresión horrorizada. Maggie estaba tratando de contener una risa histérica, creo. Y entonces, gracias a Dios, alguien se puso a aporrear la puerta.

Me levanté de la mesa algo temblorosa y fui a ver quién era. Todas las personas importantes que conocía, más o menos, estaban allí, así que seguramente serían los mormones. A lo mejor los sorprendería convirtiéndome en el acto y suplicándoles que me llevaran con ellos a Utah en ese mismo momento.

—¿Está aquí mi mujer?

Berto. Con aspecto desaseado y mal vestido, lo que para un italiano era una señal clara de una crisis nerviosa inminente. Genial, aquella cena se había convertido en una auténtica comedia. Lo único que nos faltaba para completarla era una pareja desnuda saliendo de dentro de un armario, y un cura en calzoncillos.

—Oh, hola, Berto. Espera, voy a ver.

Le cerré la puerta en las narices, y ya sé que no fue muy educado, pero aquel hombre era una máquina de poner los cuernos: duro con ellos, chicas.

Maggie lo escuchó, claro, porque no tengo una casa tan grande. Se había puesto totalmente blanca y en la mesa todos la miraban.

—Es Berto —dije, aunque no hacía falta—. ¿Quieres que le diga que no estás?

Ella asintió en silencio. Volví hacia la puerta.

—No está. Lo siento.

Empecé a cerrar la puerta pero él metió el pie. Yo estaba deseando destrozárselo, pero vacilé un segundo de más. Se inclinó contra la puerta.

—Lili, *cara*, por favor, déjame entrar.

—No está aquí, Berto, vete.

Volví a empujar la puerta, y me preparé para ponerme a gritar pidiendo refuerzos si hacía falta.

—Su coche está aparcado fuera.

Mierda.

—Le tengo que cambiar el aceite. Me lo trajo y se marchó con un taxi. Vete.

—Te conozco de toda la vida y nunca te he oído hablar de nada que tenga que ver con la mecánica de un coche. Está dentro, y necesito hablar con ella.

Le miré frunciendo el ceño con arrogancia.

—En primer lugar, cabrón adúltero, no es momento para meterte con mis habilidades con el coche, y en segundo lugar, ella no quiere hablar contigo.

Él agachó la cabeza.

—Es verdad. He sido un mal marido, un hombre estúpido, un amigo desconsiderado, pero quiero a mi mujer y tengo que hablar con ella.

Lo cierto es que tenía un aspecto espantoso, y eso hizo que me sintiera mejor. Negué con la cabeza.

—¿Acabas de llegar? —Asintió—. Entonces aún no has tenido tiempo de deshacer las maletas, y eso te ahorrará tiempo. Vuelve a Italia, Berto, vuelve con tu amiguita.

—Se ha ido. Se ha acabado.

Cambié mi expresión y pasé al disgusto.

—Bueno, pues que sepas que Maggie no es ningún premio de consolación. Es un gran trofeo, un Premio Pulitzer, el Nobel. Que tu novia te haya dejado no significa nada.

Por suerte, la ira que había ido acumulando mientras escuchaba hablar a mi madre estaba ahí, lista para usar. Le iba a dar una buena patada en el culo.

Por desgracia, Berto se echó a llorar. Normalmente, ver llorar a un hombre me habría conmovido, pero es italiano. Si hasta lloran por el fútbol.

—Lili, amiga mía, sé que cuando Dan murió, cuando perdiste a tu amor, te volviste loca por el dolor. Era comprensible. Pues ahora me toca a mí, yo también siento que estoy perdiendo la cabeza, pero es peor, porque soy yo quien ha hecho que se vaya, soy yo quien la ha rechazado.

No me convencía.

—Pues llegas tarde, pedazo de mierda. Maggie ha seguido con su vida.

Él abrió la boca sorprendido.

—¿Ya tiene un amante?

Me encogí de hombros.

—Más de uno. Es una mujer muy guapa.

Él se puso a llorar con más intensidad.

—Lo sé, yo solito he echado a perder mi corazón, mi vida. Soy la criatura más despreciable que hay sobre la capa de la tierra. Soy un hombre desamparado...

Y siguió diciendo cosas por el estilo. No puede evitarlo. Lo malo es que Maggie tampoco.

Se acercó por detrás y abrió la puerta de par en par, y casi me derriba al hacerlo.

—Berto —dijo con una voz como el hielo.

—¡Maggie, *cara mia*! —Una voz de fuego.

Él saltó hacia delante para abrazarla, pero ella levantó la mano con expresión grave. Aunque me di cuenta de que se había retocado el pintalabios. No era ningún maniquí.

—¡Atrás! No voy a perdonarte, así que resérvate tu encanto. Me rompiste el corazón y me obligaste a volver a mi casa como un perro apaleado. —Maggie solo estaba calentando motores—. Dejé mi casa, mi trabajo, mis amigos. Todas las personas que conozco, nuestros colegas del trabajo, los vecinos, todos sabían que me habías dejado por una mujer más joven y me compadecían. Y no me gusta que me compadezcan, Berto. Soy una mujer bella y orgullosa, soy yo quien tendría que compadecerte. Pero no me das ninguna pena, te lo has buscado tú solito. Ahora vuelve a Italia y duerme. Solo.

Y entonces se echó atrás, tomándose un momento para agarrarme, cosa que agradecí, y cerró de un portazo.

—Caray, Mags, eso ha sido increíble... —empecé a decir, pero también levantó la mano para acallarme.

Tenía lágrimas en los ojos. Estaba escuchando.

Por un momento, del otro lado de la puerta solo se oyó el sonido del llanto. Berto se sonó los mocos con fuerza, y después se escuchó el inconfundible sonido de alguien que aspira entrecortadamente. Y luego:

—*Why do birds... suddenly appear...*

Con acento italiano y alguna pausa ocasional para sorberse los mocos. De verdad.

—*Every time... you are near...*

Miré a Maggie. Las lágrimas le caían por el rostro.

—Está cantando nuestra canción, *Close to you*, de The Carpenters.

—Por el amor de Dios —dije en voz baja, y volví a abrir la puerta.

Menos mal que había puesto servilletas de papel de más.

CÓMO PLANTAR NABOS

Elige un sitio donde el sol dé de lleno.

- A los nabos les gusta que el suelo esté bien trabajado, que la tierra esté suelta y sea manejable, y que tenga una buena cantidad de compost.

- Reparte las semillas de nabo y cubre después con una ligera capa de deliciosa tierra fresca.

- Una vez que los brotes alcancen los 10 cm de altura, clarea los primerizos para que quede uno cada 5-10 cm, y los de tipo principal a una distancia de 15 cm. Evidentemente, si solo plantas por ver verde, no clarees, estropearías el efecto.

- En muchos sentidos, los nabos son los héroes olvidados del universo de los tubérculos. No cuentan con el presupuesto para publicidad de las patatas, ni el aspecto glamuroso de las zanahorias, pero no habría que subestimarlos. Tienen un alto contenido en vitaminas y minerales, bajos en azúcar, y están riquísimos asados, caramelizados o estofados con un poco de mantequilla. Plinio el Viejo consideraba el nabo la verdura más importante de su época porque su utilidad supera la de cualquier otra verdura. Puedes pensar lo que quieras de Plinio, pero el hombre conocía las verduras.

CAPÍTULO 19

LA QUINTA CLASE

Al día siguiente, caía una lluvia ligera cuando nos reunimos para la clase. A pesar de la lluvia, todo el mundo estaba de buen humor. Rachel obsequió a todos con el relato de nuestra pintoresca cena familiar.

—Eso suena muy romántico y maravilloso —dijo Frances sonriendo.

Gene frunció el ceño.

—Yo creo que quien engaña una vez, engaña siempre.

Yo estaba más o menos de acuerdo con él, pero me encogí de hombros.

—Quién sabe. Maggie no volvió al hotel con él. Y va a seguir adelante con los trámites para el divorcio. No es ninguna pusilánime.

Aunque no estaba tan segura. Es muy duro estar sola después de haber estado felizmente casada y, como pasa con un parto, una siempre tiende a borrar las partes más dolorosas en cuanto puede. De ahí los muchos hijos y varios matrimonios de Elizabeth Taylor.

Bash llegó haciendo el avión cuando la lluvia casi paraba, y cuando miré vi que Angie se acercaba caminando sobre la hierba con un hombre al que no había visto antes.

—¡Mi papá está aquí! —Bash estaba que no cabía en sí de contento—. ¡Mirad!

Todos nos volvimos a mirar, incluyendo a Mike, que supuestamente tenía un mayor interés en el asunto. Yo sabía que Angie y Mike habían salido durante la semana, pero no había tenido ocasión de averiguar mucho más. A juzgar por la expresión que tenía en ese momento, no consideraba una amenaza al ex de Angie, cosa que significaba que, o no estaba interesado en ella, o no le preocupaba. O ninguna de las dos. Yo qué voy a saber.

Llegaron a donde estábamos y Angie lo presentó.

—Hola a todos, este es Matthew. Matt, ellos son los demás alumnos.

Matt no era especialmente guapo, pero el sol asomó entre las nubes en ese momento y proyectó un resplandor dorado sobre él. Tenía una sonrisa bonita, y podía ver a Bash en su cara. También desprendía ese aire de seguridad que hace que un hombre corriente resulte atractivo y un hombre guapo sea irresistible. No me costó imaginar a una Angie adolescente enamorándose de él.

—Hola a todos. Quería conocer al grupo de personas maravillosas de las que tanto habla mi hijo. Ahora mismo esta clase es lo que más le gusta en el mundo. Y eso está muy bien.

Se arrodilló y se dirigió a mis hijas.

—Y estas dos bellas señoritas deben de ser Clare y Annabel. Sebastian habla mucho de vosotras.

—¿Quién es Sebastian?

Clare arrugó la nariz.

—Soy yo —dijo Bash.

—¿Y por qué no lo decías antes?

Él frunció el ceño.

—No lo sé. Me puedes llamar Bash. Mi mamá me llama así. Mi papá me llama Sebastian.

Clare se llevó las manos al pecho como lo haría una estrella del cine mudo.

—Oh, pero Sebastian es muy bonito. —Y le dedicó una sonrisa deslumbrante—. Te llamaré Sebastian. —El niño pareció cohibido—. Y tú puedes llamarme princesa Clare.

Matt se rió.

—Chico, ese es un trabajo a tu medida ahí. —Se levantó y le sonrió a Angie—. ¿Te veré después?

Ella negó con la cabeza.

—No, le dejaré en casa de tu madre, ¿te va bien?

—Claro.

Y entonces se inclinó y la besó en la boca, tocándole el culo como si tal cosa. Con gesto posesivo.

Fue un poco chocante, y era evidente que Angie no lo esperaba, porque se apartó enseguida y abrió la boca para decir algo. Pero entonces miró a Bash, que los observaba con interés, y forzó una sonrisa.

—Adiós, Matt, luego hablamos.

Él sonrió, saludó a los niños con la mano, y se fue. Ella vio cómo se alejaba en silencio y luego se volvió hacia Mike. Por un momento, él no dijo nada, pero luego sonrió un poco.

—Imbécil —dijo en voz baja.

Y Angie sonrió, visiblemente aliviada.

—Eso.

Poco después yo estaba sentada en el suelo, arrancando aleatoriamente malas hierbas de un cantero de plantas aromáticas cuando Edward se acercó y se acuclilló a mi lado.

—¿Te das cuenta de que estás arrancando plantas perfectamente viables?

Hablaba en voz muy baja, supongo que para protegerme del ridículo.

Carraspeé.

—Pues no. Pensaba que esto eran malas hierbas.

Él sonrió.

—No. Y veo que te has cebado especialmente con el romero. Es evidente que lo odias.

—No tengo nada contra el romero, te lo aseguro.

—Bueno, ahora ya no queda, no puede contradecirte.

Le miré frunciendo el ceño.

—Tu nivel de inglés no debería permitirte hacer ese tipo de bromas con las palabras, ¿no? ¿No tendría que ser yo capaz de superarte en los coloquialismos?

Él se puso de pie y levantó las manos.

—El sistema educativo holandés es soberbio.

—¿Ah, sí? Vaya, pues mis hijas saben que las lombrices son hermafroditas.

Edward se alejó sin molestarse en decir nada. Todo era muy relajado. Podía escuchar a Sebastian y a mis hijas parloteando.

—Mi papá es poli —dijo Bash.

Y eso me sorprendió. Cuando Angie había dicho al principio del curso que a lo mejor alguien le dispararía a su ex, pensé enseguida que era porque debía de estar metido en algo turbio. Tenía que salir más.

—Persigue a los malos y protege a los buenos.

Era evidente que Bash estaba muy orgulloso de su padre, y ¿quién podía reprochárselo? Es otro de los problemas a los que te enfrentas cuando tienes que educar sola a tus hijos: quieres proteger la opinión que tienen de tu ex y, sin embargo, tu vida sería mucho más sencilla si todos estuvieran tan enfadados como tú con él. Si todos estuvierais de acuerdo en que la vida sería mucho mejor si papá estuviera debajo de una roca, todo iría rodado. Pero no, tienes que decir a tus hijos que papá es un hombre maravilloso y valiente y evitar la pregunta implícita de por qué ya no quieres vivir con ese hombre tan maravilloso. Es un duro ejercicio de equilibrismo. De nuevo, quizá es más sencillo ser viuda que divorciada. Las niñas y yo estamos totalmente de acuerdo en que la vida sin papá es un asco.

Me senté en el suelo y miré a mi alrededor. Solo quedaba una clase más después de aquella, y la gente ya estaba arreglando industriosamente sus canteros. Cómo no, Rachel era la excepción. Ella estaba sentada en medio de su lavanda, leyendo. En realidad, admiraba su determinación. Había tenido una idea, la había puesto en práctica y ahora la estaba disfrutando. Supongo que intuyó que la estaba mirando, porque se volvió a mirarme.

—¿Disfrutando de tu lavanda?

Ella negó con la cabeza.

—No, dando vueltas a problemas varios. ¿Y tú?

Me reí.

—Oye, ¿ese no era mi trabajo? ¿Qué te preocupa?

Levantó una mano y empezó a bajar los dedos uno a uno.

—Richard. Maggie y Berto. Mi culo. Mi piel, sobre todo la del cuello. Mi trabajo, y si alguna vez tendré el valor de dejarlo. Tú y las niñas si me mudo a París.

Me quedé sorprendida.

—¿Estás pensando mudarte a París?

Ella negó con la cabeza.

—No. Pero ¿y si lo hiciera?

Me di la vuelta. Rachel era imposible. Vi que Mike estaba sentado junto a Angie, charlando y riendo. Me di cuenta de que aquel joven era una de esas personas que no dejan nunca de sorprender. Cada nueva cosa que descubría sobre él hacía que me gustara más. Y por la forma en que Angie se relajaba cuando estaba con él, sé que no era la única.

No muy lejos, Frances y Eloise estaban hablando en voz baja sobre algo, y Gene estaba echando estiércol sobre una parcela desnuda de tierra. Su mirada se cruzó con la mía y le saludé.

—¿No te basta con al lechuga, Gene? ¿Estás ampliando tu base de operaciones?

Eloise y Frances levantaron la mirada.

—Espero que no estés pensando en anexionarte nuestra zona, Gene —dijo Frances fingiendo ponerse seria.

Gene negó con la cabeza.

—No, solo estaba ayudando un poco. Me gusta esto. —Se quitó un guante y se secó la frente con la manga—. Aunque es un trabajo duro.

Estaba empapado en sudor, pero no parecía importarle. Todo un cambio para un hombre que se ha pasado cuarenta años gritando «¡Compro! ¡Compro!» y «¡Vendo! ¡Vendo!».

Volví a comprobar qué hacían las niñas. Annabel estaba tumbada, y por un momento me asusté, pero entonces vi que sus zapatillas se movían arriba y abajo al ritmo de la canción que estaba cantando.

—¿Todo bien por ahí, Bel? —grité.

—Sí, estoy mirando las nubes.

Y siguió cantando, feliz como una lombriz.

Del otro lado del jardín de los niños, Lisa estaba ayudando a Bash y a Clare a trasplantar más fresas, imagino que para dar un empujoncito a su cosecha. De pronto Clare se levantó y se puso a girar en grandes círculos, con los brazos extendidos, y luego volvió a dejarse caer. Negué con la cabeza. A saber de qué iba todo aquello. La criatura no solo bailaba a su propio ritmo, también había contratado una orquesta.

Acababa de volver a ponerme sin prisas con mis plantas cuando escuché un grito y levanté la vista. De pronto, todo el mundo se había levantado y se movía, menos yo. Mike y Angie estaban acuclillados. Eloise y Frances estaban inclinadas, y Edward se dio la vuelta y corrió hacia la entrada del parque. Yo me levanté cuando Rachel pasó corriendo por mi lado para ir a donde estaban los niños. Me sentía confundida y alarmada, y entonces vi lo que había pasado.

Gene estaba tendido en el suelo, con la pala al lado. Estaba totalmente inmóvil. Totalmente blanco. Y totalmente a merced de Angie, que le estaba abriendo la camisa e iniciando una maniobra de reanimación cardiopulmonar.

Me quedé paralizada. Desde el accidente de Dan, muchas veces me había preguntado si reaccionaría mejor la próxima vez que viera a alguien muriéndose delante de mí. No sabría ni decir la cantidad de noches que he soñado que salvaba a mi marido, que corría y sacaba su cuerpo de debajo del coche destrozado, que levantaba un camión que tenía encima, que sacaba a un bebé que lloraba de una casa en llamas, que guiaba a unos caballos asustados hasta un lugar seguro… lo que queráis, yo siempre los rescato a todos. En mis sueños. Y ahora que me enfrentaba a otra emergencia, resulta que era más inútil que la vez anterior. Si Dios nos hubiera estado mirando desde arriba, o desde el dirigible de Goodyear (suponiendo que le dejaran subir), habría visto dos puntos inmóviles: yo y, a unos ocho metros,

Gene, que estaba exactamente como se espera que esté el cuerpo de una persona muerta. A nuestro alrededor la gente se movía como las hormigas alrededor de un dónut: ajetreadas, ajetreadas, ajetreadas. Rachel se había llevado a los niños a otro lado, aunque Annabel no dejaba de darse la vuelta para mirar. Eloise y Frances formaban un escudo, mientras que Mike y Angie se turnaban para seguir con la reanimación. El sol brillaba. Los pájaros cantaban. Los árboles se mecían, ajenos a aquello. Solo veía uno de los zapatos de Gene, inclinado hacia un lado. Me quedé muy quieta. Si me movía, destruiría cualquier oportunidad que él pudiera tener.

De pronto Edward pasó corriendo por mi lado a unos noventa por hora. Llevaba un maletín, y no fue hasta que Angie se abalanzó sobre él cuando me di cuenta de que era uno de esos desfibriladores portátiles que se ven ahora por todas partes. Eso que usa el médico después de gritar «¡atrás!», y el cuerpo da una sacudida. Seguí sin moverme. Me di cuenta de que estaba llorando. Tenía que ir con mis hijas. Tenía que llamar al 911. Tenía que empezar a cavar una tumba.

—¡Atrás! —gritó Angie, y vi que el zapato de Gene daba una sacudida.

Una pausa.

—Cargando.

La voz de Angie no era la habitual. Era su voz de trabajo.

—¡Atrás! —volvió a gritar, y de nuevo el zapato de Gene se sacudió.

Oí que alguien corría por detrás y me di cuenta de que el pitido que había estado oyendo eran sirenas. El espectáculo se ha terminado. No hay nada que ver. Me senté lentamente en el suelo y esperé a que me llevaran.

Rachel me tocó el hombro.

—Vamos, Lili. Es mejor que nos quitemos de en medio ¿vale? —Se arrodilló y me miró a la cara—. Todo irá bien, ahora tenemos que llevar a los niños a casa.

Negué con la cabeza.

—Está muerto.

Ella meneó la cabeza.

—No, Angie le ha traído de vuelta. Edward trajo el desfibrilador, Mike hizo la reanimación cardiopulmonar y con las palas Angie lo ha hecho volver. Se recuperará.

Levanté la vista. Los sanitarios habían colocado el cuerpo en una camilla y la empujaban por el suelo. Vi que Gene levantaba la mano hacia Mike, que le estaba sonriendo. No era un cuerpo, era una persona.

La realidad volvió a sacudirme con el rugido de un terremoto en una fábrica de tambores y me levanté. Rachel me observaba con atención.

—Tú también estás bien, Lili. También estás bien.

Me di cuenta de que me tenía cogida de las manos y las estrechaba. Edward se acercó y se miraron.

—¿Estás bien, Lilian?

Aquello fue muy chocante.

Le miré.

—Le has salvado. Has sabido qué había que hacer.

Él sonrió, aunque se veía que aún estaba un poco asustado.

—En realidad le ha salvado la ciudad de Los Ángeles. No puedes dar ningún curso en la ciudad sin hacer antes un cursillo de reanimación cardiopulmonar. Sabía que teníamos un desfibrilador y sabía dónde estaba.

—Guau. Y además enseñan a los niños cosas sobre las lombrices.

Los dos se rieron, aliviados al ver que no se me iba a ir la chaveta.

De pronto vi que las niñas también estaban allí. Las abracé.

—¡Gene se ha caído!

Clare estaba sorprendida porque ella no era la única a quien le pasaban esas cosas.

—Gene ha tenido un ataque al corazón, Clare —le informó Annabel, nuestra pequeña doctora en medicina.

—Y además se ha caído. ¡Qué mala suerte!

Bash también estaba ahí, viendo cómo su madre seguía la camilla en dirección a la ambulancia. Tenía una expresión atormentada.

—¿Estás bien, Bash?

Me arrodillé a su lado. El niño me miró con los ojos llenos de lágrimas.

—Mi mami le ha salvado ¿a que sí? —Yo asentí y él sonrió—. Eso es más guay que perseguir a los malos.

—Es alucinante —dijo Clare—. Y eso es más alucinante aún.

Y esto lo dijo porque la ambulancia acababa de arrancar, con las sirenas y las luces encendidas.

Clare se volvió hacia mí, Edward y Rachel y puso cara seria.

—Sabéis, yo pensaba que la clase del huerto iba a ser aburrida. ¡Pero no es verdad! ¡Es mejor que la tele!

CÓMO PLANTAR MAÍZ

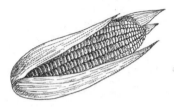

Planta las semillas en el exterior unas semanas después de la última helada. Al maíz le gusta la tierra templada.

- Planta a 2,5 cm de profundidad con una separación de entre 5 y 7 cm, en hileras separadas por 75-90 cm. ¿Lo ves?, tu madre tenía razón. Al final las matemáticas te van a servir.

- Riega abundantemente después de plantar.

- Recoge cuando las espigas empiecen a volverse marrones y la mazorca empiece a hincharse. Tira hacia abajo y retuércela para arrancarla del tallo (la mazorca, no la hoja, tonto).

- Las mazorcas de maíz pierden el dulzor enseguida, así que cómelas o ponlas en conserva.

CAPÍTULO 20

Mike y Angie se fueron del hospital cuando Isabel llegó, y pasaron por casa para recoger a Bash y serenarse después de todo aquel revuelo.

Cuando Angie entró, todos los vitoreamos. Todos los del curso habían venido a casa y estábamos esperando la inevitable pizza, y los más bajitos de entre nosotros lo hacían con menos paciencia de la que hubiera sido deseable.

—¡Mamá! Eres una heroína. Has salvado a Gene.

Bash corrió hasta su madre y se abrazó a ella.

Ella lo abrazó y nos miró a todos.

—Ha sido un trabajo en equipo, Bash, como siempre. Edward y Mike me han ayudado a salvarle. Nadie hubiera podido hacerlo solo.

Bash parecía a punto de ponerse a discutirle aquello, pero el timbre sonó justo a tiempo. Yupi, la pizza.

—Isabel ha estado increíble —comentó Mike con una risa nerviosa, probablemente liberando la tensión acumulada ahora que todo había pasado—. Entró como una exhalación en la sala de urgencias llamando a Gene a gritos y no se anduvo con chiquitas. —Se rió—. Gene la escuchó y respondió llamándola también a gritos. Eran como Romeo y Julieta.

Meneó la cabeza.

Angie también sonreía.

—Nosotros nos apartamos con discreción y los dejamos solos. Está en buenas manos, y parece bastante estable después de haber estado muerto dos minutos esta tarde.

—¿Ha sido solo un ataque al corazón? —preguntó Edward.

Angie asintió.

—Eso creen, pero le están haciendo pruebas. Tiene algunos problemas residuales. Básicamente, como él mismo dijo cuando nos conocimos al principio del cursillo, está en muy mala forma física, y estaba removiendo mierda al sol, literalmente.

Edward frunció el ceño.

—Tendría que haber estado más atento. Parecía que estaba bien.

Angie negó con la cabeza.

—Y lo estaba. Pero después estaba muerto. Estas cosas funcionan así.

Varios de ellos se volvieron a mirarme a mí, y yo levanté las palmas.

—Tiene razón. Así funciona. Según mi experiencia, es la única forma en que funciona.

—Bueno, pues esperemos que tú tengas una muerte larga y tortuosa, con mucho tiempo para prepararte —dijo Rachel, y me estrechó el brazo—. Ha sido un comentario desafortunado, pero tú ya me entiendes.

Le sonreí.

—Sí, en realidad te entiendo. Gracias. Yo también espero que tu muerte sea larga y dolorosa.

Ella levantó una mano.

—No. Yo quiero irme rápido, divirtiéndome, de un aneurisma repentino, arruinando la cena familiar o la reunión en la que esté en ese momento.

Eloise la miró y arqueó las cejas.

—Pues ya te voy avisando de que no estás invitada a mi fiesta.

—Oh, vamos, a un cuerpo joven y adorable como el mío todavía le quedan muchos años por delante.

Yo no dije nada. Había visto un cuerpo joven y adorable aplastado como un insecto, pero supongo que no era el momento más adecuado para mencionarlo.

*   *   *

Aunque estaba bien, aquella noche tuve una pesadilla por primera vez en mucho tiempo. Yo estaba en la calle, delante de casa. La calle estaba totalmente vacía. Oí que se acercaban coches, y entonces aparecieron, uno por cada lado, avanzando a toda velocidad. Por un momento, la calle se llenó de vehículos de emergencia y gente que miraba, pero entonces todo volvía a estar vacío y los dos coches seguían viniendo. Veía la cara de Dan y la de la chica del otro coche al mismo tiempo. Ella no estaba atenta y Dan estaba distraído, porque sino no le habrían golpeado tan fuerte, y además de frente. Yo gritaba y gritaba, pero ellos no me escuchaban. Trataba de levantar los pies del asfalto, pero estaban hundidos hasta los tobillos, como si fuera barro. Un segundo después, los coches chocaron a mi lado y el estruendo resonó por mi cuerpo, aunque el metal retorcido, los motores humeantes y la gasolina hirviendo me rodeaban sin llegar a tocarme. Desde donde estaba vi —a dolorosa cámara lenta—, cómo los brazos de Dan saltaban hacia delante y golpeaban el parabrisas, vi sus manos estrujadas como si fueran de papel, las muñecas que se partían al instante, los antebrazos hechos pedazos, los huesos que atravesaban la piel y le pinzaban los tendones. Su cabeza se inclinó y rebotó hacia atrás, y vi un terror negro en sus ojos, como el de un animal en un matadero. El salpicadero se onduló como la seda y los airbags se desplegaron como setas gigantes y obscenas, y entonces vi el fragmento de metal que venía desde detrás del airbag y lo atravesó, dirigiéndose como una arpón contra el pecho de Dan. Él no lo vio venir, pero yo sí, y traté de alcanzarlo con el brazo. Lo agarré cuando salía del airbag, pero me atravesó las manos y me las dejó hechas trizas. Eran como tentáculos que me colgaban de los extremos de los brazos. Volví a gritar, pero esta vez fue por mí misma. Estaba aterrorizada y, presa del pánico, había olvidado a Dan, cuando volví a mirar en el sueño, ya no estaba. Edward había ocupado su sitio, el arpón lo tenía clavado al asiento, tan fuerte que tres bomberos tuvieron que tirar de él para sacarlo, y cuando finalmente lo consiguieron, con él también sacaron trocitos de Dan. Y entonces eran Clare y Annabel, abrazadas, clavadas como mariposas, muertas y aterrorizadas, y con las manos hechas jirones no podía ayudar, las tenía cubiertas de sangre. Y entonces grité y ya está.

La doctora Graver me hizo hueco para la tarde siguiente. Su consulta nunca cambiaba: los rayos del sol que caían perpendiculares sobre las estanterías, y las motas de polvo se movían con suavidad, ofreciendo apoyo moral.

Me sentía muy alterada, casi al borde de la histeria. Durante toda la mañana había mantenido el tipo, con las niñas, porque tampoco es que pudiera elegir, pero en cuanto me despedí de ellas, noté que se me formaba un nudo en la garganta y, básicamente, tuve que ir corriendo a ver a la doctora Graver.

—He vuelto a soñar con el accidente. Ha sido como antes, lo veía y no podía hacer nada, pero esta vez era Dan, luego era Edward y luego las niñas.

—¿Alguna vez eres tú?

Fruncí el ceño.

—¿Qué quieres decir?

—¿Alguna vez eres tú quien conduce?

Su pelo oscuro estaba tan inmaculado como siempre, su traje retro era elegante, con un toque irónico. Era la persona más contenida que conocía, y me pregunté si alguna vez se asustaría por algo. En ese momento me observaba con expresión serena y con interés, como si estuviéramos discutiendo la importancia de una dieta sin gluten y no mi readmisión potencial en el loquero.

Pensé en lo que me había dicho.

—No, siempre es Dan, las niñas, Rachel. Edward no había salido hasta ahora, pero eso es porque es nuevo. Para mí.

La doctora entonó la clásica respuesta de siquiatra:

—¿Qué crees que significa tu sueño, Lili?

Suspiré, las lágrimas ya se habían secado.

—¿Que me gustaría ser capaz de salvar a todo el mundo? ¿Que me siento incapaz de proteger a los que amo?

Ella asintió.

—Esa es la interpretación más obvia, ¿no? Tiene sentido. En realidad todos tenemos miedo de eso, si no es que somos unos sociópatas. Tú tienes un ejemplo y una experiencia concretos de un momento en que no fuiste capaz de evitar que pasara algo malo, por eso lo enmarcas todo en el contexto de aquel suceso traumático. Pero lo más interesante es que nunca tienes miedo por ti misma, y eso es lo que me preocupa. Es como si no existieras en tu inconsciente.

Yo no lo veía así, y se lo dije.

—Quizá pienso que soy invencible.

Ella me miró con dureza.

—O a lo mejor te preocupa que te dejen atrás. Morirse en un accidente sería la opción más fácil, ¿no? No hay que preocuparse por lo que venga después.

Yo asentí lentamente.

—Yo sería la última que quedara resistiendo.

La doctora me señaló, un poco irritada.

—¿Por qué resistiendo, Lili? ¿Por qué siempre resistiendo? Siempre planteas tu respuesta al desastre en términos de fuerza, pero lo que de verdad pasó cuando Dan murió fue que te desmoronaste. Y eso, creo yo, es lo que de verdad te aterra: no el hecho de perder a alguien, sino de volver a ser débil. Te da miedo pensar que si te enamoras, te arriesgas a perder ese amor y volverte loca otra vez, y eso te aterra. —Se recostó contra el asiento y levantó las manos—. Pero ayer pasó algo malo y ¿qué hiciste?

—Nada.

—Exacto. Te quedaste sin hacer nada esperando a que todo acabara. Te protegiste a ti misma. Sobreviviste. Pasaste por la experiencia sin perder la razón. No me extraña que hayas tenido ese sueño esta noche. Tu subconsciente está asustado.

Me sentía totalmente confundida.

—Pero ¿eso es bueno o malo? ¿No es normal tener miedo a perder la cabeza?

Ella asintió.

—Por supuesto. Si no tuvieras miedo seguramente ya te habrías vuelto loca.

De pronto me reí.

—Eres muy rara, ¿lo sabías? Me siento más confusa que cuando he llegado.

Ella también se rió.

—Ah, querida Lilian, eso es lo que nos permite saber si estamos vivos. Bienvenida al mundo real. —Se puso en pie—. Y ahora, adelante. Lo estás haciendo muy bien.

—¿Quieres decir sin contar las pesadillas y la indecisión sobre lo de Edward y todo lo demás?

—Sí, sin contar eso. Ve a cuidar de tus hijas. Seguramente ellas también están asustadas.

En realidad, cuando salí de la consulta de la doctora Graver fui a ver a Gene, porque el hospital estaba allí al lado. Isabel estaba allí, sentada en silencio junto a la cama. En aquel momento sí que aparentaba su edad. Gene dormía conectado a unos aparatos que de vez en cuando pitaban sincronizados y se apagaban. Las enfermeras entraban y salían, sin mirar a nadie, comprobando las lecturas de los aparatos. Ocupándose de ellos y, por extensión, de Gene.

—Hola, Isabel —dije en voz baja, porque no quería sobresaltarla.

—Hola, Lilian —replicó ella, que obviamente no se había sobresaltado.

—Gene parece tranquilo —comenté cogiendo una silla y sentándome a su lado.

—Las apariencias engañan.

Su efervescencia se había desvanecido. Parecía terriblemente deprimida.

Reparé en la quietud de aquella cama, las mantas perforadas de algodón dobladas a los pies, las sábanas superblancas y almidonadas, los tubos grises que había por todas partes como si fueran arterias sin sangre.

—¿Qué dicen los médicos?

Isabel aún no me había mirado, seguía con la vista clavada en el rostro de Gene.

—Dicen que aún no está fuera de peligro. Que su corazón está muy dañado. Y que podría no sobrevivir a una intervención, aunque es la única opción que tenemos. Creo que me están diciendo que va a morirse, pero no estoy segura.

Se inclinó hacia delante y le estrechó la mano. Cuando la soltó, por un momento los dedos de él se quedaron pegados, luego se soltaron. Estuviera donde estuviera, era evidente que no estaba allí.

Guardé silencio. Al cabo de un momento, Isabel siguió hablando.

—Así que he decidido que voy a creer que vivirá, y me quedaré aquí sentada hasta que todo el mundo crea lo mismo que yo, y entonces me iré a casa.

—¿Qué puedo hacer para ayudarte?

Ella negó con la cabeza.

—Nada, estoy bien.

Yo sabía por experiencia que aquello no podía estar más lejos de la realidad. Miré a mi alrededor buscando pistas. Muy cerca había una bandeja de comida sin tocar.

—Isabel ¿has comido? —Ella negó con la cabeza—. ¿Tienes hambre? —Volvió a negar—. Mira, si no comes te debilitarás y te obligarán a marcharte. Si quieres quedarte junto a Gene, tienes que comer.

Finalmente, Isabel se volvió y me miró.

—Tu marido está muerto, ¿verdad?

—Sí. Muy muerto.

—¿Y cómo lo afrontaste?

—Mal. Perdí la cabeza temporalmente, y sigo sin ser un modelo de salud mental. Pero Gene no se va a morir, porque tú te vas a quedar aquí sentada y te asegurarás de que así sea.

Los ojos se le llenaron de lágrimas, pero no rebosaron.

—¿Crees que estoy loca? ¿Por pensar que puedo mantenerle con vida?

—No. Lo entiendo. Pero no pienso dejarte respirar con lo de la comida. Ahora iré a buscarte un bocadillo y una bebida y luego me sentaré aquí a ver cómo te lo comes. Y mientras tú comes, te hablaré de la muerte de mi marido, y cuando termines, tú podrás hablarme de tu marido vivo, ¿vale?

Ella sonrió débilmente.

—¿Siempre has sido así de avasalladora?

Me puse en pie y le devolví la sonrisa.

—No, solo hoy, y solo por ti. Así que si me quieres dar tu apoyo, deja que haga mi trabajo.

Me fui a la cafetería. Isabel podía sentarse allí y mantener vivo a Gene. Yo me sentaría a su lado para mantenerla viva a ella.

Durante dos días, Isabel estuvo en aquella habitación, y yo la acompañé hasta que llegó su hija, y entonces nos estuvimos turnando. Luego lo operaron. Sorprendentemente, Gene superó la operación, pero luego hubo más días de espera, y horas sin nada que hacer en una silla, hasta que despertó. Fue aburrido, frustrante, terrible, como son siempre estas cosas.

¿Y qué hacía todo el mundo mientras Gene se debatía entre la vida y la muerte? Pues seguían con sus vidas, por supuesto, de ese modo tan insultante que tiene siempre la vida de seguir sin uno. Mike trasladó su remolque al camino de acceso a la casa de Gene y estuvo ayudando, haciendo recados y acondicionando la casa para cuando Gene volviera. Le prepararon una habitación en la planta baja. Consiguieron una divertida cama de hospital, que a mis hijas les encantó y que casi rompen el primer día de tanto subirla y bajarla. La otra hija de Gene tenía que venir cuando su padre saliera del hospital, para quedarse una semana o así, y la del bebé vendría cuando su otra hermana se hubiera ido. En conjunto, habían organizado un buen sistema de apoyo.

Evidentemente, yo aún tenía que ir al trabajo, terminar lo que hubiera que terminar y ayudar a Sasha. Y no es que Sasha necesitara ayuda. Había encontrado un trabajo increíble a los dos días, para una empresa que se dedicaba a la novela gráfica, el trabajo de sus sueños. No sé por qué las dos no dejamos Poplar antes. Si hubiéramos sabido que había trabajos tan increíbles ahí fuera, quizás lo habríamos hecho. Al seguía con su trabajo comprobando datos, y Rose se había negado a dejar que la echaran y finalmente la habían trasladado arriba, donde por lo visto no hacía más que causar problemas de diferentes y satisfactorias formas.

Al final de la semana, Roberta King entró en la oficina sonriendo. Se había relajado bastante desde que echó a todo el mundo. Quizá era el impulso que necesitaba para ponerse dura.

—Hola. Bloem ha mandado la primera parte del contenido de la enciclopedia. Espero que no hayas aceptado demasiado trabajo como autónoma.

La miré. ¿Cómo era posible que las dos lleváramos básicamente la misma ropa —vaqueros, zapatillas deportivas y camiseta— y, sin embargo, ella pareciera una estudiante universitaria de primer año y yo tuviera pinta de haber aparcado mi carrito de la compra en el aseo de señoras? A pesar de estar ocupada con estas divagaciones, me las arreglé para mirarla y negar con la cabeza. Soy la reina de la multifunción, sí, señor.

—No, todavía me queda espacio en el plato para unas verduras, por así decirlo.

Ella se sentó en mi mesa. Oh, cuánta informalidad.

—Además de las diferentes variedades de verduras, por lo visto también quieren ilustrar diferentes técnicas de jardinería, herramientas y ese tipo de cosas. —Hizo chocar los pies—. Te mandaré la primera parte por correo electrónico en cuanto suba. Mañana tenemos una llamada con su editor para revisar el trabajo y decidir qué ilustramos y cómo.

—¿Vamos a empezar con alcachofas y arándanos?

—En realidad no. Nos han mandado la P primero. Perejil, puerros, pepinos…

Arqueé las cejas y eché la silla hacia atrás para poder inclinarme.

—Guau, ¿y cuánto se supone que va a llevar todo esto?

—Un año, tal vez. Estarás muy ocupada.

Lo pensé con calma. No esperaba que las verduras se convirtieran en algo tan destacado en mi vida, pero es lo que tienen las plantas, crecen y ocupan todos los espacios disponibles. Me di cuenta de que Roberta seguía hablando.

—Y han mandado unas muestras, o fotografías, creo.

—¿Por qué no usan fotografías?

—Tradición, dicen. Yo les he preguntado lo mismo.

Se levantó de mi mesa.

—Se te ve muy relajada, Roberta.

Ella sonrió.

—Solo me arreglaba por vosotros. Ahora puedo vestirme como quiero y ser yo misma.

Me reí.

—Pero si nunca te veíamos.

Roberta se rió de sí misma.

—Sí, pero yo podía escucharos a todos aquí abajo, respirando. En cualquier momento podíais llamarme para que solucionara una disputa y pusiera cara de estar al mando.

—Bromeas. Teníamos a Rose para eso. Ella era jurado y juez en todo.

Roberta dejó de reírse.

—Lo sé. Ahora la tengo sentada fuera de mi despacho, y me tiene acobardada. Veo cómo me mira furiosa desde que pongo el pie fuera del ascensor hasta que vuelvo a subir al final del día.

—Dónuts. Los productos de pastelería te salvarán. Llega antes que ella durante una o dos semanas y déjale algo en la mesa. Seréis amigas del alma antes de que te des cuenta.

Ella me dio las gracias y se fue. Yo me desperecé y miré a la oficina casi vacía. Aquello había salido bastante bien. Un trabajo como autónoma a largo plazo con Poplar, lo de la editorial infantil, mis proyectos personales... era una artista. Dejando aparte las pesadillas, todo iba increíblemente bien.

CÓMO PLANTAR RÁBANOS

Planta los rábanos aproximadamente un mes antes de la última helada y antes de hacerlo mezcla una gran cantidad de fertilizante con la tierra.

- Planta las semillas a una profundidad de entre 1 y 2,5 cm, dejando una separación de 2,5 cm.

- ¡No pongas demasiados! Necesitan sol. Si no tienen suficiente sol, se vengarán produciendo hojas y tendrás que ir a comprar los rábanos a la tienda y mentir sobre tus hazañas como horticultor.

- Planta cada dos semanas mientras siga haciendo frío, así podrás tener una cosecha continuada.

CAPÍTULO 21

Decidí ir a visitar a los padres de Dan y me llevé a las niñas conmigo. Viven en Pasadena, a solo una media hora de camino, y normalmente bajábamos a verlos una vez al mes. Paul y April eran unos superabuelos, los mejores de la clase, seguramente los mejores del mundo. La madre de Dan, April, hacía galletas, llevaba delantal, tenía una agradable cara redonda y los pómulos altos, y veía los dibujos de *My Little Pony* para poder comentarlos con las niñas sabiendo de lo que hablaba. El padre, Paul, construía cohetes de juguete y hacía volar cosas para ellas en el enorme patio trasero. En serio, era una casa de ensueño, y ellos parecían salidos de un cuento de hadas. Nadie habría imaginado jamás que se habían retirado recientemente del Laboratorio de Propulsión a Reacción de la NASA, donde su trabajo había consistido en programar satélites.

Maggie había salido cuando llegamos, supuse que con Berto. April lo confirmó.

—Sí, deja que ese desgraciado hable con ella. —Y lo dijo mientras sacaba una bandeja de *brownies* del horno y espolvoreaba por encima un puñado de M&M's para que se fundieran y les dieran un aspecto ridículo—. Cabeza de chorlito.

Yo estaba sorprendida.

—¿Maggie?

April negó con la cabeza.

—No, claro que no. Berzo.

—¿Berzo?

Ella se encogió de hombros.

—Estoy segura de que te ha pasado alguna vez. Cuando alguien hace daño a tus hijos, te vuelves muy inmadura y te enfadas. Para mí ahora es Berzo, y así seguirá hasta que repare el daño que ha hecho.

Dejó los *brownies* en el estante para que se enfriaran y apagó el horno. Era probable que, a lo largo de los años, yo hubiera pasado meses en aquella cocina, pero no había cambiado mucho. Cucharas de madera colgadas sobre la encimera, la vajilla de porcelana azul y blanca de April en un estante sobre un aparador galés original, un gato dormido encima del microondas. Seguramente el gato no habría sido el mismo durante aquellos doce años, pero como siempre tenían gatos atigrados naranjas, era difícil decirlo.

Aparté la taza de café con la esperanza de dejar espacio para algún *brownie*.

—Parece arrepentido.

Ella meneó la cabeza y se sentó frente a mí, cruzando las manos sobre la mesa.

—No. Parece decepcionado, que es muy distinto. Se siente decepcionado por haberlo hecho y que no haya funcionado. Eso no significa que no vaya a hacerlo otra vez. El arrepentimiento, el verdadero arrepentimiento, implica saber que lo que has hecho está mal y has aprendido de ello. —Volvió a levantarse para servirme un *brownie*, porque finalmente entendió que mis continuas miradas en aquella dirección significaban que necesitaba azúcar—. Supongo que ya sabes que está demasiado caliente para servirlo y que te arriesgas a quemarte la boca si te lo comes ahora ¿verdad?

—Sí.

Me acercó el plato. Podía escuchar a Paul en el patio animando a Clare a encender una cerilla. Tendría que haber estado preocupada, pero no lo estaba. A veces es mejor dejar que aprendan cómo hacer cosas peligrosas de la forma correcta, para que cuando pase lo inevitable e intenten hacerlo por sí mismas, no se asusten y se hagan daño. Además, Paul era ingeniero aeroespacial.

Se hizo una pausa mientras yo daba un mordisco, y tuve que abrir la boca y aspirar con fuerza para que se enfriara. April se limitó a mirarme arqueando las cejas.

—Maggie me ha dicho que sales con alguien.

Me atraganté con el *brownie*, y siguió un momento algo perturbador en el que April me tuvo que traer un vaso de agua y golpearme entre los omoplatos.

Al final, conseguí negar con la cabeza.

—No, no es verdad. He conocido a alguien, pero aún no estoy lista para salir con nadie.

Ella me miró con el ceño fruncido.

—Ya hemos hablado de esto antes. Ya sabes que Paul y yo queremos que seas feliz. De verdad, estoy convencida de que Dan querría que siguieras adelante con tu vida y no tuvieras que criar sola a las niñas.

Me encogí de hombros.

—Bueno, él no está aquí para aclararlo, y sigo echándole de menos. —Hice una pausa—. ¿Tú no? Seguro que tiene que ser mucho peor perder a un hijo que a un marido.

Por un momento, ella no dijo nada.

—El primer año, no pasaba un día sin que sintiera que me iba a morir. No quería vivir, pero tenía que seguir adelante, por Maggie, por Paul. —Me miró fijamente—. Imagino que tú te sentías igual. Sé que cuando te visitábamos en el hospital estabas más triste que nadie que haya visto nunca, sin incluirme a mí. —Meneó la cabeza ligeramente y se levantó para servirse otro té—. Me siento mal por no haberte visitado más, pero me daba miedo que, si nuestros planetas gemelos de tristeza se acercaban demasiado, generáramos un agujero negro del que no pudiéramos salir.

Desde el patio nos llegó una especie de silbido monumental, seguido de un enorme estallido y gritos de entusiasmo. Las dos esperamos un momento sin movernos por si el techo se nos caía encima, pero no pasó.

—¡Otra vez! ¡Otra vez!

La voz de Clare era varias octavas más alta que de costumbre, y también escuchaba a Annabel.

Paul les contestó con tono pensativo.

—No sé si tenemos suficientes motores de cohete. Dejad que vaya a mirar.

Entró por la puerta de la cocina y April le señaló en silencio a la despensa.

—Tercer estante desde abajo, en una caja de cartón.

Él entró y salió con aire enérgico, con un puñado de motores de cohete en las manos. Me pareció divertido ver que guardaban los suministros para los cohetes de juguete junto con la comida del gato. ¿Qué podía ir mal?

April guardó silencio un momento, parecía pensativa.

—¿Sigues recibiendo correo para él?

Asentí.

—Postal y electrónico, continuamente. Aunque me resulta increíble, desde que murió le han abierto un montón de líneas de crédito. Supongo que no es imposible que acepten la Visa en el más allá, pero preferiría que le mandaran las facturas. —Soplé con cuidado para darle otro bocado al *brownie*—. Le envían montones de catálogos de pesca, porque una vez compró una caña, sobre aparatos electrónicos de todo tipo... —La miré—. ¿Y tú?

—Claro. Siempre recibíamos su correo, desde que se fue a la universidad. Una vez al mes le mandábamos todo lo que parecía importante, y luego, cuando os fuisteis a vivir juntos, empezaron a mandarle el correo a vuestra casa y nosotros solo recibíamos alguna carta de vez en cuando. Y siguen llegando.

—Me mata cuando veo su nombre. Y no soporto la idea de llamar a esas personas y decirles que está muerto. Sobre todo porque muchas veces te dicen que él era el único usuario autorizado y por tanto es el único que puede cancelar la cuenta. —Di otro bocado, y esta vez no me quemé—. Me parece que aún le estoy pagando el móvil.

También mantenía viva su página de Facebook y otras chorradas sociales. Imagino que «la nube» está llena de fantasmas.

Ella asintió en silencio y luego dijo:

—Pero con el paso del tiempo, mejora. Al principio, cada recuerdo era doloroso, incluso agónico, pero llegó un momento en que pude pensar en él y volver a sentir alegría al recordar todas las cosas maravillosas que tenía. Era un hijo maravilloso, un padre maravilloso.

—Lo era —concedí—. Es insustituible.

Ella me miró con expresión serena.

—No se trata de reemplazarle, Lili. No hay nada malo en seguir un nuevo camino y dejar que él siga siendo lo que era. No es una traición, ni un rechazo. Yo puedo disfrutar de Clare y Annabel, de Maggie y Paul, y eso no significa que haya dejado de sentirme triste por haber perdido a Dan, ni impide que pueda sentirme feliz cuando le recuerdo. —Estiró el brazo para cogerme la mano por encima de la mesa—. Una cosa no tiene que ver con la otra, y es importante que lo entiendas. —Se puso en pie—. No nos dejó a propósito, cielo, pero nos dejó, y no hay que darle más vueltas—. Se dirigió hacia la puerta de atrás—. Bueno, y ahora voy a asegurarme de que Paul traza las trayectorias correctamente. A veces sus matemáticas son un poco chapuceras.

Me quedé allí sentada, mirando al gato, que se estaba aseando la cola con esmero. La enroscó pulcramente alrededor de su cuerpo y adoptó la típica pose de los gatos. Por un momento, envidié aquel sitio tan cómodo, su vida sencilla. Pero entonces me metí el último trozo de *brownie* en la boca y me levanté para ir afuera a ver los fuegos artificiales.

PLANTAR COMPAÑEROS

Si plantas hinojo y albahaca entre los tomates los protegerás del gusano del tabaco, y si repartes salvia por el parterre de las coles minimizarás el daño que puedan hacer las orugas de la mariposa de la col.

- La caléndula vale su peso en oro cuando se planta junto a cualquier planta de jardín, porque repele a escarabajos, nematodos e incluso animales. También quedan preciosas detrás de la oreja.

- Algunos compañeros actúan a modo de trampas, y atraen a los insectos que podrían dañar tus preciosas verduras. Por ejemplo, las capuchinas gustan tanto a los pulgones que estos devoradores se lanzarán en masa sobre ellas en lugar de atacar a las otras plantas. De locos.

- Una copa de vino bien colocada entre los dedos de un jardinero ayuda en cualquier situación. Rellenar con frecuencia, sobre todo cuando el tiempo es cálido, o los viernes.

CAPÍTULO 22

LA ÚLTIMA CLASE

El sábado siguiente era la última clase, y la gran cosecha.

Yo esperaba ver garbas de trigo, grandes caballos tirando de arados, y todo ese rollo pastoral, pero no fue así para nada. En vez de eso, todos tuvimos que picar, tirar, cavar, y acabamos con una montaña de verduras. Fue impresionante.

Yo tenía unas veinte mazorcas de maíz, dos grandes cestos de calabazas y tres cestos de judías verdes. Judías verdes de la variedad Blue Lake para ser más exactos, cada una tan larga como mi mano o más. Morder una vaina recién cogida de judías es mucho más apetecible de lo que había imaginado, y está más deliciosa. Sin embargo, la gran sorpresa, al menos para mí, es lo increíbles que son las lechugas frescas. Si las recoges, las lavas y las comes directamente, no tienen nada que ver. La verdad, podrías comerte montones de hojas sin ningún aderezo… o al menos yo sí. Al final, Mike me amenazó con un desplantador. Gene aún estaba en el hospital y Mike estaba recogiendo él solo las lechugas de su cantero, así que yo me colé y le robé alguna más cuando no me veía. Como Peter Rabbit pero sin la chaquetita azul.

Gene estaba bien, seguramente porque Isabel estaba al mando de las fuerzas de la naturaleza, y podría volver a casa en un mes más o menos. Angie y Mike habían ido a verle la tarde antes y nos informaron a todos.

Angie cogía la mano de Mike.

—Gene va a necesitar mucho apoyo médico y rehabilitación, por eso Mike dejará su remolque aparcado allí unos meses y Bash y yo nos instalaremos en la casita de invitados. —Le sonrió a su hijo—. Creo que Isabel y Bash lo han planeado todo, porque no sabría decir quién de los dos está más contento.

—Isabel dice que puedo columpiarme siempre que quiera.

Bash no parecía creerse su buena fortuna, y Clare entornó los ojos con cara agria y musitó «qué suerte».

—Podemos ir a verles, cariño —le recordé yo.

—Más te vale.

Vaya, de pronto se había convertido en un capo de la mafia. No dejaba de sorprenderme.

Rachel se había traído a Richard para que ayudara con la recolección, y los dos estaban riendo en compañía de Frances y Eloise. Richard tenía una ramita de lavanda cogida detrás de la oreja, y eso le daba el aire de un granjero muy mono. Rachel se veía relajada y feliz, no llevaba maquillaje, y sonreía un montón. Piensas que conoces muy bien a una persona y de pronto te das cuenta de que hay una parte de esa persona que no tenías ni idea de que existía. Rachel siempre había parecido dura, competente, inalcanzable, y en cambio ahora era dulce, suave y vulnerable. De momento Richard me gustaba, pero si le hacía daño de algún modo, le colgaría por las pelotas. Ahí queda.

Fui a terminar de recoger los tomates, que habían brotado con tanta abundancia que no dejaban de aparecer y aparecer bajo las hojas. Las dos hileras de plantas también habían crecido mucho, creando un corredor verde y oculto entre ellas. Me senté en el suelo y cerré los ojos un momento, relajándome y absorbiendo los sonidos y los olores. Oí movimiento de hojas y al abrir los ojos vi que Edward se estaba sentando a mi lado. No parecía que hubiera el espacio suficiente para que cupiese, pero se las arregló. Y allí estábamos, sentados con las piernas cruzadas como niños, con las rodillas tocándose, en el cantero de los tomates.

—Me gusta tu escondite —me dijo—. Es muy verde.

Asentí.

—Y huele bien.

—Te has dejado uno —dijo inclinándose hacia delante para señalarlo.

Estaba muy cerca y agache la cabeza por instinto y le besé apoyándole una mano en la mejilla. Noté que él vacilaba, de modo que le acaricié el pelo y lo atraje hacia mí para que supiera que yo quería aquello, que le quería a él. Hubo menos temeridad que en la cocina, más control y, a los pocos segundos, incluso más calor. Al poco, y sin dejar de besarme, Edward deslizó la mano por mi brazo y enlazó los dedos con los míos, y noté un deseo que cada vez me resultaba más familiar. Aquello no era un beso. Eran preliminares. Íbamos a convertirnos en amantes. Estaba impaciente.

—Eh —escuchamos que decía una voz pequeña y disgustada—. Los he encontrado. ¡Están escondidos con los tomates y se están besando! ¡Como orugas!

Nos separamos y miramos. Clare nos estaba espiando entre las hojas, y al cabo de un momento aparecieron el resto de alumnos de la clase, que asomaron sus cabezas una a una.

Edward carraspeó.

—Todos fuera, venga —dijo con firmeza, y entonces se inclinó y volvió a besarme.

Al final todos terminamos, nos pusimos en pie y posamos para una foto con nuestros cestos de productos desplegados ante nosotros, como en el folleto de una feria de campo. ¿Total? Cuatro grandes cestos de lechugas; mi maíz, judías y calabazas; cinco cestos gigantes de tomates, cherry y de los normales; un saco de lavanda; tres cestos de guisante inglés y ocho cestos de bayas. Ridículo. Podríamos haber abierto un puesto en el mercadillo.

Pero en vez de eso hicimos una fiesta.

Frances y Eloise fueron para casa y Mike y Angela las ayudaron a elaborar un menú con nuestros productos. En realidad no se lo llevaron todo. Sobraron muchas cosas, y las niñas y yo las llevamos a un comedor social, donde las recibieron encantados. Las niñas estaban orgullosas. Clare me cogió el móvil para llamar a su abuela. Yo solo escuché una mitad de la conversación, por supuesto.

—Hola, abuela, adivina. He regalado comida a los pobres, y yo he plantado esa comida. —Poniendo un gran énfasis en esta parte.

(Pausa).

—No, en la calle no. En un sitio.

(Pausa).

—Sí, he entrado en ese sitio.

(Pausa).

—No, mamá y Annabel también han venido.

(Pausa).

—No, nadie me ha tocado el culo. —Después de decir eso, la niña me miró con el ceño fruncido y le quité el teléfono. La verdad, mi madre desesperaría a un muerto.

Frances y Eloise vivían en una zona bonita de la ciudad, tranquila y residencial. La espantosa situación económica había hecho posible que se compraran una casa, lo cual viene a demostrar, una vez más, que todo tiene siempre un lado positivo, aunque seguramente la gente que tuvo que venderla no lo vería igual. Era pequeña pero bonita, y el jardín era precioso, rodeado de setos altos, con arriates de flores silvestres llenos de amapolas de California y otras flores coloridas que no sé cómo se llaman. Mike y Frances estaban hablando de crear un cantero elevado para verduras, y puede que un gallinero. Todos nos estábamos volviendo un poco locos.

Había montones de comida en una larga mesa de pícnic montada delante de la entrada a la cocina. Ensalada de patata con judías verdes. Calabaza salteada con cebolla y ajo. Tomates, solos o rellenos de crema de queso, o con arroz y pimientos. Cuencos de ensalada, aliñada y sin aliñar. Pan recién hecho. Pastel de frutos del bosque, empedrado de frutos del bosque, frutos del bosque y crema. Todo lo habíamos cultivado nosotros, y disfrutamos mucho comiéndolo. Había cubos llenos de hielo y refrescos por todas partes, y la gente abría cervezas y charlaba. Fue estupendo, y supe que no sería la última vez que nos reuniríamos.

Me di la vuelta cuando oí que alguien nos llamaba haciendo repicar un tenedor contra un vaso. Edward.

—¿Podéis prestarme atención un momento? Me gustaría decir una cosa.

Todos callamos, aparte de los niños, claro, que andaban persiguiéndose entre ellos como siempre. Sabe Dios lo que pasaría cuando llegaran los pollos.

Edward empezó a hablar.

—Impartir esta clase ha sido una experiencia muy bonita para mí, y me alegra que todos os hayáis apuntado para la siguiente parte. El jardín botánico ha extendido el acuerdo que tenía con mi empresa, en reconocimiento por algunas plantas realmente raras que les hemos proporcionado, y el próximo semestre tendremos el doble de espacio.

—¡Más gusanos! —exclamó Clare.

Edward le sonrió.

—En realidad, vamos a crear un huerto más grande para abastecer a tres comedores sociales locales. Será estupendo, y todos vamos a tener que trabajar duro para hacerlo posible.

Me miró a mí.

—Además, quiero hacer un libro sobre este curso, y sobre el huerto comunitario que vamos a crear, y espero que entre todos podamos persuadir a Lilian para que lo ilustre. Los beneficios servirán para financiar el huerto.

Dios, no tendría ni un momento libre, pero qué caray. Levanté la copa.

—Será un honor.

Annabel se me acercó.

—Entonces será mejor que empecemos ya con el garaje —dijo muy seria, y la abracé.

—No creo que haya tanta prisa, cielo. Tenemos todo el verano para prepararnos.

Ella me miró con expresión dubitativa. Según su limitada experiencia, el verano siempre pasaba volando.

Rachel se puso en pie y levantó la mano.

—Eh, todos, callad un momento. Tengo que hacer un brindis.

Todos callamos. Mi hermana tiene carisma, qué se le va a hacer.

—En primer lugar, me gustaría proponer un brindis por Edward, que nos ha enseñado a fijarnos mejor en lo que estamos pisando y a demostrar más respeto por una humilde lombriz.

Todos nos reímos y levantamos nuestras copas.

—Después me gustaría que brindáramos por Gene, que no está hoy con nosotros porque nos ha enseñado que, aunque nunca es tarde para descubrir un nuevo pasatiempo, es mejor no remover la mierda con demasiada energía.

De nuevo alzamos las copas.

—Y finalmente, me gustaría que brindáramos por la Madre Naturaleza, que ha criado a nuestras plantas por nosotros, ha coloreado nuestras bayas y nuestras mejillas, ha hecho que varios de nosotros nos enamoráramos y se ha llevado y nos ha devuelto a un buen amigo. ¡Por la Madre Naturaleza!

Esta vez todos lanzamos vítores y apuramos las copas.

—Pues sabéis una cosa —dijo alguien con voz de pito—. A mí los gusanos me gustan tanto como antes.

Una pausa.

—Son alucinantes.

Rachel y Richard volvieron con nosotras a casa, y cuando llegamos, de pronto las niñas se pusieron a reír tontamente.

—Tenemos un regalo para ti —dijo Clare sonriendo.

—¿Ah, sí?

Rachel sonrió y me pidió que cerrara los ojos.

—¿Me vais a romper un huevo en la cabeza?

Se hizo un silencio.

—¿Te he hecho eso alguna vez? —preguntó Rachel intrigada.

Negué con la cabeza.

—No, no sé por qué se me ha ocurrido algo así. Perdona.

Richard arqueó las cejas.

—Las dos sois un pelín raras. Lili, cierra los ojos. Tenemos una sorpresa agradable que compartir contigo, ¿vale?

Cerré los ojos y las niñas me llevaron por la cocina y me hicieron bajar con cuidado los peldaños que daban al patio trasero, al jardín.

—¿Más hadas? —pregunté.

De verdad, ellas se encargaban de todo.

—No —replicó Clare soltándome la mano—, pero puedes poner hadas encima si quieres.

—Ahora abre los ojos —ordenó Annabel tirándome de la mano.

Abrí los ojos. Y allí, bajo el árbol que había al fondo del jardín, había un banco. Un banco perfecto y sencillo de madera.

—Mira —dijo Clare, bailando a su alrededor—. ¡Tiene tu nombre!

Me acerqué lentamente y reseguí el relieve de las letras con los dedos.

Para mamá, decía. La mejor mamá del mundo para sentarse.

Me volví hacia Rachel.

—¿Significa eso que el banco es para sentarse o que yo soy para sentarse?

Rachel se echó a reír.

—Clare redactó la inscripción y a todos nos gustó la ambigüedad. —Señaló al banco—. ¡Venga, a sentarse!

Me senté y las niñas se sentaron encima de mí.

—¿Lo ves? —Clare estaba entusiasmada—. Ahora tú puedes sentarte en el banco y nosotras podemos sentarnos encima de ti.

Richard sonrió.

—No sé si te habrás fijado, pero no te sientas con frecuencia.

—¿En serio?

Él negó con la cabeza.

—No, siempre estás llevando algo a alguien, o corriendo para ir a buscar otra cosa o haciendo algo. —Miró a Rachel—. Rachel se sienta siempre por las dos.

Ella le dio con el puño en el brazo, pero no lo negó. De hecho, se sentó con nosotras en el banco. Aunque estábamos un poco justas, era cómodo.

Pensé en el boceto que había hecho, de Dan sentado en un banco en aquel mismo sitio. ¿Estaba mal que me sintiera feliz sin él allí?

Pero entonces miré a las niñas y me di cuenta de que, a través de ellas, Dan siempre estaba allí conmigo. Y sabía que él me habría dicho que para hacerle feliz, tenía que hacerlas felices a ellas. Y la mejor forma de hacerlas felices era ser feliz yo, porque era la mejor mamá del mundo entero, aunque solo fuera para sentarse.

Apoyé la cabeza en el hombro de Rachel un momento y me permití empaparme de aquello. Por supuesto, *Frank* eligió ese momento para pasar arrastrando el culo por el jardín y dejó un reguero en el césped.

—¡Gusanos! —anunció Clare.

—¡Mamá! —exclamó Annabel exasperada.

—Lo sé, lo sé —dije yo—. Yo me encargo.

Y lo haré, cuando haya pasado un rato sentada.

ECOSISTEMA DIGITAL